U0953435

MISHIMA YUKIO

三島由纪夫

作品系列

天涯故事

译者＝陈德文

MISHIMA YUKIO

三 島 由 纪 夫

上海译文出版社

目录

芒菟与玛耶

我的良人哪！

求你快来！

如羚羊或小鹿在香草山上。

《旧约·雅歌》

苎菟看见了玛耶。从那天起，他爱上了玛耶。

宛若互相围绕对方的灵魂一边低语一边交飞的小鸟，它们多半看见了，抑或那正如一个异常明亮而宁静的季节，迟疑地缠络着到来了……

——不见一个行人的道路，当命运和命运邂逅的时候，会是怎样的情景呢？那天，家家鲜亮的旗帜，它们活泼地飘扬着。城镇一整天都在过节。有光纸一般的蓝天，浮现着众多光明耀眼的祥云，就像中世圣人们的绘画描绘的一般。道路上方弥漫着尚未流散净尽的薄明。命运们就相逢在这样的道路上。

命运们互相发现对方之前，更早地听说了。那低微的震响，跨越波涛奔涌的灵魂的大海，好似凋枯的树林对面的小小泉流，飞洒，跌落，涌流，飞洒，犹如木锛的震颤。没有爱的心，决然听不到那种鸣响。

芒菟从玛耶身上转过脸，不仅如此，他还双手捂住脸，坐在布满美丽的青苔的槲树根上。玛耶坐到他的身旁，沉静地仰望着天空。她透过一排老树的梢头，窥视到青螺似的天空……

她的容貌犹如晴天丽日下，布满薄冰的湖面掠过的云彩，不带一丝忧戚的颜色。或许，即使这世上最浩大的苦恼，都无法用来装点她的脸庞。看起来，她生着一副中世公主们那样的面影。如何将漫长的哀怨的一生保留在画面上，画家们也只有一种办法。说不定那种笨拙的错误的方法，就是保留下来的唯一的真实的方法。她们那种古拙、典雅而绝不可哀的安详的面貌，我们今天再也无法看到了。

“玛耶！”芒菟喊叫了一声。他依旧转过脸，就那么用两手捂着。

“玛耶！”

“什么事？芒菟。”

“——你真的在那里吗？我似乎觉得你并不在那里呀。”

玛耶沉默了。仿佛沉默就是她竭尽全力的确信。芒菟猛然向她调过头去。

此时，他旋即看到了痛苦袭来的真实的姿影。他仰头望着玛耶，双眼储满迷雾般的泪水。然而，渐渐地，玛耶所确信无疑的那种危险而茫然的沉默，将芒菟融化了。

“喂,苎菟,你必须更加了解你所相信的东西。”

玛耶那副高贵的小鹿似的聪慧的眼神,犹如渺远的天窗射向大厅地面的光线,朦胧而又恰到好处地传达给他。

苎菟的心里如今满布着惆怅,犹如冬枯的树荫下飞散翻卷的落叶,飘忽不定。

他整日里忧思满怀。他为此而颤栗不安的那些所谓“毫无伪装的实实在在”的东西,果真可以存于现世之中吗?弄不好或许只不过是“不在”的另一种形式吧?“不在”是天使,而“实在”是自天而降、失去羽翼的天使。最堪哀怜的,就是没有了翅膀。他的身子囿于逼仄的囚笼一动也不能动。他不能唱歌,他没有语言。一切可以触摸到的可怜的塑像啊,你们根本不知道展翅高飞是怎么回事,那飞翔之物就像松树向着金箔般明丽的蓝天撒播花粉。一颗缺少理解搏击长空的心,是绝不会产生爱的。

那里光明耀眼,宛如夤夜。蜜蜂们在午夜间飞翔。它们闪耀着印度兽般金色的毛皮,仿佛众多的夜光虫。

苎菟走动了。他走动了。他在白沫飞洒的海水般闪光的鲜花丛中抬起脚步……

他泛起一阵水蓝色火焰般的眩晕。他的酩酊,又使他感受到自己就是一根颤颤巍巍、左右摇晃的帆樯。

他的目光停驻于园子对面一座小祠堂般的凉亭,那里的野玫瑰绿叶簇簇,恣意生长的枝蔓上很少再着花儿。这时,不知怎的,苎菟的心不由惶恐起来。

他久久伫立于银白花朵的中央。

“玛耶！”他猝然朝着凉亭叫喊。

“玛耶！”他又两次三番不住对着凉亭叫喊。随着每一次寻索般的呼叫，苎菟的脸上渐渐罩上安堵和喜悦的颜色，宛似午后的森林投向小池水面上的浓丽的暗影。然而，一种虚幻正从影像的某个部分掠过，犹如两道流云交错而去的天空。

苎菟在想，那凉亭内没有玛耶——那优美而高贵的“不在”，是较之一切“实在”更能证明玛耶存在的最美丽的手段。能够给他喜悦的东西，便是最好的明证。

玛耶果然不在。她时而落座、时而站立，一直等待苎菟的凉亭这一固定的场所，荡漾着比熏香更加难以捉摸的东西。对于苎菟来说，那里如同真的有个玛耶存在，令他不敢靠近，凛乎难犯。一直闪耀在园内的亮光，此时也变作一条光线射进凉亭里。亮光中的凉亭深处，野玫瑰花团锦簇，一朵朵似火焰般灼灼耀眼。

> 不知为何，苎菟，我感到我胸中开满了硕大的雪白的玫瑰花。身子稍微动一下，就能听到花朵相互摩戛的窸窣之声。苎菟，我近来所有的梦境，无不飘溢着玫瑰的馨香。
>
> ……眼看着这种香气越来越浓，定是玫瑰花开始腐烂了吧？

苎菟聆听玛耶这番诉说的时候，他坚信这正是玛耶心中的死神在向自己心中的死神发话。由青石板蔓延到土墙的常春藤，在无人的午后广阔地伸展着枝叶，痛苦同样也在苎菟的心里到处蔓延，他聆听着这一切，犹如聆听远方鸣奏的哀婉的音乐。突然，苎菟仿佛喘不出气来了。

“玛耶！那花没有腐烂。……或许，它绝不会有腐烂的时候。要问为什么……”

他嗫嚅了。(此时在他心中，太阳周围的云彩散放出美丽的扇形)

“要问为什么……

——因为那或许就是振翅飞翔吧。”——不过，这话苎菟并未说出口来。苎菟紧紧盯着玛耶。他用目光向她示意，仿佛要使她信服。

“走向大海。”这话犹如谁也无法弄明白的符牒，从他们两人口中说出来。马车从城镇出发了。

森林里生满嫩叶。马车驶入森林，小鸟吃惊地飞散了，它们欢叫着， 同唱起歌来。森林各处落满阳光，如水池般闪亮。马车穿过光明的帷幕，所有的一切尽皆发出共鸣的响声：树木的梢头，缀满无数花朵的野草，泛着软木香味的槲树干枯的树干……

走出森林奔向海岸，一条银白的道路穿过广袤的原野。马车通过时扇起的旋风，吹动着道路两旁的雏菊，一齐朝着前方耸立的黑黝黝的森林披拂。

苎菟傻乎乎地被一种撼动他的莫名的希望俘获了，他战战兢兢地注视着玛耶那双安详的眼眸。于是，她的眸子里出现了森林、树木、小小村庄，还有盛开着白粉花朵的草丛，以及满布着泉水和小河的原野。所有这些都以迅疾的速度，比起幻影更加短暂地飞逝而去。其间，那眼眸似乎突然迟疑了一下。那双眼睛完全变成了澄澈的蓝色了。

马车停止了。芒菟和玛耶下了马车。芒菟对着吹过来的丰醇的海风猛吸了一口。于是，他的胸中染上银白，所有的肋骨都带上金属性的灰白……

他们走进自己的家。白色的土房子，庭院面向大海倾斜。面朝大海的白土的窗户，简直就像一座水族馆，大海和仅有的一隅天空，满储着所有的虚幻。

翌日早晨，玛耶梳理她的头发。那头发被健美的左手高高举起，像擎着一束沉甸甸的花儿。发梢如篝火的红焰熊熊燃烧。因此，她裸露的玉臂眼看着正要消融在光雨里。梳齿残酷地划过她的头发，好似众多跨越激流前进的船桨。每一次梳头，头发总是交合缠绕，似流水倾泻；有的则尽情而痛楚地被拉向后方。此刻，她的面孔朝着阳光灿烂的高渺的蓝天，宛若古代圣贤的肖像画，她的下巴也朝向同样的晴空。犹如一张绷紧的小弓，无比银白，无比伶俐……

——芒菟进来了。他的鞋沾着少许濡湿的沙子，斑斑点点，缠绕着一瓣可爱的泛红的海藻花。眼下，他向大海走来。玛耶面对着他。——转瞬之间，芒菟的心充满了空前而剧烈的青春的喜悦。抑或，这瞬间的感动，会使得芒菟过急地道出颇为愚痴的轻佻的话语。

"玛耶，快看，船失火了！"

说完这句话之前，恐怕痛苦尚未到达他的心里。他是在海边的小路上看到的吧？他弄不明白那里发生了什么事。在未告诉玛耶之前，他内心的某种东西使他噤若寒蝉。……要是自己预先说出来，他一定会感到事情的可怕。

玛耶默默听他叙述。她停下梳头的手，凭窗而立，出神地遥望着海面。芒菟站在她身后，感到一种莫名的苦恼的前兆。这种预感，就像耸峙于原野尽头的云朵，眼看着扩展开来，涌向头顶，却又无可奈何。

玛耶看见海港尽头稍稍接近洋面的地方，一艘轮船将锚抛向水中，急不可耐地腾起一股蒙蒙烟雾。轮船自身，似乎发出一声狂吼。烟雾中间欣然闪烁着杏黄的火焰。有时，那火焰窒息般地缠络着青烟，升上高高的天宇。

突然，玛耶带着疑惑的神色仰望着芒菟。但是，芒菟始终默默凝视着那股火焰。令人觉得他似乎有点儿魂不守舍了。……这时，轮船宛若一位优雅的善于坚忍的人士，摆好一副悲悯的姿态，以便迎接最后的瞬间。就这样，轮船一边做梦，一边微妙地倾斜下去。就在这时，轮船仿佛受到巨大的冲击，顺势而急剧地改换了位置，眼前的船体好像正要显现出一种奇迹。那火焰随之也像酒宴上的礼花，闪耀着白昼般华丽的光辉，含蕴着特有的白色的幻影，严严地包裹着船舷……

芒菟连手指都变得惨白了，他不由紧紧抱住玛耶。芒菟在自身的激动中，痛切地感受到玛耶鸽子般的颤抖。

两人共同置身于一幅不祥的画面中，这究竟是何人所为呢？芒菟从那火焰中发现一种类似因果报应的东西。刚才强使芒菟噤若寒蝉的那只手臂，就是一种报应。他感到，当天早晨似乎是死神司掌的早晨。——轮船燃烧了。焚毁殆尽，似乎也是一种可诅咒的祈念。其丧失则预示着不久将别开一扇从来未有的门扉……

蓦然间，芒菟察觉到玛耶的死，迅疾摆脱他自身内心的死远远离去。(所谓真正的生,或许正是由两人紧密的结合之中诞生的吧。)

芸菟回来了,只他一个人。

他的城镇冷淡地迎接了他。

当晚,雾霭迷蒙,包裹着街道。人们每当转过小小的横街,都要遭遇四处奔涌而来的浓雾的浸染,弄得浑身湿漉漉的。夜色开始吞噬所有的树林,小河也不再辉映着灯火。灯光如同夜海中众多诀别的手臂,一个个丧失了各自的灿烂。城镇的灯光,当夜不会全部消泯。深夜的树丛之间,只有一扇窗户依旧灯火辉煌。透过夜间香气馥郁的丛林,可以窥见那盏恰如失却所有旅伴、游荡于夜海中的遇难船上的灯光。

那就是芸菟邸宅的一间房。正如尚未被普赛克[1]所窥见面容的丘比特[2],将没有丝毫苦恼阴影的睡相宁静地凭倚于枕畔。

芸菟醒了,在明朗的早晨的灯影里醒了。早晨,遥远的地方传来各种各样的响声。窗帷的皱褶里,黑夜退去的音响,轧轧地从他身旁流过。他起床了。正如船上的人,一觉醒来,立即就能望见大海,他一起来就随之沉沦于夜间将他铸入其中的哀痛里。这些多半都是无法侵入他的夜梦的东西……

这些哀痛很快就能给他慰藉。芸菟拿起枕边的小盒子,顺手打

---

① Psyche,普赛克。希腊神话中人类灵魂的化身,以少女形象出现。她与爱神厄洛斯相恋,每夜相会,但爱神不许她窥看他的面容。

② Cupido,罗马神话中的爱神,即希腊神话中的厄洛斯。

开饰有东方之国繁杂花纹的盖子。

打开盒盖本身，从某种意义上说，就是一种解放。在人们眼里，盒子本来是为储藏东西的，而不是为取出东西的。不过，就盖子来说，揭开以后还应该是原来的样子。盖子的希望被打开时就破灭了。乍一看，那些柔弱的无生物的意志，凭借一种奇妙的均衡和协调一致的紧张气氛，笼罩着一切场合，只是人们没有注意到罢了。而且，这种均衡稍微被打破，平衡一旦稍微失掉，这种搞不清究竟是盒子，是廊柱，还是门扉的东西，就会脱离平常不自然的静谧，变得生气勃勃，具有令人畏葸的叛逆精神。它们恢复了无可替代的瞬间的意志。（小时候，我们中间肯定有人看见过家具自动行走，趺趺撞撞，左右摇晃，发出咯吱咯吱的声响。小孩子睡在床上，半夜里睁大眼睛，全神贯注望着月光下这场莫名其妙的演出……）

——苎菟打开盖子。此时，就像打开香水瓶子同时散出一小团儿香雾，那小盒子仿佛刹那间也溢出了香气般易于挥发的声音。因为他太累了，并没有久久被这类东西所吸引。

他站起身来，环视着整夜包裹着他的这间屋子的摆设。他的房间犹如一艘倾覆的轮船，正要使他堕入深渊。苎菟站在窗边，他试图放眼遥望一下始终宁静地呼吸着的城镇。然而，他的气息早已将玻璃染上了乳白色。远方的大街，眼见着茫茫一片了。

苎菟不由涌起一阵愤怒。他猛然抓住把手将窗户左右推开。一瞬间，笼罩于室内的东西，犹如烈性炸药，一同飞向天空，旋即传来一声无法听闻的话语：

“——玛耶死啦！”

不知为何，一种连自己都弄不清的苦恼的狂暴，驱使芒菟将其他窗户也都次第打开了。于是，所有的窗户撞钟似的一齐高声呼叫：

“——玛耶死啦！”

可是，这些挥发度很高的喊声，立即飞散到空中去了。这些喊声所占据的场所，依然保留着十分浓厚的、不会为寻常声音稀释的静谧。这些声音迅即逼近芒菟。芒菟酩酊之极，宛如一个失去知觉的人，一副无能为力的样子，呆呆地兀立不动。他在寻找护身符。不过，他立即找到了。他的脸上重新出现了喜色，就像庭院里满眼的阳光。芒菟走近鸟笼，想把鸟儿放生。久已等待的鸟儿展翅飞走了。那金色的羽翼，会使不祥的房间重新变为安静的屋子。鸟儿将以嘹亮的歌喉，融化随处屏立的屏风般的静谧……

他打开鸟笼子的门。鸟儿很不高兴地掉过头去。这回，好不容易终于将刚睡醒的双眼，朝向了芒菟。同时，那干枯而龟裂的黑漆一般的嘴，悠然地大声唱起歌来：

“——玛耶，她死啦！”

他逃回他的街道，宛若被死追击的人逃回死之中。芒菟感到背后的整个天空涨满了威胁他的一只手掌。他奔跑着，从一条路奔向另一条路。

即便到旅行结束的那天，他恐怕还是不明白。

众多天使的合唱、埃及的古代故事、圣贤们怀抱的无限美好的希望，以及遥远的异端的说教，还有那些沉睡于尘土重压之下的厚重的槲木大门，晃动着发出震耳的响声，向内打开了。

芸菟踏了进去。他踏入紫檀木盒子内部一般的滑腻的黑暗。内部尽头，耸立着一座祭坛。所有的东西都以幽深的雕琢的姿态，悄悄地安然沉睡。内部的地板上，由巨大的烙画玻璃窗射进的光线，看上去轻雾般不停地摇荡着。芸菟看到了，在那光雨下泻的圆环中，跪着个女人，她正在祈祷。

不过，那些大都是模糊的影像。虹光散射，使他无法看清楚。彩绘玻璃窗闪亮的、天使小睡般悒郁的光海中，充满了尘埃崩落的小小翅膀，光明耀眼。芸菟猛然气闷地感觉到身边似乎有一只庞大的飞翔之物。各种各样的回忆一起包围了他。芸菟啊，你曾经活在怎样的歌声的回忆之中呢？围绕你身边的事物中，今天会有怎样的祈祷？

此时，芸菟发现，那个女人朝这边回头一望，不知何时已经不在那里了。她的面貌千真万确，依然是那至纯而高贵的玛耶的面庞。

芸菟开始了新的生活，就像祭典一样拉开序幕。

一度邂逅的灵魂，为了在遥远的地方再次相逢，真不知需要经过多么大痛苦的折磨。灵魂的路途上满布着荆棘。

他们两人之间，一种莫名的意志在发挥作用，那是这个社会所无法具有的重大作用。曾有过的两种死去的珊瑚树虫一般强固的结合，造就了他的生。只是，其中一种死已经遁向遥远的彼方。曾经的生，超过数倍地鲜明地存留于回忆之中。而且，这种不实在的生，在芸菟心中，正如死对濒临死亡的人一样，时常施行辉煌的暴力。这种生，不久也将为芒菟心中的死重新染上生的颜色。那么，所有的一切都因此被处理掉吗？芒菟心中那种颓废、可怜而又贫乏的死，开始热切地恋上了玛耶的死。在他们之间，这样的死依然没有抛却那种无比美好的虚幻的虹彩，但已开始衰微，不能发挥全部作用了。不过，那种妖艳的、绝不会枯朽的、类似萤火的、孤寂的魅力的影子并未失去。芒菟倦于生的暴力之日，或许就是他迷恋此种魅力之时。而且，说实在的，那些粗落的回忆中的生，较之那种被死诱入彼方的死，并与之结合而产生的至高无上的生，或许只不过是迂腐而虚饰的姿影。为什么呢？因为，来世比起此世，生可以更加强固地与死结合在一起。

芒菟写信了。他把信放进平素不大使用的抽屉的深处。因为有些本不该丢失的东西，还是丢失了。——那种神佛玩弄的所谓"神藏"的奇妙的游戏，无疑是要将这些东西送到最需要的某个死者那里去。芒菟自幼就迷信这种看法。他具有这个唯一的发信方法。——他在信中丝毫没有谈及恋爱和悲苦。腾云驾雾翔于光辉云天的神的信使，是不喜欢这些的。信，充满了他的梦想。

信

玛耶：

我做了个梦。我把这梦讲给你听。你也许忘记了地面上这种有趣的智力游戏吧？……玛耶啊，那里是广阔的青绿的原野，有繁茂的野玫瑰。成群的小鸟从榆树和槲树的树林飞向别的树林，它们唱着歌，拍击着翅膀，如彩云流动。啊，玛耶，那是五月，是个多梦的季节,就像菜花田里多如繁星的蜂蝶。——我身着红色的袈裟,穿过那片原野。路不知何时进入山里,地面湿漉漉的,羊肠小径上辉映着叶隙漏泄的阳光,沿着左侧高高的中世风格的围墙,蜿蜒而去。我来到一片稍显宽阔的铺着石板的地方。那里也有围墙。越过石板路、沿着围墙继续向前走去,来到拐弯的地方,我听到一声轻金属般尖锐、高亢而忧郁的号音。我拐过方角,只见围墙上左右敞开着一扇绘有蔓草图案的铜门,高大而壮观。

我来到门前。玛耶啊,门内记得是一座印度风格的宽敞的正四方形中庭。院子里没有花草树木,繁茂得令人气闷的浓绿的草地铺满庭院。三面紧紧包围着阴郁的围墙。眼前的绿色和对面粉白的墙壁的上头,连接浮现着中世云层的天空,看起来像是一面鲜亮的彩旗。

我仔细朝那里一瞧,发现那绿色在微微蠕动。这样一想,就看到远方野鹿般明丽的绿色,忽地时而高扬,时而低伏。随之,远近草丛中,出现了各种温驯的透明的鹿。然而,它们眼见着倒在了草的表面上,没有在那片浓绿的草地上留下足印……

不过,玛耶啊,我为何没有忘记呢?那些陆续从草丛中站起来,而后又消融的鹿的幻想,犹如遥远而高贵的女人们的群像。尤其难忘的是那些眼眸。啊,我在哪里没见过那样的眼神呢?我感到,瞬间里,那金箔的瞬间里,一直凝神注视某一处所的眼神,真正知晓其意义的只有我一个人。玛耶啊,难道不是这样吗?在这方面你对我的信任,对于我来说,就会变成一种信仰。关于这,我可以告诉你吗?

芒菟整日徘徊于玛耶留在已逝人们之间的唯一的房间里。那里保存着她生前外出时留下的浓郁的芳香。这种香气充溢整个房子，令人刻骨铭心。没有任何一件失去或添加的东西。所不同的是，以往丧服般缠绕在玛耶周围的死神，如今连个影子也看不见了。嵌镶于晦暗一隅的镜子，仿佛一张被弃置的脸面，灰黄而苍白的表层上，所有的影像可怜地歪斜着，向深处滑落……

芒菟蓦然发现桌子上有一只带盖的圆形手镜。不过，他由于害怕，不敢打开手镜的盖子。为什么呢？因为他想到，一旦打开盖子，刹那间这只手镜就会映照出往日这间屋子的种种情景。

芒菟抚摸着屋内各种家具，他看到每件东西都很漂亮。然而，这些都没有给他带来痛心般的喜悦。不仅如此，他对这间宝贝屋子很快起了反感。他心中微微存留的一丝坚毅的死影，开始排拒这间屋子各个角落完全不存在的玛耶的死。他的死，突然碰撞到意想不到的东西。这间屋子看来正在孕育什么。这种东西以难以理解的速度，如美丽的霉菌一般生长着，并向所有东西的表面，花斑似的扩大、蔓延。这间屋子里的所有家具，在芒菟眼里之所以显得那么陌生和冷淡，或许原因就在这里。那里孕育着的是对玛耶的回忆，这回忆犹如鼓胀的花蕾渐次绽放了。对于芒菟来说，回忆以不可企及的速度在屋子里发育成长，他被无数的回忆包围了，像弃儿一般傻傻地站立在房子正中央。

朋友们记挂着他们这位共同的朋友：

“芒菟啊，我们打猎去吧？

朋友啊，我们多么想给你安慰啊！

朋友啊，你不想想以往同我们骑马走过那片碧绿的森林的日子吗？你不记得那嘹亮的号音和震荡着森林的狩猎的歌声吗？

芒菟啊，去打猎吧，我们疼爱你，一心想给你些安慰哩。”

助猎者[①]奔走于茂密的树林和灌木丛中，大声地呼叫着。猎犬狂吠，声音在林梢回荡，马鸣萧萧，骑手们心惊肉跳。

阳光照耀下的锦绣原野，野兽跃过红土绚丽的山崖，此时，它们的皮毛光亮如银，闪闪灼目。

骏马奔驰起来。汗体淋漓，血目怒张。火焰般的鬣鬃随风飘拂，鞭声阵阵，似冰霜般炸响。骑手帽子下边黧黑的面颊，不时在倾斜的阳光里闪现。他的瞳孔却着迷地盯着前方，不管在多么炫目的阳光下，那双眼睛都不闪亮。

“芒菟！”

那位骑手从他遥远的后方清晰地喊叫了一声……

号角响彻四方，报告着这场狩猎的结束。

夕阳自野外渐次照进森林的深处，狩猎的队伍穿过花团锦簇的林木间隙，朝着森林对面的城镇走去。芒菟骑马走在队列后面，稍稍拉开些距离。来到森林尽头，站在草木葳蕤的高台之上，他一时挽住马的笼头。

眼前依旧是一望无垠的灰黄的旷野，一到这里，就连那些高贵的

---

① 原文作“势子”，狩猎时帮助驱赶鸟兽的人。

树木也显得暗淡无光了。旷野尽头一派沉郁，只有似有若无的云层赋予些亮色。其中，可以看到那阴郁的沉沉落日，于绚丽夺目的光彩中，渐渐变成一滴血红的朱砂。

芒菟低声惊叫起来。

那特别扩大了的明丽的太阳内，在那煌煌耀眼的花冠中，出现了玛耶巨大的安详的笑颜，神一般向这里遥望。口唇边的笑靥娇媚无比。芒菟蓦地想起印着古典蔓草花纹的纸牌中女王们的丽姿，想起她们槲树般的面颊和三角形的下巴。玛耶不是也同她们一样，如今依旧活在刑具、古拙的圆舞、广场、瞭望台，以及午夜的钟声之中吗……

芒菟宛如一个心情恍惚、丧失理智的人，注视着那幻影渐渐柔美地渗入他的心中。渗入的痛楚，带给他奇妙而近似麻木的快感。那么，芒菟贮存着两轮夕阳的眼眸会是怎样的呢？他的一颗对玛耶完全能够失而复得的心灵，极力不放过任何一种幻象。人们面对可怕的美丽的奇迹时，除了以平常心待之，还能如何呢？他丝毫没有冒犯她的欲望。对于从来未有的幻象，芒菟的灵魂竟然如此柔顺地接受下来了。于是，这幻象立即化作他的灵魂的一部分。尽管如此，这件事果真能够若无其事地对付过去吗……

——当从眼前的昏暗之中回过神来，太阳已经完全隐没了。芒菟自身也不知如何抑制住感动，他浑身颤抖，随即跃马扬鞭，追赶队伍去了。

芒菟平日的生活，犹如失去水气的干渴的蓝宝石。又像宝石的热病，浑似冰块，但却不再寒冷。这实在无法可想了。宝石不会干渴致死，热病到头来也不会死。然而，宝石长期干渴，会因为发热而喘息。芒菟胸中这种无法到达自己心灵的不绝的斗争，遮蔽了他的全部生活。芒菟就像难于到达玛耶一样，无法将这些占领。这就好比一间杂乱无章的、令人窒息的屋子，连一片废纸都动弹不得。

为此，有一天，他把自身想象为即将诞生某物的巢穴，过了一天，又只能想象为寻常丧失某物的墓场。芒菟坐在一张木椅子上，低着头度过漫长的午后。风，从门到窗，哗啦哗啦拖曳着裙裳，他的前额，他的厚重的手臂，光明闪耀地负载着这样的裙裳。几缕风丝，偶尔留在他的面颊上。每当此时，他便感到一股使得自己的臂膀蓦然飞升的气流。他感到自己的嘴巴好似快乐的小池塘低声絮语。于是，他觉察到一种非他之物猝然向他袭来。奇怪的是，他却以一副和颜悦色的神情，迎接来犯之敌。

……

这种类似无为的、令人不解的生活，他却像对待某种盛典一样，怀着庄严而尊贵的心情度过。芒菟像珊瑚刻上华丽的年轮，渐渐远离了从前的他。芒菟那颗失掉玛耶只知消极被动的心灵，仿佛正在孕育着什么。芒菟的脸上恢复了光亮炫目的常青树般的活力。但，那是他内心里“生”的前兆，还是渐次衰败的“死”的要因？这绝非可以弄明白的。

芒菟再次来到玛耶住屋门前的时候，他内心涌现出一种莫名的坚毅的欢欣。芝菟觉得,这间长期关闭的房子的空气,较之广阔牧场的空气更加清新怡人。他近乎像个疯子,一边对屋内所有家具企图寻找出痛切而新鲜的记忆;一边急匆匆在这座空房里徘徊不定。如今,他面向这座房子的姿势,一定是满心呼救的姿势。他心中的任何东西都不想映照这座房子,任何东西都不会承担起镜子的功能。那里只有类似祈念的呼唤。芝菟突然想起,啊,不知何时,那种精致的花纹般的霉菌早已发育生长,犹如白骨和鲜花,布满他的体内!曾经在这座屋子里找到的他所畏惧的东西,那种美丽的植物眼下已经充满他的内部。这些曾经向空虚的他呼救的东西,现在被占有的他又反过来呼唤它们。整个房子的全部呼声震响着,互相倾轧、竞争,一齐向他自己的内心祈祷。可能是芝菟心中再度复苏的坚强有力的死,将玛耶的死唤回了这座房子。

……对于芝菟来说,失去玛耶这件事没有任何意义。曾经傻乎乎映照万象的他,还有拼命呼唤的他,早已不同于现在的他了。祈祷不是模仿,已经变成不可分离的本性。芝菟知道,应该不借助任何救赎,完善自己心目中的玛耶。塑造玛耶,不仅仅是他心灵的作动。他的一举一动,哪怕一些细碎的小事,都开始带有神圣的意味。为了潜入自己的内心,芝菟如今再不需要任何力量。为什么呢?因为眼下一切超自然的东西,皆可以彻底而美丽地淡定对待之。芝菟完全可以做到这一点。

尾声　关于星星

观看星星的时候，人们心中会骤然吹过一股馨香的夜风。静静飘扬的一片夜云，朝着森林、湖泊和城镇的上空流动。这时，星星正如洒向万物的露水，一滴滴降落下来。从那目不可视的神的绳索所连结的画图之间，一个个星座，适时而优雅地次第崩落了。从那天起，星星将停驻于所有人们的心胸。人们曾经拥有的神仙般美好而愉快的日子，将再度回到身边。

天涯故事

尽管生性死板，命相衰微，但如今依然保有刚强的根基。从幼年到少年的我，为了做梦，有时不惜花上漫长的一天。这就是我的性情。对于那些梦想未能影响自己真实思想的人来说，这只会被认为是危险的事。因此，祖母和父亲担忧我的将来，并且过高估量了我的智能。他们为了促我觉醒，为我拂去蛛网——他们认为我这个小蜻蜓的翅膀长久被缚，到头来就会被置于死地。他们觉得我必须遵照本能，自由飞翔。他们摒除了我身边一切的异常。我最爱读的《一千零一夜》(当然不是因为阿拉丁那盏奇妙的灯和辛巴达的航海，而是关于任性的山鲁亚尔王妃那种近东风情的描写和黑岛王凄美的故事，深深迷住了少年的我)，格林野卑的童话集，南洋怪奇的小魔神像，我经常当作棺材收敛小偶人，同表妹一起模仿送葬的黑檀木宝石匣……凡是大人认为不健康的玩意儿，都一个不落地被没收了。细想想，所谓健康和正常这种亘古不变的标准是什么呢？大人的规矩，小孩子也必须遵守吗？另一方面，真正符合孩子心理的规矩，在大人眼里也必然是规矩，有这样的道理吗？这种将大人和孩子对立起来的想法，容易招致人们的误解。然而，误解——终归是误解。因为他们的这种责难，皆是以大人统领孩子的宇宙为前提的。祖母和父亲（只有母亲最理解我）也深陷其中的这个误解，可以说对我做了误诊，耽搁了我的治疗。梦想一次也没有妨碍我的飞翔。我早已实行了别一种飞翔，这是他们未曾想到的。我正在展翅飞翔，表面上看起来我沉浸于梦想之中，他们无从知道我的内部已飞过多么广阔的天空，由星座至星座，萦回环绕。他们硬是为我除去了缠裹着我的光闪闪的蛛网——看来是蛛网，实际上却是我的游丝一般脆美的羽翼。妨碍我本能地飞翔的，只能是他们自己。但是，行为的失败屡屡从美好的目的获得补偿。这对我来说也有效。我摆脱以往一味被动的梦想，学会了向着梦想主动进击的勇气。《一千零一夜》不该是伸手即来的书物，而应该为我亲手写就。我从沉醉于梦想中走来，鼓足勇气向梦想走去。……总之，只有经过耽溺这一过程，才能获得一种勇气。

房总半岛一角，有一处名叫鹭浦（早已见不到鹭鸶群居的情景了）不很知名的海岸。无与伦比的海角风光、优雅的海岸线、逼仄而颇具余韵的港湾景色、数不尽的绵延的地岬……所有这些景观几乎完美无缺，但和以前所宣传的众多海岸相比，鹭浦却受到不公平的待遇，这里只为少数画家和喜爱安静的人士所知晓。即使不被重视，无论对谁鹭浦都是可爱的对象，所以不但没人特意向世上介绍，有的甚至极力隐瞒，唯恐泄露给亲友知道。然而，鹭浦之所以不为世人所知，不仅来自此种人一心保护美的秘密结社式的态度，不还应该归因于这里的风景本身不是潜藏着隐逸之美吗？而这种美在那些处于盛世、将明媚的风光当作酒宴屏风使用的人们眼里，很难获得认可。

十一岁那年，我同母亲和妹妹在那里度过夏天。老成、病弱、发育很迟的我，看起来只有七岁。我自己也病态地认为我是个永远长不大的孩子，因而也就一味撒娇任性了。——这年的鹭浦之行，远离经常去的山间避暑胜地，为的是让我利用那里的好潮学会游泳。长期以来，医生一直禁止我去经受海边烈日的照射，父亲说我不必再服从那道禁令了。教我游泳的老师——学仆小此木（我叫他阿克坦）出身渔村，尽可安心。七月中旬，我们一同出发了。

骑马、拉提琴，这些难以做到的事情，在梦里都能轻易实现，我怀着同样的欣喜奔向大海，想象着当我超越练习过程中的艰险、学会游水的一刹那，一定会高兴地发狂吧。想着想着，我对于鹭浦之行，实在等不及了。虽说生来不是初见大海，但它与山不同，我仿佛感到从大海找到了永远吸引着我而又求之不得的源泉。正因为大海使我感到恐怖，排拒我，令我急不可待，我反而被它诱惑而沉醉其中了。我没有勇气只身跃入那喧腾浩淼、充满一切可能性的波涛里，我认为那是对蓝色可能性的冒犯。一方面拼命躲避学习游泳，一方面天天遥望大海感到无上幸福。继续歌唱永劫的弥撒的涛声，从大海到远方的山巅，摇撼着别墅夜晚的床枕；或于梦中不知不觉无声地自大海泛滥而出，奔涌到廊缘边，院子里被水淹没的松叶牡丹的梢顶，一群红色的小鲷鱼游了过去。从家里看不到海滨，只能远远望见洋面、天空和地岬。海湾上方，几片光闪闪的云彩，无目的地流淌着，如今静静停歇下来。就连海角平凡的绿色，也因时间不同而发生微妙的变化。正午的绿凝聚成沉降的蓝色，当日影西斜，整个海湾明显涨满寂寥的余晖时，那绿色越发鲜润、明艳。——我来这里已经一个月了，由于我意外笨拙，阿克坦对教我学习游泳灰心了。他或者出于补偿心理，或者看我专念于暑假作业而得不到休息，那天，我和母亲、妹妹以及背着阳伞的阿克坦，一大早就去了海滨。眼下残暑正盛。因为要经过町镇，必须沿着草木燠热的小径下行。尽管有瀼瀼朝露，但繁茂的夏草，以及随处盛开的鬼百合的霓虹般的毒气，使得我们的脊背渗出了汗水。这天，煌煌日照君临于波涛汹涌的海面之上。

边鄙的渔师町——一角用白漆写着“香烟”两字的红色搪瓷小招牌挂在又低又暗的房檐下，将远方蔚蓝的海面分割开来。——海岸的潮香扑面而来，我们瞥见了细碎的雪白的浪花（好似隔着篱笆望见风中摇曳的白玫瑰）。过桥，看到污秽的河口海鸥群集。我跑到岸边，“啊，危险”母亲在风中连连呼喊。波涛蓦地袭来，白沫灿然。然后又以飞快的速度，蹑手蹑脚追赶螃蟹和水藻虫，波纹扩大开去。……海水退到我的脚边，我茫然凝视着水波，心中感到一阵快活的虚脱。

看不见波涛时，我便在阳伞下面读书。硅酸盐光洁的沙子飞散到纸面上，我用石头压住书页，读完《宝岛》的故事。真是有趣极了！母亲担心我的身体，悄悄伸手将书本翻转过来。我像被抢走食物的饿犬，抬头望着母亲。母亲示意叫我到海边去，我只得站起身来。那个戴着草莓色泳帽的是妹妹。幼小的妹妹将救生圈交给阿克坦牵拉着，像只龙虱在波浪间划行。她看着我快活地笑了，由于炫目的海风，看到的只是笑容。我畏葸地避开浪涛，和比我年小的孩子一起，埋头用沙子筑城。堆起的瞭望塔风干了，看上去宛若沙漠中的城堡。我把头抵在地上，眯细着眼睛，透示着背景中海面的云峰。此时，城堡的高空里响起嘹亮的喇叭声，震撼着四方。

已是晌午时分。我们四人坐在伞下吃午餐三明治。

“哎呀，那不是阿初吗？”

母亲回过头来，用漂亮的嗓音问道。

“是的，是阿初。”阿克坦嘴里一边嚼着三明治，一边回答。值勤的阿初歪斜地打着阳伞，渡过桥向这边走来。

阿初好不容易找到我们，走到伞下来。她看见妹妹，大声说道：

“啊，小姐，吃得好香呀。”

母亲没有笑，随口问道：

“什么事？”

“唔……高树町的大太太来了……眼下正休息呢……”

“哦，是吗？”

母亲忽然抬头瞧着闪光的云层思索起来。这固然是母亲没有什么特别表情的一刹那所显现的美丽，但那鬓发下的面颊，还有领口天生的雪白的肌肤，在我眼里儿其亮丽可喜。微妙变换的蓝色海水的反光，赋予母亲紫阳花精灵的幻影。她对我说：

“阿晃，听说姨奶奶来了，我们回家吧。”

我立即泛起了联想。那是一位喜欢走动的肥胖的老寡妇，这位好心眼儿的老妇，自己没有孙子，她很溺爱我，和亲姐姐——我的祖母争着对我好。她们的爱令我十分困惑。她一旦接过对方的话头，就不容对方插嘴，一个劲儿使用一大堆感叹词——那个、可不是吗、真是的、啊、嗯、这个、哎呀，等等。伴随而来的当然是众多的点心、水果之类。这些东西虽说很使我着迷，但筑了一半的城堡对我的吸引力更大。我一口拒绝了，并表现出满脸的不高兴，说道：“不，我要筑完城堡再回去。”

母亲很熟悉我的任性，哪些事该管，哪些事不该管，她都能区别对待。如今，她轻轻应了一声，接着说："好吧，那就等会儿回去，尽量快些啊。……或许姨奶奶会住下来的。"

随后，母亲对阿克坦唠唠叨叨吩咐一番，叫他照看好我，接着便同妹妹领着阿初一起回去了。我知道，母亲的阳伞又要不时在肩膀上转动，发出轻轻的声音来。母亲有个习惯，每当边走路边思索时，总是像少女一般，两手不停地转动伞柄。我看到，她走出五六步之后，漂亮的阳伞迅速旋转了一圈儿。"再来一次！"我趴在沙滩上祈求着。谁知，那阳伞再也不转了，径直渡过桥去，看不见了。"你在干什么？"阿克坦的吼叫吓了我一跳，"朋友在叫你呢。"

……对了，为了完成孩子气的义务，我向着呼喊的方向跑去。好大一会儿，伞下只有阿克坦一个人，我只顾一心一意用沙子建造城堡。大海在正午的阳光下，一派浓蓝，亮晶晶地摇荡着。奔腾的碧波前后，人们像过节一般，熙来攘往，欢闹嬉戏。人声被波涛淹没，听起来，仿佛掺入悲痛的呼喊。那悲鸣莫非就是溺水者的呼救？我在筑城时几次抬头张望，环顾形形色色的水波。——我远远望见阿克坦在伞下焦急不安，看样子很想游泳，于是我又沉不住气了，再也无法安心地尽那份童真的热心了，立即朝他那里奔去。

"阿克坦，阿克坦！"我气喘吁吁地叫道。"你不是很想下海吗？现在可以去了。我守在这里，我要看书。"

"真的吗？"他高兴地站起来，"那么，请不要离开这儿，当心挨你母亲的骂。罐子里装着点心，不要一下子吃光啦。"

"……哦，帮我换上西服。"我突然想起什么，加了一句。

阿克坦站在伞阴里，仔细揩拭我身上的沙子，很麻利地为我换上西服，随后跳着走过滚烫的沙滩，向岸边走去。眼看着他的黧黑的脊背，顿时没入水平线以下了。

留下的我躺卧下来，潮风摇撼着阳伞，我仰望着明亮的伞顶和落下阴翳的高空的云彩。那云层恰似一座小小的伽蓝。潮风中混杂着众多草籽般的硅酸盐沙子，亮晶晶的，带着丰饶的香气，一同扑向人们的脸庞。这是告诉人们大自然诱惑你的力量所在。眼下我无法读书。我可能是把杂沓中的个人这种空虚的内心的悸动，错误地当成是对诱惑者的憧憬。不管怎样，许多书籍所给予我的有害的冒险心(横在我眼前的书物，同样属于《豹眼》[①]那种极其波澜起伏的妖美的冒险故事)，之所以今天开始促我奋起，不正意味着我的守护神突然心血来潮，即将扬帆出海了吗？

我从阳伞下走出来，朝着东方信步而行。离开伞群的当儿，潮香更加浓烈，我渡过漂浮着垃圾的河口的桥梁。我的目光离开桥下的浊流向上仰望，美丽的地岬耀目生辉，它灿烂地沉眠于远方亦可听闻的蝉声之中。

到达地岬阶梯口，出乎意料的遥远。从盛开玫瑰花的地方起始，次第为渔父家突兀的高板墙，其中生长着奋然而立、抗击着海风的向日葵。沙丘到这里被石墙截断了。通往地岬的路，自石墙上面猝然变得险峻了，石阶穿过草丛通往山腹的辨才女神寺境内。这座佛寺周围林木苍郁，映着叶间漏泄的阳光，看似一座碧绿的闺阁。其实，穿过社殿后边通往岬顶的一条秘密小径，更能获得知情者的偏爱。顺着长满绿苔和羊齿苋的宛若“井壁”的道路攀登，抬头望着四边形鲜丽的蓝天，这就是从这里攀援而上时的心情。那口“井”使人觉得

① 日本作家高垣眸的小说作品。

好似专为由清丽的常秋之国通往灼热的常夏之国而挖掘成的。走完这条道儿，海风飒飒掠过松林稀疏的峰顶。那尚未被沙子烫热的海风，难免使人产生“寒冷”的错觉。

人们还能想象出比这更加蕴含烦愁的典雅的风光吗？那里处处都能看到长满松树和灌木的小小村落。众多的小起伏将各处通达顶端的小径压挤成羊肠小道，各个起伏上的树林和岩间隐约可见的拥有前庭花园以及花间小门的形形色色的别墅，定是数也数不清。为什么呢？因为一旦站到门前，便被一望无际的草丛、岩石和远方的森林所包围，看不到任何一户人家的屋顶。从甲别墅走到百米外的乙别墅门前，就连甲别墅的一点影子也瞧不见了，四围只能看到花草、突兀的岩石以及远方闪光的洋面。如此微妙的地势的秘密，愈益赋予这一带美丽的地岬风光神秘和隐逸之美。甲别墅的居民会产生这样的错觉：误以为自己住在自家周围数十里没有人烟的天涯海角，谁知某日偶然散步途中，想不到在附近蓦然发现一座美丽的玫瑰园和小型馆舍，甚至会怀疑自己的眼睛。伸手抚摸一下，不论是湿润的绯红色的弹力，还是罩在绿叶上的鲜明的阴翳，都是现实中真正的玫瑰。惊诧之顷，门扉吱呀开启，百叶窗板迅速上扬，主人从窗内投来一声轻松的问候。……每当这种时候，一种奇妙的感觉将达于极致。人在这块地岬上仅仅作十分钟或二十分钟的散步，就等于来往于童话世界一趟。

我的耳畔蝉声聒噪，选择喜欢的寺社后的石阶向上攀登，穿过树林中陡峭的山路抵达岬顶。丰润的海风充满峰顶。我顺着林中岩石和草丛里的险峻的斜坡，缓缓向大海方向下行。我背倚草丛里突出似盔甲的一块岩石上，望着海面侧耳倾听。波涛撞击着遥远下方的岩根，那响声仿佛从远方的美景中抽象而出，完全组成另外一首音乐，听起来似远雷在天涯的一角轰鸣。断崖下似白扇忽而展开忽而合拢、令人目眩的波涛，飞溅岩石上的白沫，瞬间里光亮夺目的流水……所有这些，皆成为无声的、静谧而可怖的景观映入眼帘。我知道那里有引入潮水的洞穴。那里是渔夫们的鱼塘[①]。布满无数小穴的平滑的岩面上，幻想之虫似的船虫爬来爬去。一天，轰响的飞沫打湿了我的双脚，我凭借我的幼小的头脑向大海走去。我想支撑住无法支撑的海面。我率真地感到，那时候有人正在那里向我呼求着什么。充分地回应他，是极为美好的事情，尽管非凡人所能做到。——我从梦想中醒来。我环视周围。风吹过高高的蓟草。眼下，我所依靠的岩石背后的远方，有一座废旧的小洋房，一半埋在草丛中的灰白斑驳的沥青，映着些微的绿色。看上去，房子周围圈着牧场般的白色的栅栏。那好比有一双妖魔的手，趁我未看的当儿，猝然放置在那里似的。倾斜的黯淡的窗户下方，射入我眼睛的是一个奇妙的东西，像夏日的胡枝子一样艳红。风似乎不断从那里掠过，胡枝子花丛犹如一群紫红色的鸟儿不停地摇荡，有的振翅欲飞，又停歇下来，有的翱翔空中，有的羽尾交合……那一带令人感到纷乱活跃、歌舞喧骚。——我听到一种声音，说是音乐，又时断时续，似有若无，方向也不很分明。偶然联想到鸟声，这时才弄明白，那声音确实来自那座未知的宅邸的方向，来自那歪斜的窗下。

我无目的地站起身来，在各处草丛中突露的平滑的岩石上，边走边寻找刚才经过的小路。那小路同那座洋房的方向完全相反，前方

① 原文作“生簀”，临时放养鱼虾的鱼塘。

只是漂浮着一片白鱼般的云彩。我披草径直朝着那座废宅走去。不顾无数的野蒺藜和山蚂蟥的阻挡，终于来到某个地点。忽然，眼前出现断崖，同对面的别墅之间深深嵌入一道浸满海水的峡谷。呆然站在那里的我，耳朵这才明辨出先前那种声音——是手风琴！我立即感到急不可耐，我真想一步跃过这道峡谷。两眼寻找着道路，发现那条完全不同方向的小路，沿着锐角的山峡转了个弯儿，朝着别墅缓缓蜿蜒而去。

我在小路上疯跑起来，眼看就要走到废宅前边。论起像样的树木，门口只有一株老榆树，刚才没有注意到的一旁的屋脊，已经脱落了屋瓦，下边野菊丛生，向天空挺立着白花。宅子四周布满团团簇簇紫红色的胡枝子花。仔细一瞧，门外小路两侧，长满一丛丛未经修剪的玫瑰，顶着几枝稀疏的花朵，只剩下密密麻麻的叶子。我看见又湿又重的玄关槲木门扉，半开半合。那琴音从门里传出来，声如细丝。静谧的午后，海水波明如镜，榆树的树梢也寂静无声。蜘蛛、蜜蜂和黄金虫，死一般躺在野花（还有鬼百合）丛里睡觉。——在这夏日静寂的午后，一切都明净似金，令人联想到夏季的午夜。那风琴的乐音，宛如穿戴着五光十色厚重的彩衣。此外，那琴音还交混着低低的秋蝶般的歌唱。那歌声于琴音的流动之中，仿佛闪着光亮羽鳍、悠悠而过的小香鱼。虽说一个词儿也听不明白，但大致可以肯定，那是一位美丽的少女的歌声。我轻手轻脚走入宅内，那里看来是原来的客厅，有两道门扉通向后院。毁坏的两三张椅子和干裂的大圆桌上，堆满了尘土。我挨近其中一张椅子悄悄坐下来。一向无动于衷、木讷呆板的我，对于自己的大胆深感落寞。我侧耳静听。风琴的声音来自后院的房屋，有的声音又尖又细，有的则完全听不清楚。那风琴好像坏了，但奏出的音乐却给人一种无法形容的神秘感。歌声逐渐耳熟，那嗓音好似夏天澄明的小河河底众多的小石子，互相摩擦发出的响声……

……

夏季玫瑰开，

秋来依旧香。

今知幸福中，

身朽本无常。

……

这是忧愁而伤感的歌声。我的周围，美丽的世界开始像陀螺般旋转。我定睛一看，干裂的桌面上有两三个小小的花环。那是在已逝的春天，孩子们采摘野外紫云英编成的，放在这里忘记了。早已失去花的润泽，变成押花[①]似的枯色，干得像蜻蜓翅膀，用手一拿，尘埃似的花粉纷纷散落……

……

夏季玫瑰开，

秋来依旧香。

……

① 亦称压花，采集花叶压成画的艺术。

低柔的歌声充满期盼地重复着。一种难言的寂寞袭上心头，我连忙在椅子上重新坐好，不料椅子发出一声怪叫。风琴的乐音蓦地停歇了。履声闲雅地叩响了地板，房门打开了。我像个等着挨骂的孩子，也不向那里瞧一眼，一个劲儿盯着桌上的花环。来人静静地坐在我身边的椅子上。玫瑰的馨香漂流过来。

“哎呀，这是谁家的小哥哥？”

那声音没有任何谴责的调子，优雅而亲切，我不由抬起头来。美人笑微微地瞧着我的脸。在我眼里，这位美得令人目眩的丽人，肯定不超过二十岁。这女子和我心中描绘的面影十分相像，于是我断定，那遥远的未来走到我身边的新娘子必定是她。只见一身古风的镶着花边的玫瑰红亚麻西服，头上缀满首饰。

“家在哪儿？”

“鹭山。”我羞怯地回答。

“好远啊，你一个人来的？”

“嗯。”

“不曾迷路吗？”

我微笑着，像女孩子那样摇摇头。我的微笑似乎是美人涟漪般不绝微笑的回映。但是，幼小的我只可本能地理解那位美人的笑意。假如当时赋予我成长后的直感力，我就能一眼看出，她那不显一丝阴翳的微笑，含蕴着难以名状的悲剧意味。不过，如果称为“悲剧的微笑”，其中飘溢着的无上的明朗，又该如何命名呢？

“我是……散步来这里的。之后，我又听到……那……手风琴的声音。”

“啊呀，是吗？”不知为何，她望着天空回答，“那只破风琴，要是不嫌弃，随时都可以弹给你听。”

我很想立即叫道“现在就想听”，但话到嘴边不得不打住。她已经站起身子了，向着同海面反方向的窗户走去，凝视着外面刺眼的阳光。她用手理理头发，像挽起一束沉甸甸的香花。

我用心忖度着眼前的美人，她的身世和命运，以及不久前在她身上发生的事情，还有那过于明朗的笑声（后来想想，怀妊的女子往往会发出悲戚而澄澈的笑声）。这时，美人背倚窗户回过头来。逆光将她的面孔映射得很黯淡，宛若所罗门爱恋的埃塞俄比亚少女。

“你去过地岬的最尖端吗？”

“没有。”

“回头我带你到那里散步。那儿的景色很好看。”

我刹那间感到莫名的幸福，涨红了脸，默默摆弄着干枯的花环。就在这时候，她也像只小鸟，以近似本能的敏感把头转向窗外。接着，她发现了什么，飞身奔向大门口。她向门外跑去。一刹那，我感到一阵难以言喻的兴奋，震颤着身子。那女子动作好似母鹿，留下飘逸的麝香，风一般躲到森林里去了。莫非她是鹿的精灵？我怀疑。

好大一会儿，时间缓缓流动。遥远的下方，海潮转动着水磨。远近蝉声相邀，不久，似骤雨般喧嚣不已。我又误以为自己是在深夜——一觉醒来，顿觉夜半的时光白白流逝，满心烦躁不安。

大门急急打开了，进来一位青年。我奇怪地打量着他，他红着脸，回过头去。紧跟而来的那位美人，一边冲我笑笑，一边跟他说：

“噢，这是我朋友，刚刚认识的。”

“你真会交朋友啊。”

那青年投来一句颇为犀利但很得体的话。他站了一会儿，瞧着我，微笑着，迅速进了里屋。美人也随即挽起漂亮的裙裾，正要跟着走进去。临行时，她对我嫣然一笑，撂下一句“请稍候”，就紧闭起房门。我被一种天真的童心惊呆了。青年和少女的笑容十分相似，我要是个大人，只用“悲剧性”这个词儿就能加以概括。尽管如此，正像发现龙胆和露草具有相似的紫色，又有什么值得大惊小怪的呢？——青年和少女的眼眸一个比一个更清炯有神。那位青年当在二十或二十一岁，法兰西灰色西服外打着朴素的领带。少女的装束和他一样（或是出席什么庆典吧），不过总带有几分古典式的令人怀想的风情。

我觉得我有义务等下去。透过向海的窗户，我的眼里不断辉映着广袤的夏空和闪光的部分海湾，那海湾宛若镶嵌在开着黄花的灌木林微细空间的云母片。远方波涛起伏，海洋这巨大的象群在高声歌唱，令人想起“命运”的歌声。

——里屋蓦然漏泄出低低的啜泣，该不是我耳朵的幻觉吧？不一会儿，两人出来了，脸上洋溢着青春的光彩。

“马上就走吗？”青年低俯着睫毛亲切地问道。

“嗯，马上就走。”少女朗声回答。

随后，她拉起我的手：“我们散步去吧。”

我感到她的手像一团烈火。我突然想起了什么，说道：“哦，不弹风琴了吗？”

美人想起了那个约定，她一面含笑地望着青年，一面回答：“下回再说吧。”

不知怎的，老实说，我真感到有些不好意思。

那次散步真叫人高兴，应该如何作比呢？像我这般年纪，最高兴的莫过于陪伴母亲一道散步。然而，那一次的每个瞬间内，既有将母亲和家人完全忘记的快乐；又有高兴背后总觉得隐藏着不正的内疚的快乐；同时还有从少年难堪的单调中突然提取出的安堵和惊愕。身边有两位美丽的同伴，加之，没有任何威胁幼年的年龄上的压力，我也一起感到已经被一种超越年龄、无限永恒、不老不死的力量包围了。我们离开废宅，走上通往地岬尖端的小路。前面说过，这条小路或升或降，往前一直是羊肠小道。这是一条理想的散步路。眼里所见的无非是夏草和往来的白云，风不安分地摇动着这些草叶。可是，小路经过一道洼坑时，那里却生满一簇簇花朵繁密的白百合。一棵松树亭亭站立于百合花丛中，落下一团树影。四周蜂虻嗡嘤。这块地方不易觉察，花朵仿佛皆为虔诚的祈祷而聚合在一起了。她弯腰一朵接一朵采摘百合花，左手挽不住了，便抱在胸前压成了花束。我瞧在眼里，有些为她感到气闷。她站起身，脸上红扑扑的，百合似乎映着灿烂的曙光。她笑着将一朵百合别在青年的领口上，又笑着送到我手上一朵。接着，她一边走路，一边编织百合花冠。青年始终不说一句话。看样子，他不像有什么烦恼，心胸显得颇为豁达，为此，他不发一言亦可确信自己的幸福了。（人们为了稍稍确信一下自己的幸福，不正需要开始对话吗？）走出百合谷，道路一直向上，这里是一座大岩石形成的高高的小丘。山丘这边的背阴处，有一栋白色的平房洋馆，每面窗户闪耀着银白的窗帷。羊群沉溺在深深的夏草中咩咩鸣叫，宅子内外不见一个人影。

“这里是华顶家的宅邸啊。”少女低头编织花冠，边走边说。

“是吗？”青年不感兴趣地应了一句。

这就是那位悲剧般美丽的女主人、著名歌手的隐居之处。她虽具有无与伦比的美貌，但一直被丈夫遗弃。

草丛里冷不丁跳出一条大狗，狂吠不止，吓得少女和我拼命喊叫。那狗打我们两个中间儿钻过去，径直向圆丘顶端跑去了。圆丘上面大半长满了芒草，狗一跑上去，草丛中就不时显露出缓缓耸起身子的黑影，经阳光照射，轮廓清晰。那慢腾腾的身子似猫背般向下塌着，令人联想起以白云和蓝天为背景的可怕的巨人的幻象。狗没有朝他吼叫，而是疯狂地围着他兜圈子。这时，那位影子般的汉子哗啦哗啦沉重地分开芒草向山坡一侧走去。

"他是什么人？"少女问道。

"看来是乞丐。"

青年答道，眼里闪着紧张的神色。我瑟缩着，赶紧丢掉手里的百合，抓住少女的裙裾，忍住眼泪。然而，这一刹那，我倏忽感到我们都是故事中的人物了。

空中开始涌现平滑而光亮的云彩。远处的森林聒噪的蝉鸣，转移到附近的树丛里，喧嚣不已，听起来宛若惊天动地的海潮自远方传来，轰响于这片好似流云磨戛黄铜发出强烈反射的地面和草原上。我们来到圆丘顶端，乞丐早已不见人影儿了。芒草使人感觉出秋意。

"就是那儿。"

青年指示的地方，就是刚才少女说的地岬的尖端吧。那里只有一棵伞形松树，围绕着松树和裸露的岩床之间的是草丛，呈现出一座宽大的运动场的气象。四周没有什么遮拦，只可望见仅仅挨近尖端的碧蓝的水平线。

"走到那里，"少女说，"比肉眼看到的距离更远。"

可不，那座广场孤立在那里，只有一条小径从眼前的灌木林绕行过去，最后穿过狭窄的地峡，抵达那里。我仰望着美人，想同她搭话，这时她把编织好的百合冠戴在丰蕴的头发上，鲜艳夺目。

“啊，真漂亮！”

我不由惊呼起来。她听到我天真的赞叹，立即羞红了脸，脱去花冠。青年笑着看了看她。

下了圆丘，来到地岬尖端附近，发现草丛里开满了众多的红白花朵。我们知道，那是顺着岩床蔓延，然后从石缝中钻出来的。而且，那一定是瞿麦。这块地岬上，不知何故，一种花总是集中于某一片地方形成聚落。随着逐渐接近岬端，周围明亮得简直使人受不了。我们默默在瞿麦花丛里走着，到达接近天空的最后一块岩床。我的腿脚发软，不住颤栗。青年和美人站在那里正在说悄悄话。我跪在岩床上，试着向好似位于那落迦底层的遥远深邃的大海望去。少女过来扶住我，说道：

“当心！我来抓住你吧……”

说罢，她用力握住我的腕子，同时也把目光投向崖下。少女馥郁的体香和热气使我眩晕起来。——断崖遥远的下方，可以看到一个不可思议的沉静的小岛。应该叫做“渚”吧。撞击在参差岩石上细碎的雪白的水花，以及同大海清碧一色的浪涛汹涌的断崖下方，较之远方静谧而广漠的海面，显得更加沉静。这是因为，在和刚才经历过的同一种作用下，声音完全被舍弃掉的缘故。仔细一瞧，那里犹如一幅清晰的小照，景物细小，就像另一世界的绘画。当时，搀着我的少女一阵激烈的心跳，这阵心跳摇篮一般摇晃着我，令我充满不祥的预感。我怀着疑虑抬眼看看她，看来她并不情愿我盯着她，她把我抱起来站住，目光投向远方的洋面，不住眨巴着眼睛。眼下，洋面上正有轮船通过。我们三个无声地望着那艘快活的轮船。夏日碧蓝的海面，轮船拖曳着一股青烟，渐去渐远，看上去，似乎将多彩的云峰映射成玫瑰红贝壳了。被禁绝的希望，无疑又原样映进这对美丽而活泼的男女青年的眸子里了吧。也许是我多心，青年的睫毛上闪着亮光呢。幼小的我，还不懂得眼泪的意味儿。

我正想躲开这种不可解但很真实的沉默的阴翳，以免落到自己头上（大人对孩子，往往不愿叫他们明白事物的真实所具有的价值），谁知，这时她却用不太适合她的高嗓门提议道：

“我们玩捉迷藏……好吗？我先负责抓人。”

我虽然对捉迷藏不感兴趣，但还是连忙表示同意：

“那就玩捉迷藏，玩吧，玩吧。”

我知道附和是一种礼貌，于是就孩子气地等不及地接连问道：

“鬼[①]在哪儿等？鬼应数到几？”

她装作思考着什么，暂时掩饰自己在发呆。青年蹲在瞿麦花边上，向着洋面眺望。那里，云彩无声地流淌，不知为何变得灰白了。不一会儿，她说：

“在那棵松树下边，面朝松树而站，数到一百为止。”

我被青年拉着手和她一同来到那棵高大繁茂的松树荫下边。

“好了。”

少女娇艳地笑着，跑向松树。她用两手紧紧捂住脸，紧贴着树干。

青年对我使了个眼色，接着拉起我的手，朝着离开断崖越来越远

① 日语中，把捉迷藏游戏中负责找人的角色称作“鬼”。

的方向飞跑。周围太宽阔了，没有可以隐身的树林和房舍。跑到芒草斑驳的圆丘，也还是没地方躲藏。我们只好躲在岩石间繁茂的杜鹃科绿色灌木丛中。青年用眼睛对我笑笑，我只是怕被立即发现，心中直打鼓。少女从松荫下边出现了，她打起眼罩，四处观望。那身影令人联想起白鹭起降于无人荒野上的生活，能看到这种难得一见的秘密，真是大饱眼福。她当然着眼于树丛这个唯一的显著目标了。她像一条白色猎犬，衣裾纷乱地跑了过来。青年不知为何两颊通红，藏在叶丛荫里，双目炯炯有神。少女跑到他跟前，以及青年跳出草丛迎接她，两者几乎同时进行。可我还想继续躲下去，似针鼠般团缩着身子。这当儿，青年和少女两人一同倒在草丛中打滚儿，弄得草叶哗啦哗啦响。不知为何，我还听到他们相互高声欢笑。接着，忽然又是瞬间的静寂。蝉声如潮，震耳欲聋。我实在憋不住了，一阵风朝着他们两个奔去。

“哎呀，看到啦！”

少女羞涩地大喊道。

我们玩划拳，该我做鬼了。逢到这种场合，某种好奇心减弱了我的孩子般褊狭的义务观念。我本没有可以逞强的资本，也根本没有意识到什么逞强，只是表示出从未有过的顽固。这是因为，无意识中，我的直觉感到事情的严肃和神圣，以及随之而来的本能的尊敬的义务。我面对松树埋下脸去。少女温软的手轻轻举起我的两只手的手指尖儿，放在我的眼皮上。这让我想起清净的仪式。我很快感觉到松脂的幽香以及炎夏时节经阳光整日照射的松树荫里燠热的暑气。在被别人看到唏嘘之前，还是深深掩面，手指用力摁住眼皮，以防紧闭双眼时依然漏泄出午后明亮的阳光。为此，我差点儿把数数忘记了。我开始数数了，而且数得很慢。那个人儿离开时，脚步轻盈，似有若无。留下一缕清香，她走了。我的裸露的膝头，悄然掠过清凉的裙裳。我执拗地想着这些，半道上又忘记数数了。我已经不想数下去了。我尽量慢。……突然，我羞愧得脸上涨了红潮。我此刻的心情就是对她怀有好意，想让她逃到一个谁也找不到的地方去。我意识到，眼下我不正是助她一臂之力的唯一人选吗?

然而，我的耳畔清晰地听到了：风吹夏草的响动，高高的松伞相互摩戛的声音，以及每当沉浸于这些事情的底层而引发的激昂澎湃的心潮。他们的足音、他们的笑声，中断了，听不见了。只有沉痛的蝉鸣，远远地送进我的耳朵。那一刹那，一瞬间，就这样过去了，什么事也未发生。(确实未发生什么事，但那却是紧张而可怖的一段时间，就像书一页页翻过去了。)突然，我听到一种类似鸟的声音，但立即被证明那不是鸟叫。那不是鸟叫！那断崖方向，不，那断崖所指的空间，无论如何，只能认为是那个方向，刹那间传来一声简短而低微的悲鸣。我从未听闻过什么所谓“悲鸣”。(低微得令我怀疑自己的耳朵。)如果是真正的悲鸣，那么我认为，所谓“悲鸣”这个词儿，并不符合那种庄严、美丽的声音。那是人发出的纯真、明朗、瞬间即逝的声音，只能使人想到高贵的鸟叫。我蓦地想起来了。那海岸边人们充满喜悦的喧嚣，使我多愁善感的耳朵误听为“悲鸣”，如今那不是悲鸣，不正是狂笑吗？那是可以令人想到海的颜色的瞬间遥远的响动，一定是无比尊贵的笑声。看来，那不就是众神的笑声吗?

这种思考只持续了数十秒钟。我漫无边际地回想着，早已数过一百。我觉得经过了难以计算的漫长时间。我已经失去对游戏的兴趣。我无力地放下手来。周围一派静寂，没有日常那种震耳欲聋的响声了。对面一块黑黢黢的平滑的岩石，被反射得闪闪发光，那是因为有一片云彩飘过。天地之间，感到自己是唯一的一个人，这种时候，我的幼稚禁不住要倒向什么。为了倒下，我向前奔跑。我像是突然倒下了，但我只不过是奔跑。首先，即使奔向先前那片灌木丛，也不会再次躲进同一个地方了。可我还是盲目地奔跑，和刚才不同的是，夏草的穗子恶意地刺伤了我的小腿，使我痛苦非常。马上就到目的地了，听天由命的我，顽固地相信他们俩还待在那里。我一头扎入繁茂的灌木丛中。——他二人不见了。刚才被身体压断的地上那可怜的夏草，还有星星点点的野莓，一同映入我的眼帘。我像先前一样，虽然疲惫但很焦躁，从高高的草丛里——即便如此也还是看不见，就只得登上大岩石，寻视他们的藏身之处，然而却白费力气。我凭借小孩子的头脑尽可能加以推理。那被胡思乱想打乱的数了百多个数的那段时间，可能相当于数上二百或三百的时间吧？但是，说来奇怪，青年明知道可跑的范围仅限于百数之内，那么，他为何要立志跑远呢？我一边想，一边登上通往芒草之丘的小径。我站在圆丘顶端，眺望经过漫长的步行抵达这里的道路。立即看到了下面华顶家的屋脊。山羊的叫声，震荡着令人麻痹的静寂。我忽然看见了幻景，山坡上有黑影走过。那不外乎是先前那位高个乞丐的身影吧？于是，我的头脑里又燃起一股强烈而尖锐的悲哀的火焰，恐怖又在心中抬头了。我不由激烈地痛哭起来。这哭声交混着担心与不安，以及不明缘故的同情。不同于对着母亲撒娇时那种尽情地撕心裂肺般地喊叫，而是自己都难以收拾的痛切的哭诉。我已经在遥望远方的那棵松树。泪眼蒙眬之中，仿佛看到一棵雨水濡湿的松树。父母、妹妹，没有一位亲人分担的啼泣，对于我来说，或许是初次经历吧？尽管是一个孩子常有的无意义的眼泪，但其中一部分也混合着遭遇某件正经事时成人可能滚落的泪水。这又将我驱赶到捉迷藏游戏所促成的严肃的义务之中了。——我一边呜呜哭喊着，一边掉头折返回去。我自己也不知道是怎样跑回松树旁边的。我坐在松树根旁，环顾四方，我用脚使劲儿揉搓着瞿麦花。眼下到哪里去寻找？静谧的草丛，裸露的岩床，目中所见之物，天空占去了绝大部分。如今，浮云蔽空，这些云层，忽而织成优雅的花纹，忽而散开了。对面隔着港湾的地岬，在阳光照耀下，泛出白茫茫的亮光。地岬周围的海面，反射着灰白的海光，只有临近尖端方可看到。犹如置身天上。我呆然而立，作为最后的尝试，我将眼睛投向周围。我感到自己的眼睛早已像大人那般严肃了。

我遭受到从未如此热烈爱过我的人的背叛，将悲伤的目光茫然投向地岬尖端。断崖远远超出水平线，限制了天空。正在流去的行云照耀在灰白的岩床上，发出刀子般耀眼的光辉。我拖着疲惫的双腿，在岬端上站了片刻。洋面上持续的蔚蓝，随着步步接近而越发浓烈。从那里升起的明亮的云峰，截然划开一道美丽的界线，以便回应即将沉没的倾斜的夕阳，透过云间用眼角赫奕一瞥。海里不见一片帆影。一艘看似奔我而来的帆船，不知驶向何方，显得那般优雅，不由使我低下眼睛。仔细一看，整个船身摇摇晃晃，船脚颤栗不安。仿佛骤然有一种磁力，正要将我拖向那里的深渊、那落迦的美丽的海洋。我极力向后退撤，低伏着身子，屏住剧烈的心跳，窥视着那深渊的底层。当我再次望着那块地方的时候，我看到了什么呢？可以说什么也没有看到。我只看到和刚才一样的东西。那里有明丽的松景、岩石和小小海湾，有奔腾不息的银白的海浪。那些都是无音的光景。在我眼里，只不过是不可思议的沉静的小岛。我突然想到一种类似神仙笑语的意味。现在的我，还没有资格考虑那样的大事，那是无与伦比的大事。我眯细着眼睛死死抓住岩角，过了好一阵子，我才从那里脱开身子站立起来。

回到辩才天境内时，我看到阿克坦坐在石凳上发呆。他一见到我，就满怀疑惑地上下打量着我。紧接着，他跳到我跟前，一把抱起我来，用汗津津的腕子，不住摇晃着我，说道：

"啊，你怎么啦？你怎么啦？"

阿克坦从未如此激动过，看到他这样，我也越发激动起来。我"哇"的一声大哭起来，紧紧搂住阿克坦的脖子。

"你迷路了吧？真是受苦啦。"

阿克坦安慰我，然后拉起我的手，沿着难行的砂径一路走回家中。他对我讲述了寻找我的辛苦，回到家中之后，他教给我如何才能避免两人挨骂的方策，交代完之后，他就没完没了地责骂我。他最恨我默默听着，不做任何辩解。有时，他问道：

"你心里难过吗？发不发烧？"

他看我摇摇头，又是一连串的责骂。路上，他想起了什么，拽住我的手，以飞快的速度跑向海边的茶屋。他把阳伞和行李寄存在那里了。茶屋的老板娘对他说：

"哎呀，刚才女佣拿走了。她说，家里小哥哥走丢了，闹得天昏地暗的。我对她说，您正去寻找来着。她听了很惊讶，连忙折回家啦。"

阿克坦脸色苍白，急切地问道：

"啊，不得了啦，什么时候？什么时候来的？"

“刚走一会儿，也就二三十分钟光景。”

“我们走！”

阿克坦拉起我的手一路狂奔。

我心里反复出现一个难解的问题。我一直坚信：对父母不能有任何隐瞒并以此而感到喜悦，从来都没有想到要违反它。可是，不知为何，唯独这件事情以颇为亲切的默契同我达成共识：不光是父母，对自己以外的任何人都决不能提起，并且要敢于以隐瞒事实为快乐。——然而，一旦面对母亲，我究竟又能隐瞒多久呢？我被这种畏惧长久困扰。但回旅馆，直到回家之后，我都凭借着只要不说就能隐瞒过去这一事实，永久排除我内心的不安和良心上的自责。

正如所想象的，高树町的姨奶奶发狂了。为了安慰她，母亲强忍住自己难以忍耐的不安（反而母亲显得有些不正常了），一边红着眼睛，一边极力装出一切都很放心的样子。我回去时，一见面就悲喜交集地大叫一声。抢先一把抱住我的，不是姨奶奶，而是母亲。我整整哭了一个多小时。

我同阿克坦回家时，临近初秋的太阳像打水的吊桶般迅速西沉，落日的余晖染红了家家房檐。蟋蟀欢畅地鸣叫起来。母亲对我和阿克坦一直责骂到天黑。

第二天，我发烧了。医生劝我回到东京家里静养，于是赶紧收拾行李，全家人一起乘上火车。我像婴儿一样被裹在毛毯里，由阿克坦背在身上。车站和车厢内好多人都用怜悯的眼光瞧着我。我反而成了一位王子，发现自己原来很高贵。梦想竟然可以使人如此孤高自许！

火车驶入东京的市街，虽说还没有天黑，街上已经到掌灯的时刻了。刚刚燃亮灯火的大桥下边，行人们兴冲冲地在赶路。街道上往来如织，仿佛今天照旧有唾手可得的喜事在等着他们。——这时，桥头旁边银行的一排窗户，亮起了一道蓝色的灯光。

今年夏天，不要说游泳，就连浮身也没有学会，我担心父亲会骂我，心里很恐惧。但我心中早有了一份无可动摇的奇妙的满足。此行归来，我虽然没有学会游泳，但我却学会了一件不大容易跟别人说明白的真实。后来，我流浪四方，到处寻求那件真实。假若我能用生命换回那样的真实，我将在所不惜。

头文字

宫殿下去年夏天荣升骑兵中尉。这年是昭和十四年[①]，他在陆军大学读书，年纪轻轻，刚满二十五岁，周围的人尤其是伯父，都极力劝说他迎娶妃子。但他没有听从他们的话。一是因为人们一个劲儿絮叨，反使他固执己见；再者，因母妃早薨，家中只有很少关心他的父亲和姐姐，加上他本人有着孩子般的犟脾气，对于娶妃一事根本不放在心上。

按照惯例，昭和十四年春天，照样在宫中的马场举办马球赛。宫殿下和同学一起参加红队出场。红队中还选拔了自士官学校时代起一直同宫殿下十分要好的朝仓季信中尉。陛下因为繁忙，没有驾临。以皇后陛下为首的各公卿家都聚集在一起，或许因为王子出席，华顶宫第一个早早到场了。

竹制的球杖，尖端呈弯曲形，用麻线编制成网状，队员从马背上用球杖分别攫起红球或白球，投入己方篮筐内，不用说以获球多者为胜。比如，红队的骑手欲获得红球，白队的骑手则百般阻挠，不使其得球。怒马驰驱，肚腹相抵，比赛立即化作一幅勇武雄壮的景观。红队的骑手好容易攫取红球，一边高擎球杖，火急奔向己方的球篮。白队极力阻挡。逢到这些地方，马球赛的兴趣很像足球比赛。

宫殿下骑白马，朝仓中尉骑青骢马，两人合力，不断为红队获球得分。每进一球，天幕下虽然没有传来掌声，但殿下都在窃窃私语，流露出满意的神色。这时，宫殿下的竹杖尖端正攫住一只红球，他骄傲地高举着，急急向红队的篮边奔驰。不巧前方被白队的两三位骑手截断，只得紧挨栅栏迂回前进。不料斜刺里杀出一骑，企图挥杖击落殿下的红球，殿下猛地勒马向右躲避。不料手中的红球犹如离弦之箭，迅速脱离球杖，飞越栅栏，向观众席的一角落去。这种情况绝少发生。

观众席最前列坐着千原公爵的女儿渥子，说来凑巧，球正好打在她那着素洁上衣的胸脯上。球很轻，又不是瞄准后的击球，也不是多重的打击；但只因为太意外，比起渥子本人，身边的人更加在意她的身体。公爵夫人本来就喜欢夸张，在陌生人眼里，被红球击中身子的，仿佛不是渥子，而是夫人。这时，人们看到，华顶宫家年轻的宫殿下轻轻从白马背上下来，穿过栅栏，急忙向渥子身边走去。

马背上的朝仓中尉，右手挽着殿下弃乘后的白马的辔头，困惑地凝望着这次突发事件。中尉对宫殿下轻意走过去有些不大理解，他认为由他自己代替殿下过去道歉更合乎道理。但宫殿下的行动太突然，他已经来不及劝阻了。不过，要说中尉的这一想法出于冷静的判断，所以很得当，那也并非如此。没有击球的中尉，没有理由向渥子道歉；此外，宫殿下动作轻松地过去说一声“对不起”，不论谁看来，都是极其自然而易于获得好感的做法。

---

① 公元1939年。

中尉的父亲就是前年去世的那位豪放磊落的朝仓季亲大将。大将和千原公爵尽管是远房亲戚，但都互相抱着永远解不开的疙瘩。原来大将迎娶中尉母亲的时候，这位妻子虽然门第寒微，但却是双叶女校闻名的校花，其美丽无人出其右者。同样寄情于她的公爵，千方百计阻挠宫内大臣为他们颁发结婚许可证。对这位未来的朝仓男爵夫人的人格恶意诋毁，散布不利于这桩婚事的谣言。此外，鉴于松本宫内大臣又是自家的舅舅，就向大臣告状，罗列女方家庭和族谱中的可疑情节。依然健在的上上一代的朝仓男爵、那位留着恺撒胡须的显赫的将军，站在儿子一边，在一次聚会上狠狠羞辱了年轻的千原公爵一番。于是，在一个男爵结婚许可问题上，宫内大臣和朝仓将军背后的军部形成对立。围绕这一事件，产生了各种谋略，事情出现了不曾预料的发展，一时间谣诼纷起，接连不断。最后只得由已故的元帅殿下发话。他说，既然军队已经答应，他也深表赞成，并希望能获得认可。因此，这门亲事才算正式定了下来。带有女性性格的千原公爵宣告同朝仓家永远断绝来往，但他不忘找机会为对方设置种种障碍。具有此种性格的公爵，能生下渥子这么个女儿，不管在谁心里，都一致归功于倾国倾城的夫人，虽说她的弱点是心眼儿好过头了。

基于这种情形，李信中尉生来头一回见到渥了，是在他还是少尉的时候。有一次，他应邀出席幼年时代一位朋友的婚礼，有个不了解他们关系的人，将他们两个拉到一起会面。渥子虽然十八岁，却明显地像个大人，头发长长的，在少尉眼里，是个绝世美人。自那天以后，少尉便将人们称作“爱”的感情，一件件同自己的想法相对照，结果觉得哪一件都不适用于渥子。仅凭这一点，少尉认为自己还没有进入恋爱。可是，一旦确认尚未进入恋爱，对于渥子的印象，犹如散了轴的扇子，变得支离破碎起来。这使他受不了，所以少尉还是硬逼着自己相信自己已经“进入恋爱”。恋爱一开始，谁都有过这样的体验，即为了自己心理上的满足，有必要装装门面，不是自己选择的感情都不叫“爱”，唯有自己选择的感情才是“爱”。少尉同样陷入了这种错误。

因而，少尉巴望着同渥子再度见面，检验一下自己内心的变化是否有根有据，但一直没有寻到机会。正巧，当时一家妇女杂志的前几页刊载了一些名门闺秀制作慰问袋和灌园种菜的照片，获得了好评。其中有一张渥子书写慰问信的照片。少尉将其剪下，闭上书斋的房门，一边满怀懊恼地自责，一边望着照片空发痴想。自打履任以来，他被允许在家里上班。他怕剪下的照片被家人看见，便夹藏在桌面上同级生纪念照影集的最后头。一次，在上回婚礼上见过渥子的那对幼年时代的朋友夫妇，到少尉的书斋里聊天，少尉出外接电话时，渥子的同学——那位年轻的夫人，顺手拿起桌子上的影集，仔细凝视也有自己丈夫在内的同级生们的照片。由于少尉放进或抽出照片时用力过猛，影集的销子松动了，影集的底板在夫人手中脱落下来，同级生照片后头，蓦然露出渥子那张低俯着的优雅的面孔。夫人看到这张从杂志扉页剪下的照片，立即重新放好，嵌紧了底板。少尉回到房间里之后，她不但没有告诉他，就连自己的丈夫，她也打算隐瞒一段时间。这位夫人从做学生时起，就喜欢耍弄无罪的权术，第二天一早，她就急匆匆跑到渥子家里，将朝仓少尉影集里夹藏照片的事讲了。渥子对夫人如此轻率深感奇怪，这时她以吓人的速度发挥想象力，立即断言少尉所钟情的人不是自己，而是自己照片背后页面上的女子。然而，不可思议的是，这种不合年龄的贤明的谦虚，紧接着便给自己带来了苦恼。

夫人走后，渥子不禁立即回到屋里，翻开那份杂志。渥子希望照片后面正对着自己脸部的地方不再有别的面孔，谁知偶然翻过来一看，后面一页上正巧有一位漂亮小姐的面孔同渥子一反一正。这些琐细小事，自当天起一直折磨着渥子。

少尉幼时的同学听到妻子这一番话之后，打算在不告诉双方事情真相的情况下，将少尉和渥子一同请来做客。下一个星期日就将这个计划付诸实施。少尉做梦都未想到自己的心思已被对方识破，渥子被这些琐末细事伤害了自尊心，彼此因为出于羞愧和疑惑，两人的态度都显得很冷淡。餐桌上的谈话也只是男对男，女对女。少尉和渥子都遵从父亲的家训，即使见面也仿佛感到是一种罪恶。这时，那位幼时的同学装出无所谓的样子，随口说道：

"对了，朝仓，我问你，你经常同影集里那位漂亮小姐见面吗？"

少尉听了大吃一惊，显得十分狼狈，好半天说不出话来。他的眼里清晰地映出一个束手无策、有口莫辩的人的悲哀心情。眼下，他对这位有意无意当着渥子的面陷自己于难堪的朋友的愤怒，一反变为对软弱无力的自己的愤怒。少尉脸色黯淡下来，简直像个病人。他思忖，无论是轻描淡写、半开玩笑地含混过去；还是直截了当挑明事实，都有悖于对渥子尊敬的心情。因为，少尉如今爱上那位女子，毫无疑问就是损害对渥子尊敬的主要因素。假如自己亲手伤害这种尊敬的心情，对接受渥子的爱彻底断念，那还是可以忍受的。不过，这种友善的心情，渥子也是很能理解的。少尉的态度，既像是低头认罪，又像是率直地表白他所爱的是渥子之外的女人。然而，看到彻底被打倒的少尉，渥子不但不嫉妒，反而为了少尉原谅了那位女子，以便慰藉少尉的多情之心。这么说来，渥子捐弃嫉妒的宽慈的情怀，是确信对方对自己的爱之后感到欣喜所带来的温存，或许她把这种温存也当作是平常早已习惯的疑惑范围内的某种理由了吧？

于是，他们两个暂时处于不是倾向绝望就是倾向欢喜的危险之中。这时，朋友不经意地说道："没什么可害羞的，渥子早就知道，你影集中藏着的是她的照片。"

"不，我不知道。"渥子立即打断他的话。在她看来，要是朋友判断错了，少尉对展示的假照片只是逢场作戏般的出于礼貌的爱，那也是不可容忍的。即使朋友判断正确，她也不情愿因为对此坚信无疑而被看作是个心性高傲的女人。"哎呀，渥子说过啦，可不是吗，不会有那种事的，一开始就没朝这方面想。"夫人插嘴道，"实在对不起，那次我也是偶然在朝仓的书斋里看到的。"

——自己的心思不知不觉送达给了渥子，这给少尉带来莫大的欢喜。这种心情并未因渥子冷淡的否定而受挫。渥子绯红的面颊背叛了她的语言。少尉也明白了语言是何等无力。"不错，我珍藏的是你的照片。"即使如此对她表白，又能怎样呢？少尉感到，渥子的眼神就是告诉他不要这么说。那双本来苦于解开疑惑的美丽的眸子，如今反而正为心中一种被移植到最接近快乐的疑惑，而吝惜起那种明晰的解决来了。

——中尉在马背上临时想起的，都是当初一系列难忘的记忆。自那以后，爱情出现了各种阻碍，没有一件事令两人顺心如意。要说有些事怀有希望，那么，就是渥子的母亲对他们的关系看在眼里却佯装不知。夫人用心提防着，不让这件事进入公爵的耳朵眼儿。不过，这只是出于夫人心地善良的乐天性格，她似乎未必相信，中尉和渥子能真正地情投意合。

再说，宫殿下为自己的过失郑重地道歉。他担心渥子的身体有无大碍，一直盯着渥子胸部刚才红球撞击的地方。渥子低着眉，只听母亲说道："一点儿也没有伤着。她脸色不好，是突然受到惊吓的缘故。"

宫殿下又说了两三句恳切的话，旋即转过身去，一边接受人们的致意；一边回到马场。他向皇后敬礼之后，命令重新开赛。可是，虽然比赛再开，人们不像专心观看的样子。一位夫人对着邻座的丈夫咬耳朵："假如球不是落在渥子身上，而是落在我的身上，殿下还会过来吗？"

"这类事可以说往往发生在风华年少的人身上，不过殿下怀有博爱精神，球不论落到谁身上，他都会过来道歉的。遗憾的是，球并不懂得什么是博爱精神。"年老的丈夫不无嘲讽地回答。

不管怎么说，这是个无论如何都不相信事情出于偶然的人群，所以对渥子被球击中也相信是纯属偶然，那是有失身价的。这位丈夫的话，可以说是持有这种想法的人亲眼见到这件小事，同时又将这种看法用讽刺的语言亲自表达出来了。

中尉远远望着渥子苍白的容颜，一直放心不下，其后的比赛简直像换了个人，等着他的是接连不断的失败。他的担心含有某种焦急不安。假若自己的球击中渥子，并肆无忌惮地伤害了渥子，他充分考虑到这种可能，于是渥子胸中的伤痛，经过一段奇怪的曲折，又回到中尉的心里。而且，被宫殿下弄飞的球击中了渥子，这对于中尉来说，仿佛偶然获得的幸福又被宫殿下一手夺去。如此一来，渥子虽然明明知道不是中尉的过错，但她那副苍白的面容，与其说使中尉放心不下，不如说令他深感不快。

抑或听厌了周围人的窃窃私语，比赛刚过一半，千原夫人和渥子就准备回去了。离席时，渥子转头望望赛场，寻找中尉的身影。比赛中的中尉，清楚地接受了渥子的视线。这种视线唯有相爱的人才会明白，它具有心灵上诚实的神圣的权威。

马球赛以红队的败北而告终。但宫殿下并未表现出不愉快的样子。然而，当天夜里，中尉担心之余，像平时一样，伪装姓名往千原家打电话，得知渥子从马场回去后就卧床休息了。这件事对于中尉来说，意味着双重的不幸。第一种不幸是他无法守在渥子身旁照顾她；第二种不幸是过去惮于千原公爵一次也没有拜访过千原家（虽然如此，毫不知情的公爵每当听到有人赞扬中尉就生气，当着渥子的面将那些赞词一一推翻。他甚至再三表示过："说句玩笑，假如有朝一日家门败落，非得将你嫁到他那里不可，还不如干脆将你许给一个刑满释放者。"）他每逢会见渥子总是诱她出来，万一渥子长期卧床不起，他既看不到她的人，也听不到她的声音了。

得知渥子卧病的消息，中尉一夜没有合眼。他衷心为渥子早日恢复健康而祈祷，直到天亮。不过，他对这种祈祷自然觉得有些茫然，渥子会不会久病不起呢？他总也摆脱不掉这种不祥的悬念。第二天上午，中尉受命到陆军省出差，顺便打了个电话，要求夫人来接。夫人来了，告诉他说："看来不要紧的，今天让她静养一日，明天打算放她外出。"

不过，中尉并不相信今天夫人说的话。于是，他请求说："那么就请务必到附近的车站来一趟。"

夫人一辈子也未曾受到过青年男子的邀请，她只好满怀疑虑地答应下来。

中尉见到夫人后据她所说，渥子只是因为一种无端的不快而卧床。夫人说罢，羞涩地闪现出一丝微笑，随后说：“实话告诉你，她左乳下面被球击中的地方，有一片似有若无的青斑。她放心不下，一时卧床了。”

中尉听了心乱如麻，他苦于无法继续冷静地坐在夫人面前，便推说还有别的事，随即辞别了夫人，在附近公园的树林里徘徊不定。这半年来，中尉留心爱护渥子的身子，除了她的樱唇，他对她一无所知。至于青斑出现的地方，他更没有窥见过。不料，突然飞来的那位华顶宫家中年轻宫殿下的鲜红的马球，在中尉半年间都不曾触摸过的地方，蓦地留下了自豪的印记。从这件事上，可以获得各种不祥的暗示。中尉每想到这一点就几乎要发狂。

第二天午后演习后归队，勤务兵告诉中尉，华顶宫府来了电话，说宫殿下今晚赐宴，请尽早前往。他现在极不情愿见到宫殿下，但鉴于这次晚餐的招待非比寻常，殿下又是个豪爽多情、自行其是的主儿，今天特别叫人不胜其烦。然而，他还是不得不接受下来。到那里一看，宫殿下虽说比寻常显得更加快活，但总能看出有种难以掩盖的懊恼。尽管如此，进餐时谈起前天的马球赛大会，以及已经故去的朝仓大将的逸闻轶事，气氛还是挺愉快的。但转移到另外的房间，一起喝洋酒时，宫殿下借着微醺的酒力，将内心的烦恼对中尉和盘托出。当时，中尉所衷心希望的是，渥子卧病尤其是那块青斑等，千万不能传进宫殿下的耳朵眼儿。然而，出乎他意料，宫殿下已经得知渥子卧床，并且听说其健康状况很令人不安，他心里正为此而烦恼。宫殿下得到的消息和千原夫人告诉中尉的情况悬殊，中尉宁可相信坏的一面，这样要是错了，就会换来更大的放心，所以他便同宫殿下一起陷入深沉而揪心的忧虑之中。宫殿下做梦都没有想到渥子和中尉曾有过一段情缘，他把中尉如此诚实展示的友情，看作是世上难得的事。况且，宫殿下又失去一个军人的谨慎，自己对千原公爵女儿的身体如此牵肠挂肚，人们不禁天真地问：殿下心中隐藏的不正是世间通常所说的“爱情”吗？

中尉的惊讶超出想象。他自然会想到，在这方面十分老练的殿下，按道理，他明明知道，只要稍稍向人显示一下“并非爱情”的证据，那就很容易令人信服。正因为如此，这种于不通常理之处萌生的感情，由他自己亲自加以确证，到头来，恐怕谁也推翻不掉吧。

中尉好不容易从惊愕之中回过神来，他首先问宫殿下，是从哪里听到渥子病重的消息。据殿下说，他昨天命令管家打电话询问病情，公爵亲自走来接听。他回答道，渥子可能患上肋膜炎了。宫殿下还附加一句，他已迅速派人送去了葡萄酒和鲜花。接着他又说，因为他不能亲自前去探望，心中很痛苦。为了知道渥子身体的真实状况，本想派家中的侍医前往。不过，这对千原家有失礼仪，所以只能坐守愁城，空自烦恼。殿下还说，明天想请中尉以宫殿下的同学这一私人身份前往千原家，以便弄清楚渥子的健康情况。

于是，中尉谈了千原家和朝仓家如今互不来往的恩恩怨怨，务必求殿下给予谅解。

“可是，除你之外，再没有别的人可以相托了。”

宫殿下背靠着壁炉台，说话的声音都变了。一看，他的眼圈儿也湿了。

面对如此深厚的信赖，中尉已经无力用言语加以拒绝了。他答应一定带回一份详细的报告来。

翌日早晨，中尉仰头眺望千原家高耸的院墙，他虽然不止一次在附近转来转去，可从未跨进院内一步。渥子的卧室有扇窗户朝向后院，只有从那里才能看到通往后院墙外的石板小径。不仅如此，这一带院墙只有一座小小的旁门，平时一直锁着不开。渥子受到严格家规的管束，晚间不得外出，每逢不眠之夜，只能透过窗户俯瞰外面的小径打发时光。渥子虽然有意无意对中尉诉过苦，但中尉身为军人，又很看重家庭门风，不论爱情多么火炽，他都怕被人发现之后而蒙上耻辱。他不能像盗贼一般偷偷摸摸进入别人的家庭。然而，今天他却被一种崇高的名誉心征服了，仅凭宫殿下一声命令，中尉获得了进入那座府邸的勇气。

中尉眼瞅着面对小径的窗户所能看到的范围，他好半天走来走去地窥探情景。敞开的卧室窗户，白色的窗帷随风飘动。渥子前来关窗时，发现了中尉。他看到渥子的头发离开窗际远去。对于中尉来说，仿佛隔了好长时间，身边的小门传来打开门锁的声响。渥子出来时那副快活的样子，使得中尉放了心。在院墙内侧的大树荫下，渥子一边留心四周的动静，一边出乎意料地告诉中尉，出现青斑的说法没错，但也许是眼睛的缘故，今早比昨天淡多了，身子各处都没有出现障碍。只是父亲还叫再躺上四五天，绝不可外出。看来父亲另有企图，他想让宫殿下家里认为渥子恢复得很慢，借此作为机缘，也好多多接近宫殿下家。中尉突然打断渥子的话："我不懂乡巴佬如何发财致富，你父亲接近殿下家，为的什么目的呢？要是有利可图，那恐怕……"中尉说到这里，渥子立即现出痛苦的神情，中尉的语气也颤栗起来。想想刚才说过的话，前途上等着他们的必定是一派黯淡。

两人自初恋时起，就深知这种爱情将来不会有什么希望。而且，他们也没有决心借助私奔或其他手段实现自己的心愿。存在于此种恋爱之中的所谓真实，到底属于哪一种呢？中尉和渥子都没有往深处去想过。重要的是，这种不自觉状态是两人与生俱来的，同时也是爱情带给他们俩的状态。他们二人无法看到未来光明的这一深刻的断念，或许正是两人爱情的重大条件之一。命运多蹇，或许正是双方之恋的幸福的要素。例如现在，他们即使预感到摆在眼前的宫殿下的求婚和公爵的强制服从这种难以逾越的障碍，两人的身子虽然像承受夏天烈日一般承受着悲剧的命运，但他们尤其缺少克服这种不幸命运的意志。他们感到任何事物都不可违逆，其中也包括眼前的幸福和快乐。中尉就是这样的人，他对自己毫不怀疑。他一边一步步走向将来的厄运；一边继续走向自己真正的爱情（尽管路途曲折）。

两人相约，等渥子允许外出那天一同去散步，随后便分别了。中尉立即去陆军大学会见宫殿下，凭借友谊和忠诚带来的令人惊异的克己之心，在不违背千原公爵希望的限度内，向宫殿下作了令他安心的汇报。

这段时间内，千原公爵的心愿顺利实现了。如今的宫内大臣[①]和他的已故伯父关系特别亲密，因而对这门婚事非常关切，表示支持公爵。按照顺序，首先应当征求华顶宫殿下的意见（但这位漠不关心的父亲，对任何事都听之任之），其次再征求宫殿下本人的意见。宫内大臣说，论门第，千原家也是以“清华七家[②]”之一为祖先的堂上华

---

① 管理皇宫事务的官员。

② 清华，公卿家格之一。位于摄家之下，大臣家之上。兼任近卫大将·大臣，有升任至太政大臣资格的家族。

族的名门,以往和年轻的殿下从未提过亲,这是不可思议的事。两三天后,公爵到宫殿下府邸拜访,一边报告渥子已经痊愈,没有患肋膜炎;一边答谢日前的那次探视。宫殿下对客人大大款待一番,还不无遗憾地说,渥子要是完全恢复,应该一道前来才是。

另一方面,公爵害怕这门取得进展的婚事会遭到一些闲言碎语的破坏。他交代说,渥子外出时,一定要有夫人同行。渥子在母亲对待囚犯似的眼神监护下走着。渥子知道,这种突然降临于自己周围的命运,中尉也无法打破。她对中尉无力的绝望,不外乎是对与这种无力难解难分的自己爱情和命运的绝望。渥子并不期盼中尉有力量打开迫在眉睫的危局,但将渥子自身抛向别种命运之中的力量,只能从中尉那里获取。一天早晨散步途中,中尉装出偶然碰到的样子,叫住了夫人和渥子。渥子手里拿着一本黑封皮的书。她把书随手还给了中尉。

书页里夹着那座小门的钥匙和一封信。她在信中用潦草的字体简单告诉他:她和宫殿下的婚约一周后就要公之于世了,请中尉周六晚上十一点半打开那座小门前来相会。

中尉去见联队长。如今,他所隶属的近卫骑兵队一大队,同千叶连队汇编后开往中华民国北部,华北那里正在展开激战。朝仓大将的部下——其崇拜者联队长,将中尉的名字从名单上勾去了。他处于军人的人道主义感情,不忍心让恩人的儿子送死。

中尉请求联队长不要除去自己的名字,还是让他到最危险的前线去作战。一个有血性的青年容易陷入一时的激动,联队长苦口婆心劝他三思而行。自己的热情厚意遭到误解,这对于联队长来说是最大的痛苦。中尉反驳道:“今后激烈的战斗有的是,现在你劝我不要马上死在这儿，眼看队里朝夕相处的战友走上火线，而我却保守自身安全，这可是卖国贼行为啊。”自己的良苦用心未能得到实现，联队长感到焦急不安。这时，他的心俄而冷静下来，正如部下所形容，脸上浮现出慈父般神秘的微笑：“好吧！”他似乎恍然大悟，出其不意猛地拍了下桌子。

“对于你的忧国之情，我却用一个愚昧老妇的心肠看待。我为自己的态度感到羞耻。我对不起朝仓大将的在天之灵。为了不给尔父丢脸，你快到前线大干一场去吧。”中尉一边听着这些空洞的词句，一边满心渴望去赴死。这是对死的官能性的渴望。

周六晚上十一点半，中尉按照约定，打着手电筒走在那座小门外头的小径上。回应他的是窗内幽微的灯影。中尉将钥匙插进锁眼儿，倾听院内的动静。里面悄无声息。小门斜斜地向院内打开来。——门后滑出个东西，倒向中尉的怀里。那是个激烈跳动着的温热而滑腻的物体。

“你到底还是来了，你到底还是来了呀！”渥子说道。中尉忘记了周围的危险，将渥子的身体摘桃儿似的一把抱起，两人像两只饮水的小鹿，好一阵子，静静接起吻来。

这种恋爱似乎缺乏应有的程序，就像一座奇怪的建筑，门开在顶头之处，刚跨出一步就是海上。猛然踏上海面的人体，没有记忆，没有绝望，只有下沉。一旦落下去，连考虑如何游水都来不及。

穿过胡乱摆放着许多椅子的客厅，登上台阶，将中尉平安地引入楼上卧室，渥子就怀着欢欣、安堵和深深的恐惧，仰面倒在了床上。一阵窒息之后，接着便是剧烈的喘息，简直就像被马球击中时一样。——中尉将她拦腰抱住，铺天盖地狂吻起来，渥子原本有些苍白的身子转变为玫瑰红。她的身体在中尉强健的臂腕中，带着优柔的速度不住颤动。

中尉不遗余力地让渥子饱享情人们的欢爱良宵。他感受到谁都能感受到的东西。例如，渥子大腿内的肌肤，宛若刚刚炙烤的鸡肉，温热可人。中尉从感觉中体会到，所谓悔恨原本就是一团热。

短暂的微睡征服了他俩。先醒的是中尉。他的怀里满登登填满了质量，一时看不清内容。然而某个地方，必当存在着传向中尉臂腕的呼吸涟漪的中心。那里将微妙的波纹不断向周围的肉体扩散，自己的本体高高鼓胀着，鼓胀之后又将波纹扩散开去。中尉试着一摸，喜悦涌上心头，又是一阵接吻。

那里似有若无满布着静脉，但却看不见青斑的微痕。中尉想："当我得知宫殿下在这里留下青色印记时，我的嫉妒是何等滑稽！我多么想看一看留有青色印记的地方！"如今，那里就在中尉眼前，他已经失去对一切永存性和恒久性的想象力。"恒久"也来到眼前，它必然像这对乳房一般坚挺。

"我想给你留下恒久不灭的印记，它不像青斑那样很快消失。"中尉自言自语。这声音惊醒了渥子。

"那么，你就把你我两人的头文字刻镂下来吧，就在这儿。"

渥子指着曾经浮着青色印记的地方。

"来，用你的手将这里刺伤吧。"

中尉没有犹豫。他从上衣口袋拿来一把磨得锋利的小刀，说道："好，你不要动。"

"嗯。"渥子应了一声。

中尉叫渥子跨在上半身上，将执刀的胳膊肘儿固定下来，以免滑动。

乳房预感到要出事，不住地战栗。刀刃在敏感的嫩皮上划动，仿佛划破一颗含有紫红果汁的大葡萄。季信的头文字S和渥子的头文字A[①]，就这样组合在一起了。

AS……

刻好之后，渥子从镜子里看到击中胸间的红色马球的幻影。中尉凑过嘴去，吮吸掉落的血滴。于是，那里明晰地显现出用精巧的红线描绘成的AS。

——正如中尉所祈求的那样，这伤口总是不见愈合的迹象。即便愈合之后，头文字依然鲜明地残留在白皙的皮肤上。三个月的婚约期间，谁敢保证宫殿下不想看看那里？中尉上了前线。渥子时时以悔恨的方式，回忆起那一夜轻狂的举动。她和宫殿下举办过婚礼之后，刀伤到底也没有留下什么痕迹来。中尉也断了消息。就这样，渥子成为一位高傲的女子，她满怀着被忘却的心酸的自豪。宫殿下是个对妃子关爱备至的人。可是，淫荡的妃子却向他传授可耻的爱抚的启蒙知识。

两年之后，宫殿下和妃子生下了王子。妃子下床后，首次被允许入浴。她痛痛快快洗了个漫长的澡。产后第一次入浴，时间太长了。妃子从浴池里站起身时，感到有些轻度的眩晕。为了检验一下和往昔没有变化的美丽的体形，她抑制住眩晕，走到镜子前面。这时，一个异样的可怕的发现使妃子呆立住了。她看到左乳下边，用鲜红的旁若无人的字体写着AS两个头文字！

---

① 用罗马字标记“季信”的日语读音为Suenobu，“渥子”的日语读音为Atsuko。

失去知觉的妃子从浴室里抬出来，侍医们诊断为产后贫血引起的单纯性脑贫血。但是数日来，妃子一直关在屋子里，谁也不肯见。不久，朝仓中尉战死的消息传到了宫殿下那里。妃子看见那个幻影的同一时刻，中尉被子弹贯穿心脏而倒毙。这一噩耗送到手边时，妃子的脸色没有变化，但自那天起始，身上换了丧服，而后决不和宫殿下同室共寝了。

妃子被极为秘密地关进一栋禁闭室里，因为她的举止只能从疯病上找原因。渥子住在那里，直到战争结束那年死去。宫殿下听到她的死讯，报以清高的微笑。

亲切的机械

从京都大学乘市营电车约莫两站远距离的地方，在银阁寺附近有座已经停业的商户，许多学生寄宿在这里。这一带适宜读书和散步，是歇息头脑的理想之处。这里，夜间非常安静，能听到猫头鹰的叫声以及银阁寺水池方向水鸟受惊的哀鸣。一到春天，附近的水渠岸上盛开的樱花，在全京都也是屈指可数的。学生们在河堤上闲散地溜达，朝着肯定要迟到的大学走去。

又是一个冬天。过了年，学期考试劈头盖脸地匆匆压过来，学生的这种心理让寄宿者之间形成一种极不和谐的空气。半数人闷在屋里温习功课，半数人或出于反抗，或因自暴自弃，一时变得狂躁起来。

木山勉挤挤一只眼，冷笑地看待这种变化，这已成了他的习惯。木山总是漠不关心地对待眼前的一切。这种现象只不过是“考试”这种细菌侵入进来，内部组织使白血球增殖和强化抗毒素罢了。他的此种性格里，确实存在着世间称作“反抗精神”的某种东西，但同时又似乎包含着某种要素，使他不至于因这样的性格而易于陷入一个苍白无力的讽刺家的地步。这个人奇特的热情倒是值得信赖。从他的年龄上基本不会看出，木山将一般的人都看成傻瓜。因此，他喜欢从傻瓜们的最大公约数中引出一种抽象的数字作为对自己的评价。如此一来，不论怎么跌跤，都不会伤及自尊心。这是因为，他的嘲笑化作具有传染力的联合体扩散开去，绝没有变成自嘲的危险。

京都的冬季，整个城市沉浸在看不见的薄冰之中。身子稍微动一动，薄冰的碎片就会刺伤肌肤。静息不动，是陶醉于此种严寒的唯一方法。燃料涨价了，配给减少了，寄宿的学生不管走到哪里，都只能裹着一身严寒。比起夜间焚烧旧练习簿驱寒招来老板娘一顿臭骂，多数人都喜欢一次又一次跑到附近酿酒厂取暖。唯有木山的房子里燃着熊熊炭火，饭菜也格外丰盛。因为他和寡妇老板娘关系诡秘，那位死去的丈夫的一件高级棉袍，如今也正套在他的身上。

去年年底之前，铁子每来这里，寡妇总是出面说些亲热的话。最近不露头了，可以安心了。尽管如此，今晚上无意中来访的铁子笑着说，那位寡妇眼下连吃醋也来不及了。木山最厌烦的就是铁子的这种愚钝。这种愚钝像体臭一般追逐着他，每当同铁子见面，便感受一次痛苦。最近两个月来，两人没有发生关系，保留着不冷不热的友情。然而，对于这种令人不快的微温的酒糟似的交际，木山却有着揉捏成一团儿的兴趣。这是一种心地肮脏而残酷又绝不会招来怨恨的侮辱性的趣味。铁子因天生愚钝，自然会从这种诬蔑性的友情中悟出一些可能性的资料。

"你同季子一周里见几次面？"

季子是铁子京都大学的同学，是木山现在的情人。铁子很善于发出这类恬淡的疑问，她认为这是一种chic[1]。生长在京都的女子，为

[1] 法语：时髦，潇洒。

了迎合木山，说一口挺别扭的东京话，不太合乎标准的发音，乍听起来颇能惹人怜爱，然而最近却只能使人心里感到扫兴。

“没有向你汇报的义务。对于这等事佯装不知，才能提高你的价值！”

“所以嘛……所以你才毫无顾忌啊！”

“瞧，动不动就生气，这正是你的魅力所在。”

木山一边说，一边用火柴杆儿掏耳朵。现在的火柴杆儿易断，时掏时断，连断三根，终于引起铁子的注意。

“干什么呀？”

无意中一副东京腔，木山调皮地挤着一只眼，笑了。他将折断的火柴杆儿排列在桌面废旧的稿纸上，颇不舍得地将废纸团作一团儿，扔进字纸篓里。

“近来的火柴很容易折断。”

“说什么呀，无聊。”铁子面带喜悦，同时又担心地问，“这话，讽刺什么呀？”

“眼下即便讽刺，又有什么用呢？”

木山想打哈欠一时又打不出来，肆无忌惮地上下缩动着喉结，健康的牙齿闪闪放光。牙齿洁白耀眼，严整地排列着。

铁子俯伏在火钵上烤火，忙个不停地翻动着两只手的手心和手背，互相揉搓着。她突然从鼻子深处发出一种似哭非哭的声音来。

“我呀，有件事想求求你，是个很紧迫的问题。听着……把我杀了吧。”

“说什么呆话？”

“没关系的，好吗？把我杀了吧。总比半死不活要好些啊。”

她坐在那里，穿着西服的腰杆扭曲着，摇动了一下。嘴角含着几分羞惭，噘着下嘴唇。拄着火筷子的手背奇怪地爆出青筋，火筷子蹭着火钵底部的铜板，灰烬底下发出喀哧喀哧的声音。然而，木山很尊重铁子那种故作笑谈的令人感动的用心。

“我怎么会杀人呢？我怕那麻烦。”

“你不会杀人吗？以往虽然知道你是个不会殉情的人，但总以为你可以杀人什么的。”

……这样的女子活在世上，侈谈什么恋爱啦美啦之类，那不是白白浪费时间吗？木山对于她要寻死完全没有异议，但杀人总要招来麻烦的。这位坐着不走的客人，连死都是件费时费力的事情。

“总之一句话，这事挺麻烦。”

“你的外号叫唐璜[①]，实在太恰当不过了。过了两三个月，季子也要遭遇同我一样的结局。嘻嘻。”

木山有个不憎恨别人、退一步遵守礼节的习惯。如今这种场合，也打算回她一句，就此作罢。

“没想到一个在最高学府里攻读美学专业的女学生，竟然说出这种粗俗的抱怨话来。”

——他在心里模仿着当兵时代长官的口气，觉得很有趣，不断地重复着。

此时，铁子突然转换话题，谈起昨天收到的那封情书。那是泽村教授上哲学课时，邻座的同学交给她的。这是很受欢迎的一课。先生口才很好，从解释什么是实存主义开始，还引用了萨特的猥亵小

---

① Don Juan，传说中十七世纪西班牙贵族。后成为好色之徒的代名词。

说。每次讲课都有许多专业以外的听众。那位交给她情书的是西洋史专业的学生，姓猪口，泽村教授的课，他场场必到。

木山是美男子，比起木山，猪口的容貌相差甚远。看起来，他那脸型仿佛挤作一团儿。一副柔道选手的体格，个子矮小，肌肉敦实。两只肥厚的肩膀，肉块交错的颜面，给人的感觉好像是硬压挤而成的。眉毛出奇地浓厚，简直就像文乐偶人剧中的文七[①]的头像。尤其是那双眼，他的视线含着强光，决不会一直停留于一点上。眼睛的颜色是微带黝黑的褐色。但是，猪口却有一处地方使得阴郁的面孔为之一变，那就是微笑时那副天真烂漫的表情。他的微笑一向受到不喜欢他的铁子的赞扬。

提起猪口，木山差点儿笑出声来。一个念头止住了他。铁子说，一见到猪口，看到他那副令人厌恶的体形，根本没有理睬。女人的心情真是千变万化。木山立马泛起个主意，他打算将铁子推给猪口。

"那位猪口君，你知道的吧？"

"稍微了解些，是个正经的热心人哩。他十分用功，又有点儿fanatic[②]。"

"怪不得——他在情书里也写到了。他深受泽村先生讲课的影响。"

"他会那样吗？让我观察一下。"

木山发现铁子穿着西服的右胸胀鼓鼓的，形状有些异样，知道怀内的口袋里装着那封情书。在说猪口的坏话之前，将情书用心地保管好，这关系到铁子的体面，在这一方面，却使人感觉不到她的愚钝。

---

① 文乐偶人剧中主人公（例如《菅原传授手习鉴》中的松王丸等）的发型。
② 狂热。

铁子从内衣的口袋里老老实实掏出那封情书，木山从火钵对面一眼瞥见她的这一瞬间的动作。除了眼睑有些肿胀之外，铁子可谓是个平凡而美丽的女子，叫人挑不出什么显著的毛病。她要是同猪口结婚，就会摘掉“杀死我”之类胁迫男人的一副现代风的奇矫的假面，还原为一个温雅的带有东京腔的女子。帮助他人获得幸福，毕竟令人心情舒畅。

“好长的情书啊。”

“一个小时才读得完。”

撕下的十多页课堂笔记上，密密麻麻排满了偏执的蝇头小字，简直像一篇论文。一个乡下出身的哲学专业的青年，同时受到存在主义和德国浪漫派的影响，写下了这封吐露信仰的情书。木山读着，两眼直发疼，好歹看了一遍，随即还给了铁子。

话题接不下去了，铁子将膝盖上的信封翻转过来，嘴里念叨着上面的住址。

“就在这附近。”

“可不是嘛。”——木山亲切地站起身，拿来市里的地图。

“是借宿吧，果然如此。”

“听说是他父亲一位老朋友的房子，退伍军人的住宅。家风十分严谨，一旦有女人来访，免不了从此一刀两断。”

木山一边说着，一边告诉了她借宿地址。当晚，铁子回来后下雪了。后来，重新读了日记，木山才知道，当时得知猪口对铁子有情，并看了他的那封情书，那天晚上正是昭和二十三年一月二十六日。真是奇怪的巧合，翌日早晨的报纸上，登载了发生于东京椎名町帝国银行分行十二人中毒而死的案件，成为整个京都市的话题。

第二天早晨十时过后，木山在上学的路上偶然同猪口走在一起，自然谈起了帝银这桩案件。水渠岸上薄雪闪亮，不时散落下来，变成光粉，飘进水里。

“帝银事件你怎么看？”

木山问猪口。

“这个问题很难，这是一桩象征战后世相的残酷的案件。不过，人们对于那个罪犯的憎恶，不能植根于一种单纯的人道主义之上，光凭憎恶解决不了问题。俺这样认为。”

他不是将旧皮包提溜在手里，而是像当兵时一样，将皮包煞有介事地夹在胳肢窝里，深深地低俯着身子一边走一边回答。

“光是憎恶只能增添麻烦。况且，要想否定那样的案件，也不是容易的事。俺能明白这一点，那你是怎么想的？”

“不可轻易加以否定。其实，我们早已丧失了否定的依据。那个案子给我们出了道难题。我们心中联结这道难题的纽带断绝了。我们可以说是一架无线电收报机。不过，这架无线电收报机还保留着改造为发报机的自由。摆脱所有难题的困扰，从而变得自由起来。到那时，我们才能否定那个犯人及其罪行。”——猪口独自点点头：“是这样，那时就能不指望神明，处于完全判断的自由。”

这种以收报机作比喻，说千说万，还是来自泽村教授讲课中的例子：

“你觉得‘我们’这个说法不好听，是吧？为何一定要用‘俺’这个词儿呢？”木山冷笑道。

“说‘我们’时，这里已经包含选择‘俺’的自由。说成‘俺’，自由从一开始就被限定下来了。”

这家伙又在空发议论了，木山想。不知何时，猪口抬起头来，眼里放射出一种清冽的光芒，眺望着前方布满残雪的市街的屋顶和晨光熹微的天空，忽而又慌忙转向眼前那些挥舞手提包、奋力前行的女职员们晃动着的肥硕的臀部。

“不论经过多长时间，还不是依然待在河的这一边吗？算了吧。”

——木山一副微显倦怠的口气，极力控制住揶揄的调子。

“你说不能否定，俺却心平气和地对那件事加以肯定。简单的肯定啊。一个人杀死十二个人，这可是一件了不起的经济案件啊！俺之所以讨厌战争，是因为那是一种有多重伪饰的杀人行为，是为了获得武器、勋章、军服、粮食和养老金，花费太多金钱的杀人。大家更可以无报酬地单凭自由意志互相杀戮。什么憎恶啦，爱情啦，还是不要这些多余的名称为好，因为这些东西都像勋章和养老金。即使没有憎恶和爱情，人类也可以自相厮杀。俄狄浦斯[①]肯定会杀死赖欧斯，世界肯定会灭亡。为此，万事都应该准备齐全。

“‘俺’，这个俺发话了。到那时，俺所要求的自由，正是建立于这块土地人所不知、同俺相应的抹杀人类自由的地方。人的自由意志，正因为是相对的，大家才认为可以灵巧地互动，实际上完全相反。个人的自由意志，地上必然有对应之物。不论何种意志，必然有对应的否定意志，在地上的某个处所生息着。不管你如何认为已经克服人的相对性而抵达观念上的绝对性，你的意志必然消亡，你的自由必然澌灭。对应物杀死你，你也只得杀死对应物。至于为何自由会互相残杀，因为不久肉体也要互相残杀。”

---

① 俄狄浦斯（Oedipus），希腊神话中的悲剧人物。他是忒拜国王拉伊奥斯（Laius）和王后约卡斯塔（jocasta）的儿子，因不知情而杀死自己的父亲，娶了自己的母亲。

“正相反，正相反。”——猪口站在道路中央。这个人停步时总是采取立正的姿势，足踵无意识地并拢在一起。“俺若选择了自由，俺就不期而然为社会所选择。”

“社会会有什么东西呢？俺才不相信那些东西呢。俺不怀疑某种秩序的存在，俺只是相信略显倾斜的秩序。那是一种俨然的洁癖的秩序，上面没有任何人能够立足，不论谁在上头都会滑倒而跌落下来。”

“因此，你也不例外了。你自己没有获救的欲求吗？”

“想获救是一种危险的欲求！”——木山乘机提高嗓门大声说，“你把人看得过于正经啦！”

“说得对。”——猪口又低头沉思起来。“危险的欲求……”

两人不知不觉走到北白川车站附近。他们周围走着的几乎都是学生。学生们有的戴着脏污的口罩，身上穿着军大衣；有的没有穿大衣，一边剧烈地咳嗽，一边缩着肩膀走路。积雪的柏油路泥滑难行，女学生们小心地提起衣裾，立着脚尖儿前行。去年秋季，京都大学开始实行男女同校。

“对不起，俺想修理一下钢笔。”

——猪口路过街道一旁的文具店时说。朝阳深深照进店内，排列着钢笔的金黄色天鹅绒襞褶，在每一条侧面上都落下鲜明的阴影。摆在玻璃柜上的墨水瓶，被阳光射穿了，那颜色犹如海洋。木山很清楚，猪口又在耍心眼儿了。木山只当什么也不知道，跟在后头进入商店。

果然，猪口一面请人修理钢笔，一面留心街道上的情景。震撼着薄胎瓷般的冬晨的空气，开过银阁寺大道的市内电车开了过去。木山站在橱窗后边晦暗中的橱柜前，也不想买什么，只是盯着被阳光晒得褪色的账簿和便笺打卷的封皮。透过橱窗，连接北白天神前的马路散射着湿漉漉的光亮。远远看到身穿时髦花格子外套的铁子，正沿着马路向这边走来。她的家位于这条道路一旁小仓町的一角。铁子没戴帽子。腋窝里夹着男用的大公文包，两手插进口袋。她若有所思，一边用插入口袋里的手指拽紧外套的衣裾，一边向前迈步。她站在清扫后堆积起来的雪堆对面的人行道上，等待着穿越电车道。想必是积雪映照的缘故，她的脸上摇曳着银白的亮光，看上去，犹如一位不曾相识的美人儿。

"钢笔还没修好吗？"

猪口一声号令，木山惊奇地回过头去。猪口一副奇异的僵直的表情，可以放心的是他早已忘记了木山的存在。老婆子大声回答：

"请稍等一会儿。"

不料，结果正如木山所偷看到的，铁子穿过电车道，打商店前边经过时，猪口连忙跑出店门。不巧正有电车通过，听不清他俩说了些什么。铁子似乎吓了一跳，立即站住了，脸上浮现出微笑，可见她面对的并非属于打心里厌恶的那一类男人。不仅如此，她还从口袋里抽出两手，重新将皮包抱在胸前。手上戴着流露低级趣味的红白两色的高级毛手套。猪口结结巴巴地说着什么，木山心想，铁子肯定给猪口回信了。那么，铁子昨晚上为何坐定不走呢？为了不使自己的自尊心受到伤害，木山做好了万全的准备。

"现在正修理钢笔呢。"

逢到难为情时，猪口总是讨好地赔着笑脸加以解释。他把铁子引入店内来。跟随在他身后的铁子和木山打了照面。

“哎呀，木山君。”

欢快的语调里与其说带有自卑的惊愕，不如说含着几分钝感的自豪。木山没有再说什么。

老婆子拿来修好的钢笔，猪口红着脸问她多少钱。他想拔去笔帽，试试笔尖儿，但手指不停抖动，总也拔不下来。木山将猪口的兴奋状态和铁子快乐的钝感，合在一起想了想。他随之产生了怜悯之心。仅此而已。透过橱窗窥见铁子最初的微笑，使他心情舒畅。木山看穿她这一手是借着向猪口献媚，同时挑逗木山的情意，一石二鸟。他一旦识破她的计谋，便不怀好意地高兴起来。

三人出了商店，脚步更加缓慢地向大学走去。一路无语。

“呀，钢笔忘记啦！”

猪口将手伸进口袋，突然喊道。

“不会丢了吧？好不容易刚刚修理好。”

“不会丢的。哎，没关系，不就一支钢笔吗？”

为了不让女人以为自己太吝啬，猪口故作大方，使得木山感到可笑。他不动声色地从自己口袋里掏出了那支钢笔。

“不是这支吗？”

“啊，是的，是的。”——猪口忙不迭一把抓住不放。一般的男人应该作出的反应在猪口这里总要推迟两三个节拍。“你这手脚不干净的家伙！”

“瞎说什么？刚才是你忘记放入皮包，丢在玻璃柜上面，我替你捡了来。否则，眼下说不定找不回来了呢。”

“是吗？那太感谢啦。”——猪口不择场合的感谢，使得大家颇为扫兴。

——据一月二十七日木山日记记载：三人迈着缓慢的步子去上学，但就在上面的会话发生后又走了五六步的距离，他们就被拆散了。木山的两位朋友跑来和木山商量办同人杂志，他们追来拍拍木山的肩膀，拉着他一人去附近的咖啡馆。因此，只剩猪口和铁子两个人一起走向学校。

木山同两位朋友计划办一份名为《亚南树》的同仁杂志，这名称读作anarchi。这份杂志标榜的不是政治上的无政府主义，而是文学上的anarchism，三人各自发表自出机杼的新作。木山创作了以犹大为题材的小说。

这个故事和两位朋友没有直接关系，不过，姑且在这里简单介绍一下。一个姓香取，英文专业学生，专门研究拉斐尔前派[①]的文学运动，喜欢但丁·加百利·罗塞蒂[②]。喜欢这位诗人和anarchism有没有关系，则不得而知。苦于求得谅解的另一位朋友姓水岛，他虽然是战前自海外回归日本的第二代，但尚未彻底摆脱战时无孔不入的浪漫的国粹主义。

资金当由大阪土木建筑公司的香取的叔父支出。但香取不想承蒙叔父的这份恩义，他去拜访位于麸屋町的欧洲文学社，直接商谈能否由他们出资。惯于应付肤浅的文学青年的那位总编，听他一说，就把香取赶了回来。

"anarchism和我们社主张不同，到梆梆女郎[③]那里去，就能马上

① 1948年由英国画家罗塞蒂、密莱斯等人发起成立的画派。认为真正的（宗教）艺术存在于拉斐尔之前，企图发扬拉斐尔以前的艺术来挽救英国绘画。

② Dante Gabriel Rossetti（1828—1882），英国画家、诗人。拉斐尔前派创始人之一。他擅长以诗和画表现同一题材。作品有《但丁之梦》《比亚特丽丝》和《圣母领报》等。

③ 二战后，主要以在日美军为服务对象的街头卖春妇。

搜集一大笔资金。”

“说得对。”

香取很是感慨,谈判就此结束。

木山所说的anarchism,不过是创办杂志的一个体面的招牌。尽管如此,像他这样的男人,在不知能否打开销路的同人杂志上发表一篇小说,实在不可思议。因为生活太安逸了,他打心里对生活抱着轻蔑的态度。偶尔怀着奇妙的憧憬,也想试着敬畏一下生活,这样的心情迫使他拿起笨拙的笔写作小说。

木山的生活过得多么舒心啊!只要稍许动动手,一切事都能获得成功。赚钱也好,女人也好,考试学习也好,都是如此。在学生打的零工里头,黑市的掮客属于最高级别,干这一行无人比得上木山。有时为了揽取一笔十万元为单位的生意,他的足迹远抵姬路一带。因为是三得利威士忌尚未出现于街头时的事情,库存品的黑市交易以未受战争灾害的京都为中心盛行。

二十七日近午到校一看,泽村教授已经下课,遇上一群正向学校大门口蜂拥而来的学生。

不见猪口和铁子的踪影。然而,却撞见了相约十二点半会合的学生T。木山便折回头同T一起出了校门。在百万遍[①]的一家咖啡馆里,T交给木山两万元,有笔生意两人约好赚了钱等分。

慎重起见,有必要写一写木山花钱的情况。那份同人杂志,他不出分文。即使大伙儿一块儿喝咖啡,他一个人绝不买单。“啊,对不起。”过后,他只是心安理得地笑笑。这种微笑,不含丝毫卑下和吝

① 京都知恩寺的别称。多作地名指代知恩寺西南向的十字路口。

啬的阴影，付钱的朋友一方却好像获得了一种恩惠，品味着满心的愉悦。收入的金钱，除了用于个人享乐之外，全都用来买股票。他只着眼于那些保证赚钱的股份。

当晚，木山和季子相约在寺町路的立顿茶屋见面。季子不同于只顾追求分数的铁子，对于好不容易考取的大学根本不放在眼里，在四条大街父亲开的一家商店里做售货员。铺面上摆满了各种花色的尼龙手提包和织锦手提包。她六点走出店门，临行前撂下话说要到铁子家住上一宿。两人低着头，翻着眼睛相互瞧着对方，一边啜着放了柠檬的红茶。

“干吗那样瞅着我？好难为情的。”

季子直率地说，她年纪轻轻，说话却沉得住气、低声细语，带有陈述的口气。比起铁子来，季子不是美人坯子，但目光温润，储湛着沉郁的妖媚。略显冷艳的薄薄的嘴唇，呈现一副与日本人不同的表情。一对耳轮很相称，喉结旁长着一颗小黑痣。

“你说的话我全都接受，如果你觉得不好意思，我再也不吻你了。”

“不吻也好，谁稀罕呀。”

“我不会再碰你一下指头。因为你太害臊，太难为情啦。”

“和你在一起，我可要揭你的短了。”

“当着面揭人家的短，这可不太好啊。”

“快别说了，舔腥的骗子手。”

“只有你这么寒碜我，我的心肝儿宝贝季子小姐。”

“不说了，都快起鸡皮疙瘩了。同你见一次面，叫人两天没胃口。”

“我也是。”

“现在肚子饿了吗？”

"心里堵得满满的，吃饭也不香。"

"我也一样。"——季子眼神幽深，"……呀，好冷啊，严寒的夜晚。"

"再热再冷到彼岸[①]。"

"瞧你扯哪儿去了。"

同昨晚面对铁子的那个男人相比，木山简直换了一个人。轻薄的背后，充满了精力，言语里蕴蓄着浓重的调情的实质。否则他们的对话很难叫人听下去。木山那副郑重的语气，证明他很喜欢季子。对于所爱的女人，他说起话来始终坚持一副彬彬有礼的口气。至于法语中tutoiement之类的狎昵之语，只限于床上使用。这种区别应对的矫揉造作及其难度，正能使得男欢女爱长久保鲜。

两人走出立顿茶屋，钻进新京极和寺町路之间刚刚开张的一家小旅馆。斜对过是一座古风的纯白的二层建筑，写有"好吃得要命的年糕小豆汤"的彩旗，仿佛冻结在夜风之中。附近一带，只有这一家专门接待情人的旅馆。一旦在住宿登记簿上填上名字，就得当场预付包括早餐在内的住宿费。否则就要预支定金，一旦预支反而危险。楼梯铺着廉价的蓝色厚垫子。楼上走廊也是同样的垫子。听到地板上响起令人忧虑的神秘的足音，季子说：

"简直就像去灵前烧香。"

房间的角落放着惹眼的涂着蓝漆的硕大废纸篓。没有完全投进去的一大张纸，像盛开着的雪白玫瑰花。华奢的家具。抽斗顺手一拉，滑出木框坠落在地上。季子一边对镜自照，一边好奇地拉开镜台的抽斗，竟然掉了。她只好又重新随便装了进去，不再去触及。

① 熟语，彼岸指夹春分或秋分在内的一个星期。意思是说，不管多热多冷，到了彼岸气候自然就会改变。

不料，那抽斗又突然哗啦一声掉落下来，将躺在床上的两个人吓了一大跳。

木山毫无睡意，他一骨碌跳下床。

“好，吃饭，吃饭！”

他说着摁响呼铃。送来满满一大盘西餐，他们吃得很香。

逢到这种时候，铁子便展露出健谈的本性，使得木山很感不快。季子却不这样，她像猫儿懒懒地坐在床上，一声不吭，两只手孩子似的一面挠着头发，一面用无力的轻蔑的眼神俯视着木山。这个时候，男人总以获得快适的轻蔑而感到自豪。此种状态最贴近幸福。生性愚钝的铁子，哪里懂得这一点。

木山一边用叉子卷裹着半干的通心面，一边回忆起欲火攻心的猪口那副疙疙瘩瘩的面孔。想到猪口，就觉得他这样的男人，倒可以成为一个极其得心应手的玩物。世间总有一些人，对他们越是踩在脚底下，越是符合神的意旨。木山心中涌起一种恰同嫉妒互为表里的感情，他认为，猪口所缺少的状态，正是自己迫切需要认真对待的问题，这件事至关重要。时至今日，他应该及早明白这一点。

“自己一点不爱铁子，但不能使铁子爱上猪口！”

——走廊里响起嘎哒嘎哒的声音，那是烂醉的肉体撞击墙壁的声音。那响声伴同着女人温存的劝慰一起下了楼梯，接着传来一阵咯吱咯吱的声响，那是踏在蓝色脚垫上的不稳当的庄严的挤压声。木山噗嗤笑了。

“你笑什么？”

季子拿起木棉枕头向他脸上投来。

接着，两人胡乱折腾到半夜。早上九点，木山回到银阁寺町的宿舍，睡了午觉。当晚，像一般人一样温课准备考试。

第二天下午起，打算去上学。躺在被窝里正迷迷糊糊的时候，寡妇老板娘拿来他的信件。

里面有一封信没有贴邮票，是铁子写的。

“这个，怎么回事？”

“看来是她今早亲自塞到信箱里的，我一直没注意。”

“唔。”

“好热心呀。”

寡妇不由意味深长地淡然一笑。她很清楚自己也有嘲笑的权利。她这个人很细心，每逢来木山的房间，总是不忘换掉厨房那套衣服。然而，她从不主动向木山提出任何要求，也从不勉强他。碰到他心血来潮时，就心满意足地接受。但她也不怎么着意于此，不大肆宣扬。她是个洁癖到骨子里的女子。铁子看到她那洁身自好的冷酷薄情，一方面觉得好笑，一方面又误以为是内心里对自己的妒忌。

拆开信封，只见练习簿撕下的纸页上潦草地写着：

昨天，我看到你们两个在一起了。

夜里，想必玩得很快活吧？

猪口死盯着我不放，为了甩掉他，我同他一起走进混杂的电影院，挤入潮水般的人群，逃了出来。冰·哥罗士比[1]的《布鲁斯的诞生》首映式，观众爆满。

---

① Bing Crosby（1903—1977），美国歌手，电影演员。1941年主演电影*Birth of the Blues*（《布鲁斯的诞生》）。

于是怎样了呢？当晚，他又厚颜无耻地追到家里来。母亲不让我出面，开始和他一问一答起来。结果他说了句“你读这个”，就留下了这个信封里的那本随笔，走了。我一时无法判断，就请你看在老朋友的分上，看看该怎么处理吧。

季子不管怎么说，她很幸福。像我这样头脑不好不坏的女子，老是吃亏上当。你可要一直疼爱季子呀。就请同她结婚吧，也好为我树立一个幸福的典型。让我看了也会获得一种动力，重新改换心情，努力使自己也变得幸福起来。照现在这个样子，我只好陷他人于不幸来安慰自己，别无他路可走。我自己也明白，我正在逐渐变成一个残酷的女人。如果你不杀掉我，我总有一天会杀掉你的。你可要提防着点儿啊！

自那以后，猪口又来过一次信。看他很可怜，就见了他。不过，连接吻都没有答应他。也许你会说干吗那么一本正经，不过我要是接受他的吻，就等于自己认输了。我没有输给猪口，倒是输给了你。我决不想第二次再输给你。

我的心情逐渐明白起来，是在今天清晨及早季子家里打来电话之后。电话里说：“听说季子从昨晚就在你家，因为今天上午会有人来做客，还请转告季子让她回来。”我差点儿对电话里的人说：“我没见到过季子小姐，是不是搞错了。”不过，请放心吧，我是这样回她的：昨晚整夜都在打扑克，睡得正香呢，等她醒了再说吧。电话挂掉后我又恍惚起来，这是对季子小姐讲道义，还是对你讲道义？不过对谁都无所谓，只要对自己所爱的人尽一份儿心就行了。

你看罢猪口的随笔，请谈谈感想。再见。

她从未展现过如此敏捷的笔致。木山重新找出他还爱着铁子时收到的她的情书，反复看了，简直不堪卒读。这封信虽说不是完全没有那样的字句，但木山读了多少有些愕然。他的目光转向猪口的随笔。

整篇里都是用一种晦涩的笔墨，不厌其烦地诉说自己思想上的苦恼。他从战争里归来，陷入深刻的混乱之中。自己一类本是用来充当炮灰的一代青年，属于所谓的lost generation[1]，孕育的思想之树因战争而夭折，要重新回复生机，还有一段漫长的路。可是正如尼采在《查拉图斯特拉》[2]一书中所说的："人是一根绳，这边是动物，那边是超人，下边是深渊。"果真如此，我等现在的状态，或许象征着真正的人以及真正的人世苦恼。但是，自己不能迈向尼采所说的超人的道路，从这种矛盾和苦恼里发现了自己的主体性。自己想从爱的救治中获取自己的主体。日本为何不存在神灵呢？云云。

此时，木山眼前浮现出猪口那副凝结着欲望疙瘩的脸孔，以他的老习惯，又挤着一只眼笑了。午前，天空阴沉沉的，房间里仿佛切割了一块阴郁的冬空填塞进来。水壶在火钵上发出咕咕的响声，那声音恰好表达了"下宿"这种设施介乎旅馆和医院中间的风情。他毫无条理地想起横滨家里的父母，想起扭着身子要自由的少年时代。于是，对猪口产生了几分同情。不过，这种同情随着读信的进程渐渐消失了。

① 垮掉的一代。
② 德国哲学家尼采1883年至1885年间完成的最知名也最重要的一部著作，书的全称为《查拉图斯特拉如是说》，象征着作者中期作品的终结和晚期作品的开始。

自由！我们是多么渴望和憧憬自由啊！然而（对于这件事，贵女士——这是对铁子表达敬意的说法——根据战时参加义务劳动的经验，也抱有同感），它却被战争中褊狭的国粹主义和军国主义历史的必然性（理论上）捆住了手脚。这正是我们的命运。解开非合理主义的绳结，凭理性睁眼一看，这回自己又被辩证法的合理主义的绳子束缚住了。因为民主主义不能为我们带来任何思想上的共感。

那时，给我打击的是实存的哲学，这是对历史主义绝对的反证。关于这一点，不单没有停留于同神明的决斗上，即便在日本，也是具有普遍妥当性的思想。而且，于超越（Übersteigen）社会的必然性之处寻求自由。这一点使得尚未彻底信仰唯物辩证法的我着迷。我认识到，人的精神根源性的非人称意识，并非属于已经完成主体性确立而且早已陈旧的自我主义，只有来自这种非人称意识的主体性确立，才是我寻求自由的意义所在。

我生长在地方教育家的家庭里，被儒教的空气窒息住了，随着战争的结束，又被禁锢在伯父那与时代脱节的家庭之中。我没有救了。我有了自我救助的欲望。自由，以及作为寻求自由的恶魔般的力量的根源——女人的贝雅特丽齐[①]式的爱。没有这些，世界就等于无。映在我眼里的贵女士的姿影，就像尼采所说的“拯救世界的圣典”的篝火。

---

① 《神曲》中不断提到的这位圣女，曾经是但丁的恋人。但丁对她的爱，是一种纯精神上的，相当于柏拉图式的爱情。

没有别的，这个男人不正想丧失主体性吗？而且遇到铁子这个对手，可有好戏看了。凭她那般愚钝，果真能成为一位出色的永恒的女性吗？从一张口就漏洞百出这一点上看，她不适合做一个**现在的**女性。

木山因寒冷不肯离开被窝，他把看了一半的随笔抛向桌面，双手抱着脑袋倒在枕头上。他的臂膀很有力气。鼻洼里浮出一层睡眠时呼出的油汗，发出树脂般的亮光。整个脸孔严整、端正，而又具有柔软的棱线，依此控制住内部涌现出的活力。他那厚重的面颜，并非因为肉的肥厚，而是内部难以捕捉的充溢在无底深层的厚重的力量。尽管如此，这位富有精力的人竟是个懒汉。即使在东奔西走的生意场上，也尽可能放松身子。他的犬儒主义，看来也是肉体性活力的反语。精力总想伪装一层忧愁的外表。

伸出的手臂变冷了，又把被子拉到领口。任其叼在嘴里的香烟灰掉在被发油弄脏的枕套上。他望着贴在墙上照片版的罗丹的《吻》，漫无边际地思考起来。

想想猪口，也不能说是百分之百的傻瓜。但木山活在同猪口具有共同苦恼的时代，对于木山来说，猪口的苦恼并非和他无缘。正因为不是无缘，木山便有着完全不带同情心的批评的特权。为什么呢？因为同情这种感情，本是一种恐惧心理，害怕与自己没有太大关系的人扯上关系，所以及早运用“同情”这一不良导体建立起相互连接的关系。对于猪口那样的苦恼，即使是十年二十年熟悉生活的先辈，思想上油滑的大学教授和讲师都害怕去碰撞他、轻视他，所以只能以不疼不痒的同情对待他了。这正像对待战时军部的思想统治，站在自由人的立场上，一方面抱着情急似火的女性般的愤懑，一方面又像对待年轻无知的特攻队勇士的壮举，寄以慈父般的同情，二者是一样的。他们也害怕后代人。大学的先生们对于那些渐渐左倾、不来上课的学生很感头疼。由此看来，木山具有毫不客气地轻蔑的特权。猪口不论抱着怎样的思想上的苦恼，包含着怎样的高洁的心情，依然是那种“越踩越符合神的意旨的人”。这一点没有变。木山不论如何跌跤，他都有痛笑猪口的权利。但同时代的人，并不具有除此以外的权利，不是吗？

木山真想开怀大笑，他重新把两手枕在脑后。淡薄的阳光照进屋子。这一带，不同于城中古风的涂着红土的建筑，眼下这座房子也是如此，大多属于廉价的木质文化住宅风格的建筑。天花板也是美洲产的木材，红红地反翘着。寡妇端来一盆免费的热水，洗脸盆里的热水在天花板上晃漾出一团光亮。一片木板的内侧，闪露出格外新鲜的木纹。木山张大鼻孔，像是因彻底的醒悟而获得了一种满足。一个健康青年的早晨的感情，就应该如此。木山觉察到，他的轻蔑的特权和壮大的悲观主义的根据，在于黑市生意场滑稽有趣、易于捞钱的优越感，换句话说，也就是植根于生活的优越感。

木山日记此后数度提及对猪口的关切。读过猪口随笔的翌日早晨，木山又偶然碰到了他。木山难得地主动同他打招呼，两人在大学食堂里聊了半个多钟头。他同猪口的一场争论，看来最符合这种令人扫兴的背景。当时，猪口没有挑明他对铁子的爱，而是详述了关于哲学的苦恼。摊开心里话是在一个多月后的三月上旬。开始考试，他俩同一时刻走出考场。看来是兴奋之余说出内心秘密的。使得木山大为惊奇的是，一时闹得满城风雨的他和铁子的关系，猪口竟然毫不知晓。这件事对于猪口的地位，给与两种证明：一是猪口过着孤独的生活，一切蒙在鼓里；二是他现在依然很孤独，所以只好把漠然相处的木山当作唯一能说说心里话的对象。

另一方面，铁子以想听听他看过那封信有何感想为借口，两三天后来探访了木山。此后一个多月不见踪影。即便在大学里遇到了，也只是对望一下，点点头罢了。看来，关系冷淡了下来，木山有些落寞，满心不是滋味儿。正在这时，木山又听到猪口向他透露铁子那种热烈但不许接吻的恋情。这对他来说，真是破屋又遭连阴雨。

他和季子的关系进展顺利。两人保持每周一次的交欢，互相饱享着火热的空虚。既严格又不无漏洞的季子的家庭，恐怕是不会知道真相的。同人杂志也在加紧筹备，性急的香取早已为封面的反面和封底到处拉广告去了。他为拿到S制药公司女性激素的广告而自豪。水岛为这份无政府主义者杂志争取到了右翼残党的短歌杂志的广告。

考试结束，学校放假了。又过了两三天，三月十九日，木山日记记载了午后的交易和杂志同仁来访的事。接着，木山和同人们正要到位于百万遍的烧酒屋去，正巧撞上了前来看望他的铁子，她说很想两个人好好谈谈，于是便将木山单独留下来了。铁子讲述了以下的事。

昨天三月十八日，是个阳光明丽的日子。银阁寺町也在春寒里荡漾着生机。从考试中解放出来的学生们，使得整个城市的气氛为之一变。京都大街上出现奔跑的游客，也是在这个时候。这从人们来往于银阁寺繁乱的脚步声里可以得知。寺里的向导带着一副春温满怀的表情伫候在门前。缠绕于领口的寒气颇为可憎。不管哪里的寺庙，为了获得春季丰饶的施舍，都把庭院打扫得干干净净，甚至露出清晰的帚痕来。

十八日恰好是星期天。京都人涌向四面八方，为了今年最初的野游。郊区各条线路的电车皆人满为患。猪口邀铁子去岚山。“那好哇。”铁子应承了。不管对方是谁，她只管凭借从不居高临下这一连自己也肯承认的优长之处，来排遣始终盘绕于心中的自卑与寂寞。一个被舍弃的女人，就像没落贵族。之所以这么说，她毕竟是个美人儿。

猪口看起来一副幸福的样子。他在电车里打开那只包，里面杂乱无章地塞满了巧克力和水果糖之类的东西。铁子在他的反复劝说下，吃了一颗牛轧糖。吃糖时是不便说话的。铁子吃完后，猪口又满脸浮现着天生可爱的微笑，劝道：“再来一颗怎么样？”

他嘴边时浮时消的微笑使得铁子心情烦躁，这不像是写那本随笔的主儿。实际上，那本随笔使她想象他是一位热情的青年，铁子一直不觉得他可厌。可是，就像对待一个打碎茶碗的婢女，这个一开口就只能说些笨拙笑话的乡下青年，使她索然无味。铁子怀着慵懒的心情，望着岚山电车线沿途单调的郊外景色。

岚山照例到处都是人。所谓名胜各处都一样。不过，今天这地方倒很特别，咖啡馆就像节假日的剧场。

玩了两三个小时之后，再去西芳寺[①]。苔庭一派冬枯，尚没有人来访。猪口就是瞄准这里邀她来的。

每逢初夏，苔寺的庭院犹如接连不断的青骢马凹凸的脊背，无论是苔藓的触感，还是那光泽，都令人想起纯种马[②]油光闪亮的鬃毛。

---

① 位于京都市西京区的临济宗寺院。因其绿苔成势，又称“苔寺”。

② 其血统诞生于十七至十八世纪的英国，是一种为了赛马而刻意培育出来的马的品种，体型高大优美，号称“奔跑的艺术品”。

西洋人来日本想必都惊叹于草地之美全都来自假构吧。远望是一片精心修剪的美丽的草地，近看却是难以涉足的水乡泽国。然而，探访苔寺的异邦人，几乎都能看出这片和梦想中的草地之美等同的假构之美吧。为什么呢？因为这座庭园是为妖精铺设的草地。这是一幅将人世规模缩小到千分之一的微细的草地小型画。他们能从中看到波斯细密画纤巧的描绘庭草的技法。

可是，庭院依然满处呈现着红土的干枯颜色。回游式的庭园将他们两个引上荒凉的小径。铁子调皮地将石子投向水池，鲤鱼懒洋洋地游起来，扇动着黝黑的尾鳍，消失了。

"铁子小姐，请等一等。"

稍稍落后的猪口非同寻常地尖着嗓门喊道。回头一看，他那带有压缩感的面孔绷得紧紧的，堆积着红红的肉疙瘩，目光炯炯，显得有些异样。铁子颤栗着，加快了脚步。

"什么事呀？……好啦，赶快出去吧，这里太没意思啦。"

她一边说，一边快速迈着双腿。猪口默默地追过来。这座回游式庭园路径迂回曲折，走也走不完。她充分尝到了被人死死追逐的恐怖滋味儿。曲径幽幽，这般豁出性命的行走，由于记忆和梦的构造杂糅一处，时间和距离也随之消失在模糊不清的延长线上了。早春的阳光仿佛奔泻于岩间的流水，又如落在竹丛中斑驳的积雪，她从中穿梭前进，几乎奔跑着出了原来的玄关。她坐在长凳上，胸脯一带香汗淋漓。追来的猪口也脱掉制帽，揩拭汗水。他用那副天真烂漫的微笑俯视着铁子。铁子也毫不在意他的目光，将手帕深深插入夹克的领口，夸张地擦汗。

"啊呀，真累。玩起躲猫猫来啦。在这座庭园里躲猫猫，看来我们是第一个。”

“别开玩笑了,怪吓人的。”

她斜睨的眼睛,无意中带着几分风骚。

猪口由此上来了勇气。

“哎,铁子小姐,和我结婚吧。刚才想说的,就是这个。”

说罢,他疲惫不堪地向凳子上坐下来,不料坐偏了,随即又挪挪屁股,向里头挨了挨。他的汗臭像马厩一样扩散开来。铁子转头一望,看见一个老老实实地背对自己的学生。他小心翼翼故意装出像一般人一样,解开领扣擦汗。敞开两腿坐在那里。

猪口又一次含着低沉的悲剧般的语气说道:

“下回我们玩捉迷藏,蒙上眼睛数数,我来找你……可以吗?我在问你呢。”

他声音打颤,大腿不停抖动,穿着黑哔叽裤子的两腿正好映射着阳光。不知是否睡觉压的,裤子上出现两道皱褶。看到此番情景,铁子也产生一种女人的恻隐之情,打算答应他的要求。

然而,仅仅两三秒的踌躇,致使铁子决心做出相反的回答。这个结论一开始就定下来了。不怪任何人,她是被自己无意识的媚态拖到这里来的。说起来,她只是被某种怠惰的兴趣拖曳着,这种兴趣从一开始就死死盯着“否”这一结论,将自己驱赶到这里。铁子同谁走在一起?没有同任何人,而是独自前行。正像她丑陋的独白,这个男子始终跟着她转。猪口的存在,只不过是一边想着她的不幸,一边将她不爱听的话不住向她耳眼里灌输罢了。

话虽这么说,但铁子心里却被迫抱有一种迷信的不安。这种不安弄不清来自何方。猪口那双凹陷的动物般的眼睛,灰褐色的眸子蕴含着的一种无地自容的悲哀迷惑了她。不过，这种魅力结果变成了同爱相反的东西。猪口眼里阴郁的动物性的悲哀，使人联想到不洁的家畜眼里的悲哀，借以对铁子施行挑逗和侵凌。微妙地说，这种悲哀，使人感到是将铁子的悲哀更加明朗和具体化了。为此，铁子的那种残酷处置自身的方法，就是她想逃脱自身悲哀的虚空企图的明证；同时又是确实想亲自容纳这种虚空企图所显示的姿态。她蓦地注视着猪口宽阔的肩膀，虽然不爱他，但却产生了想死在这个男子手里的隐秘的期待。她弄不清这是不是一种令人厌恶的翘望。

"这事儿来得太突然，我还没想到过呢。"……她低着头，就像一个懒惰的售货员，回答顾客的询问一样，"这件事儿我不能答应。怎好和一个不喜欢的人结婚呢？你说是吧？你不是也不愿意和我以外的人结婚吗？我也是一样，只是换个位置罢了。我这样说，并非已经有了意中人。我这般年龄还想好好享受一下生活哩。"——她口无遮拦，肆无忌惮地用言语伤害对方，而且自己的感情丝毫没有让人怜悯的意思。铁子尝受了乘着雪橇任意滑行的危险的快乐。她对猪口瞧也不瞧一眼，只顾凝视着前庭里已经爆出坚实蓓蕾的杜鹃花丛。"结婚并不像你所想象的那般轻松愉快。学生之间相互结合，要花上好几年工夫才能取得经济上的独立。结婚一旦成为沉重的负担，那还有什么意思？人都是受苦的命。不过，受苦也有受苦的好处。如果说艺术家的伟大同他们所经受的苦难成正比，那么我一生受的苦楚，足以使我立即成为艺术家。这一点你哪里弄得懂？"

猪口不由得双手抱着头颅，仿佛这个动作是一种义务。短小而迟钝的手指，插进未曾搽油的头发里。由于不断改变角度，透过腕子，时时可以窥见上下移动的喉结。

不一会儿，他说道：

“我明白啦，你让我一个人单独想想。我要考虑一下。考虑考虑，好好考虑。你先回去吧，拜托啦。”

就像在远足的目的地受到老师叱骂、神情沮丧的小学生，本来抱有愉快期待的行乐的一日，眼见着被面前的暮色所包裹，随即用双手使劲捂住眼睛，不想看到。看上去像是捉迷藏里扮演捂住眼睛角色的那人。铁子毫无留恋地走了。她抛下猪口飘然而去，犹如将大件的赃物藏进一座陌生的房子里，抢先匆匆离去了。最近数月来，铁子才开始品味到这种内疚之情和爽然有趣的罪恶。新鲜的内疚补偿了所有的恐怖。舍弃一个男人，甩掉男人，已不成问题。铁子被木山疏远之后，她一直没有品味过这样的感情。如今终于品味到了。铁子沉醉于一个罪己者的快乐之中。她放慢脚步期盼猪口追来，他没有追来。

拐个弯儿向门口走去。这是一条晦暗的小道，两侧同样布满苔藓，上面散落着茶花白色的花瓣儿。传来了热烈的谈话声。衣履鲜洁的一家亲族跨进寺门。身穿双料西服的男主人，带着胸前挂着照相机的夫人和小姐来了。铁子突然受到无可名状的悲哀的袭击，穿过人群，出了大门，沿着田间小路又奔跑起来。

跑着跑着，恐怖再次涌上心头。猪口似乎又要追来了。一旦追上肯定会把她杀掉。她跳上岚山电车，终于舒了口气。接着去访问木山的住处。

“他肯定要对我下手的。或受他袭击，或遭他强奸，甚至把我杀死。对方就是猪口。我来这里的路上，眼前只是浮现出被猪口掐住脖颈、口吐涎沫而死的情景，实在无法可想。”

"你太自大啦，自大固然可以取一时之胜，但猪口到底不是个喜欢杀人的家伙呀。他是个其貌不扬的维特[1]。等着瞧吧，不久他就会用手枪自杀。你究竟害怕什么呢？你拒绝跟他结婚，他就会马上杀你、强奸你，你的根据在哪里？猪口不是那样的人，不论谁见了都会立即明白这一点的。"

铁子下面的话使得木山哑然无语。

"根据倒是有一个，我想死在他手里。"

木山突然受到无法理解的嫉妒的驱使，问道：

"到底是怎么回事呀？你爱那小子吗？"

"爱与不爱不是一样吗？既然我有这个想法，还不都是同一个结果？"

木山的日记当天记录着铁子回去后他的莫名的懊恼。猪口和铁子之间，确实产生了一种新鲜而微妙的关系。这种关系如果不是爱，那又是什么呢？是意味深长的眉来眼去吗？是阴谋？是出于一种不为人知的秘密的共感？他睁着难眠的双眼继续思索着。木山觉得，这其中产生一个不容轻视的谜团。猪口和铁子的关系，在梦里一直对他紧追不舍。

两天后的三月二十一日，木山在学校里碰到猪口。几天不见，猪口的相貌为之一变，眼里放射着一股凶光。木山走过去打招呼，他想，必须粉碎这个人杀害铁子的企图。但木山弄不清楚猪口到底有没有这样的企图，说不定只是出于铁子的一种强迫性观念。尽管如此，木山简直像对待既定事实一般确信无疑。平时，木山从来都不是

① 歌德小说《少年维特之烦恼》的主人公。

这样。两个人在学校一家地下咖啡馆聊上了。

早春的太阳深深照进咖啡馆内部，透过窗户落下来，使得坐在窗边的学生们的侧影以及香烟的烟雾看起来仿佛雕塑一般。虽说是地下室，但窗户倾斜，易于户外采光。香烟的烟雾在阳光里凝滞了，呈现出带有复杂立体感的条纹，窥探着室外早春透明的景色。如果说夏天是一幅色彩绚丽的绘画，那么早春就是一个类似雕刻的季节。空间被放散着微光的明确而纤细的线条纵横裁断了。……木山一边回忆起德国诗人书上的这一比喻，一边躲避着猪口狂暴的视线，只顾喝咖啡。

“其后，铁子小姐她怎么样啦？”

他明知故问地开了腔。

“啊。”——猪口攥紧又粗又短的手指，好几次单调地皱着眉，“啊，俺没救啦。”

“你究竟有些什么烦恼？你的各种观念性的苦恼到底是怎么回事？同女人有着什么样的关系？”

猪口抬起混浊的眼睛。

“我懂了，我现在懂了。我和她不可能有什么关系。”

“铁子小姐是什么态度呢？”

“她拒绝了俺的要求。”

“噢，女人迟早要跌跤的，放心吧。《查拉图斯特拉》一书有《童贞》一章吧？”

“有的，不过俺不是童贞。在军队里……”

“我不想听你说这些。总之，《童贞》一章里这样写着：‘只有你们的肉欲是伪装的，不是称自己为共苦吗？’”

“没有这回事，绝对没有这回事。俺这次觉得，要想确立自己的主体性，就必须企图抹杀旧有的自我。正因为自我还不是非人称的东西，所以仍有这样的痛苦。猪口顺一这个男人，其要求遭女人拒绝，不仅是虚荣心的问题，而且是俺所有苦恼的开端。俺只能坚决为行为所闭锁，沉落于泥沼之中，死抱小小的自我，别无其它路可走。是吧，你说对吗？俺要为俺自身，为社会选择自由。俺想脱离这个泥沼。为此，要首先抹杀自我，使其成为非人称的东西。然而，因为站在非人称的意识之上，所以成了障碍。事情就是这样。”——猪口厌恶地高喊，“俺是因失恋而受到伤害的有人称的自我的对应物，首先要将其消灭，将其抹杀。到那时，自我才能于非人称意识中开始觉醒，才可获得自由。”

“要抹杀对应物吗？唔，这可是我的学说啊。”

木山沉默了。猪口那种暧昧的脆弱的理论，反而易于作为凶器而发挥作用。可是他当前的问题不是这个。单单着眼于猪口观念的表面，可以充分得出一种乐观的预测：光凭这种道理，他不可能去杀人。但不离木山头脑的是猪口从铁子那里接受的某种“启示”，还有他无意识地从她那里接受的使命。一想到这些，木山便尝到了一种不可理解的昂奋。

刚巧这个时候，铁子领着两位女同学一起走进咖啡馆。她穿着引人注目的蓝色夹克衫，轻轻摇动着手提包，在寻找空位子。她突然和猪口打了照面。铁子似乎没有注意到木山。

两人四目对射，刹那间，宛若齿轮咬合在一起，接着又分离开来。倒也不是因为憎恶。仅仅像钢铁齿轮，一旦咬合，又猝然分离。

坐在桌子这边的木山，没有放过这一刹那。他们互相传递什么样的意思呢？木山闭起眼睛，反复思忖着两人那齿轮般毫无表情的眼神，于是一种无名的战栗向他袭来。

“你发什么呆呀？”

猪口一副天真可爱的笑脸就在他眼前。木山不甘示弱地回望着猪口。然而，只是微笑，没有发生任何事情的迹象。地下室内流溢着早春凛冽的大气的余波，其中混合着温热的霉味儿。

“再喝一杯吧。”

“我去要。”

于是，两人又各自喝了一杯咖啡。

接着，一个月后发生了那桩案件，正像大家所清楚知道的那样。

京大学生杀害女同学——理由是拒绝同他结婚

四月十四日的早报上刊登着这样的大标题。凶器是刃宽二寸五分的菜刀。京大生犯罪这件事，轰动整个社会，人们议论纷纷。其实，大家并不知道，猪口杀死铁子正是两人共同商量的结果。

还有，紧挨杀人案件下边一个栏目，报道了东京上野某百货商店的鹅被盗。不知是如何被偷偷运出去的，竟然未被发觉。一两天之后，鹅就像迷路的孩子哭喊着闯入富士见町派出所。警察投以食饵，喂养数日，当弄清是百货店的商品之后便交还失主了。犯人至今不明，这件案子像个迷宫。尽管如此，警察松田某君爱护动物的美德理应受到赞扬。

后记

这篇小说是以阿部知二先生《月色朦胧夜的故事》(新潮三月号)所依据的某一案件为素材创作的。阿部先生写这部小说前，我就对这个案件抱着一种别样的兴趣。上个月的京都之旅所获得的新材料，激发起我务必写这篇作品的冲动。但是，那些资料并没有可以摄入小说的内容，只是决定着我对这一案件不同的看法。所谓案件，总是带有一种古典作品的性质，而古典作品这东西，经年累月之后，又带有一种案件的性质。二者是相通的。案件也和古典作品一样，具有多种表述的可能。这篇小说亦属于这些表述之一。特作此后记，以避免可能出现的误解。

火山的休假

菊田次郎被枕边的马蹄声惊醒了。他拉开窗帷向旅馆的前院俯视，沐浴在晨光下的几匹马，有的啃草，有的驮着村中的孩子跑来跑去。他洗完脸，下楼来到晓暗迷蒙的前厅，他知道那些都是农家牵来的马，供外国人饭前租用。饭前散步适合骑马，他雇了一匹枣红马，骑出了旅馆。

他第一次到这个岛上的旅馆来，预定待上一星期，今天是第二天。这家旅馆专门接待住一两宿的新郎新娘，以及登火山前先待上几小时歇歇脚的团体客，还有来来往往的外国客人。次郎这样的客人属于异例。

外国人都在睡觉呢，还是早已集体雇了几匹马登火山或到岛上其他地方去了？他沿着迂缓的弯路向下走，来到面对公路的旅馆入口的圆拱门附近，前后依然看不到一匹马。于是，次郎用草率制作的竹鞭，朝着走得很慢的马连抽几鞭，将缰绳向右勒。

次郎二十五岁了。他激情满怀，兴奋不已，一双深受肉欲煎熬的眼睛，布满了疲劳的红云。傲岸而天真的眼神，略显不匀称的缺乏光彩的清瘦的脸型，肌理细腻的皮肤，粗大的剃痕……所有这些，都是他脸上的标记。次郎就像一个醉酒后向自己影子挑战的剑客，他野心勃勃，对于人生，抱有快刀斩乱麻的决绝的欲望。次郎一向不相信那种将人生的一切要素圈在括弧内，进行加减乘除后得出X等于几这样的解答。

人，到了这个年纪，一旦跨过这道坎儿，他自然会遇到艺术和生活带来的一种莫名其妙的乖离。次郎凭借小聪明，居然置身于“写作人”的立场。表达，既是对于生的一种特权，同时也只能属于生的一种放弃；拥有语言，既是对于生的责任的表现，同时又是对于生的复仇。对于肉体美来说，精神本质的丑，只能靠言语之美加以补偿。言语是怀念精神的肉体的乡愁。在肉体美的转移中，言语美的永恒性，一心要战而胜者的欲望，就是表现的欲望……次郎若无其事地采集了如此各种各样的判断。他像锻炼肉体一样锤炼语言。他力求赋予文体以一定的意义，使其酷似希腊雕刻中准确的线条。

古代雕刻中的青年像中所表现的从额头至鼻端的倾斜的流线，并非对自然样貌的原封不动的摹写，可以说是自然同我们约定的美的具现，是真正意义上的创造。一切自然之中，具有被创造的意志以及怀有深刻祈愿的呐喊。对此加以倾听，是艺术家对于生所具有的最大任务，也是同努力磨炼肉体的古代希腊青年的心灵一脉相承的。而且，唯有这个，才是创造和批评的结合点。

……虽然如此，次郎却不相信他的语言之网，能够从人生中捞得众多鱼虾。

这些鱼能够像在深海里游动时一样，用同一种姿态在这样的网中活蹦乱跳吗？我们所不能亲眼见到的这些鱼游动的姿态，以及谁也不曾看到过的它们所显现的柔软的动作和耀眼的鳞光，同已经被捕捞的鱼之间，存在着难以说明的差异。他感到，语言的网所捕获的不就只有语言吗？……次郎将语言当作生活，他明确地站在这一立场上，事到如今却对此抱有不信任的态度且对如此难以说明的差异忧心忡忡。这究竟是怎么回事呢？

乡下马轻微的颠簸和陈旧的马鞍咯吱咯吱的响声，越发打乱了他的思路。春天的乡间道路一大早就很干爽。远近鸡声相邀。菊田次郎选择了右边涂着AIRPORT黄色路标的道路，走了一会儿，又走上右边一条通往风早崎灯塔的小径。

不管他如何鞭打，马一直都以怠惰小步跑前行。竹鞭断了，他伸手折下路旁一根小树枝。

小路晦暗的车辙里能看到点点落下的茶花。次郎走入一片茶树和杂木混杂着蔓草的蓬乱的丛林洼地，他为了躲避斜逸在头顶上的枝叶，不得不三番五次低伏着身子。古老仓房般的湿气和阴冷，使得马加快脚步，乘着强劲的晨风打起了响鼻。他嗅到一股腐殖质泥土的气味儿。随处可闻的黄莺的啼鸣，一旦听惯了，也不愿再听，仿佛是林中枝叶间随处漏泄的阳光在鸣啭。

小路又通向明净的田野和农家广阔的庭院。离开旅馆半小时后，面前出现一座登向地岬丘陵的高坡。马也起了兴，抖动着枣红的鬣鬃，一阵驰驱，快速升上那段经雨水穿凿凹凸不平、满布着沙石的陡坡，马蹄踢着细小的石子，向左右的竹丛飞散。

小路沿着地岬的尖端抵达灯塔。斜坡即将到达顶端，与斑驳的松林之间，描画出一条平坦的棱线。菊田次郎面对这片广大的壮丽的风景，突然勒马停住脚步。风里微微交混着大海的潮腥。

然而，海却在风景的深部，广漠而遥远。一望无际的大半个景象，都是向往古的海洋蜂拥而去的熔岩流的创造物。突兀的秃山向海袒露着祈祷般的断面，这里是乳崎海角，从这儿可以看到那祈祷般的背影，于广阔的树林和碧绿的田畴中，毫不客气地高耸着双肩。海在远方闪耀，水面上浮现着对岸天城山模糊的山影。

次郎调转马头。前方高坡上的林木丛中，耸峙着一座银白的灯塔，他向那里策马而行。小路再次升上高坡，此时，前方绿荫深处传来了孩子们爽朗的欢笑。

只见升向灯塔的白色石阶前边，有一片圆形草坪，孩子们正在碧绿的草坪上跳圆圈舞。两片微微低伏的亮云拖曳于海上，但落下的云影与其说是影子，倒不如说是亮光更贴切。唯有那部分海面，放散着雾霭般不很分明的光芒。

从这里离开被树林遮住的O港，开往伊豆半岛尖端S港的定期班船次第远去，不时出现于次郎的视野。轮船描画着渐长渐宽的波尾，向远洋驶去。近岸一带海面看不见了，离港而去的轮船又突然闯入视界。断崖顶端的台地和航行于海洋正中的轮船之间的距离，十分遥远。银白流线型排水八百吨左右的客轮，看上去犹如小孩子穿的鞋一般大小。

此时，菊田次郎听到了音乐。考虑风向，轮船和他之间，没有任何遮蔽大气的东西，那似有若无的音乐，看来是从轮船游步甲板的扩音器中传来的。这是一段难以相信的距离，完全听不到发动机的响声。或许是船员毫无兴致地随便挑选一枚磨损的音乐唱片，那古典的圆舞曲便乘风闯入了耳鼓。此外再没有任何声音。

遥远的音响穿过大气到达次郎的耳畔，想起那横贯这段难以置信的距离传来的音乐的轨迹，次郎颇为感动。他仿佛将那渐去渐远的音乐猝然挽在掌心，重新点燃一支香烟，沉溺于思索之中：

> 这种场合使人感到，音乐可以说是一种可视的存在，接近于我们称作生的本质的存在。但这并不等于说生在彼方，而担任表现任务的在此方。所谓“生”，不就是存在的连续吗？如果是，那么，艺术家自身不就可以称作生吗？为什么呢？因为，正如将那轮船同我结合在一起的音乐的轨迹，艺术家就是将作品这一存在同其他所有存在结合在一起的轨迹。而且，艺术家以此可以将自我的存在扩展到万物之上。但是，“现实”并非如此。

菊田次郎有将香烟的一端咬在嘴里的癖好，他对着大海方向吐掉沾在嘴唇上的香烟的碎片。他在这种极端的思绪里，稍稍尝到些醉意和满足。

> 但是，“现实”并非如此。那位一边在船上麻木吹着口哨，一边重新更换放完的唱片的船员并非如此。他的无动于衷的灵魂、他的饭食、他的工资、他的家人，并非如此。他的生活背后的广大集团，杂沓的群众，甚至人称之为“社会”的东西，只要是现实，皆并非如此。何也？因为现实自足于存在。现实或许不是生，而是死。

想到这里，次郎此时听到灯塔下面的丛林里传来马嘶，他站住了，该是回旅馆吃早餐的时刻了。

他喜欢一个人出外旅行。

但他并不以厌世者自居，他想偶尔试着从远处去爱人。……这样说近乎谎言。他不想像平素那样打身旁去爱人，以致爱得很劳累。

"应该赋予我的灵魂怎样的名称呢？"——次郎曾经自己问自己，但他寻不出答案。

"称孤独之魂似乎也不太合适，对于我显得太滑稽。这个名字怎么样呢？可以说是一个失去指挥员的暴徒的心理……"

次郎想起来了，前天一艘离岸的轮船，穿过众多灯火辉煌的停泊着的船舶，驶往东京港的时候，他从停泊在那里的船体一个侧面整体点燃蓝色霓虹灯的姊妹船N丸上听到有人这样呼喊。

"喂——K丸，桅杆上的蓝灯没有点上啊！"

声音掠过静寂的海面传来。

"喂——谢谢啦！"

这是一个青年发自内心的回答。接着，那盏忘记点亮的蓝色的灯，在头顶上燃亮了。

一群扎紧帽带集体旅行的中学生，一阵骚然。菊田次郎离开他们，背倚栏杆，俯视着船舷边的飞沫和水花。当时，他听到了这种声音。他听到有人这样向他呼喊：

"喂——，菊田次郎，你的蓝灯没有点上啊！"

突然，他感到夜风寒凉，回到船舱。两张窄小的床铺，相向排列。一枚不太必要的大镜子，露出炫目的镜面。镜子贪婪地映照着室内。没有任何值得映照的物件。煞风景的门扉，盛着救生器具的橱柜，左右相对的窄小的床铺，挂在墙上略显歪斜的普通风景画，此外还有呆然坐在一侧床铺上的次郎的身姿。也正因此，镜子的饥渴越来越厉害，一个人待在船舱，仿佛感到内部都被劫掠一空。钝重的发动机的轰鸣，将房间震得不住颤动。

次郎渐渐明白了，镜子的饥渴自有道理，镜子认为自己有存在的理由。

两张床上铺着崭新的被单。绘着蓝筋的毛毯如餐巾一般叠放在墙边。次郎走进船舱时，仿佛看到一叠时髦的花纹。仔细一瞧，并非如此。次郎所坐的那张床上的毛毯，象征着男根；对过床上叠着的毛毯，象征着女阴。

他再也待不下去，出了船舱。他到休息室抽烟，随手带上一本无心阅读的书。歌德的《赫尔曼与窦绿苔》。这本书他反复读了两三遍，不想再读了，但出门时还是带上了。这是次郎的癖好。近来，他只是醉心于那些内容格调明朗的读物。希腊悲剧、法国古典悲剧，单凭那壮美的悲剧色彩，就把他吸引住了。幼时的他，爱读渔夫的故事。那位青年渔夫将影子卖给魔鬼，变成无影人，纵身跳进欢乐的海洋。那则童话讲的是，影子是人的灵魂……一想起这些，次郎就觉得现在自己所憧憬的东西十分荒唐可笑。没有灵魂的明朗，残留的肉体的澄明……所有这些，只能从古典悲剧和歌德的叙事诗所塑造的灵魂中找回。这究竟是怎么啦？否定精神是可以的，但由此再向哪里迈步呢……

他有时在夹杂着猥亵文字的秘密日记上写：

精神已经是一个传说，不过是麒麟和唐狮子般的想象的怪物。我再不会相信了。

休息室内聚集着谈笑的人群，他们同次郎的妄想毫无关系。这些绝不会忘记穿西服背心的人种，一律佩戴着粗野的眼镜，头发剃到头顶，胡须严整，洁净但唯独口臭被珍爱般地保留下来。他们抬起眼镜哗啦哗啦翻开笔记本，填入十天之后宴会的约定。总之，他们心满意足。他们最爱听人世的悲惨境遇，其中包括归国者[1]的悲剧、原子弹的悲剧、父母子女一起自杀的悲剧，就是说关于人的灵魂和精神上的重大问题，都是他们最喜欢的话题。也许是心有所感吧，同坐中的事务长，披露了一桩投水自杀的秘史。他的话逐一进入次郎的耳眼里。

事情是这样的。

一天，船上来了一位很有品位的老人，他有着一副被大海侵蚀的巨岩般的容貌，穿戴整齐，态度温雅。但他的举止却触动了事务长的第六感官，事务长提醒侍者保持警惕。

侍者走过老人的船舱，老人从敞开的房门内唤住他。老人声音洪亮，口音里蕴蓄着古老织物般的厚重感。他笑容可掬，鼻翼边一颗大黑痣也让人觉得亲切。他对侍者说："我喜欢年轻人，爱听年轻人的故事，有话也喜欢对年轻人诉说。请你坐一会儿吧。"于是，侍者毫不经意地听到老人谈了自己的阅历。据老人说，他原是海军中将，被流放了。精心照顾父亲的长子，事业有成，发了财；次子也月月给父亲寄来零钱，至今，一直过着无忧无虑的生活。花钱不必特别在意，所以时常出外旅行。但自从去年老妻去世，旅行也不再能慰藉自心。……然而听他说话的口气，冷静而乐观。侍者嘲笑司务长多虑，

① 特指"二战"后从境外回归日本的日本人。

遂放松了警惕。老人深夜从甲板上跳海了。他的境遇看来不像是伪装。房间里留下了未曾动用的数万元现金。

“嗬——”听众中的一位中年男子，摘掉眼镜仔细揩拭着，“竟然有这种事情，他没有什么不满足啊！”

“不，正因为没有什么不满足，所以他才失去了希望。”另一个人说。

又有一人带着一副不以为然的表情。这些人的生涯里永远没有终止这一说法。

次郎在回程的马背上再次想起了这些事。九时，在旅馆的圆拱门前，他和四位骑马的外国人交肩而过，其中有一位身穿大红色裤装的金发女郎。那女子一双碧眼，满含忧愁，凝睇遥望远方晨风中灰尘飘舞的无人的村道。树林中鸟鸣嘤嘤。同行的青年和她搭话，她没有理睬，她只顾打着舌鼓催赶马儿，那副洁净的鹦舌莫非正要流出鲜果汁般的唾液？

回到旅馆，向马主付了租金，返回二楼十四号房间。途中，遇到管客房的侍者，叫他去询问早餐是否准备好了。侍者的笑脸上带着过分的亲切和极其委婉的敬意，回答一句：“遵命。”他是一个涉世未深的十八岁光景的少年。他的微笑既亲密又有些隔膜。

菊田次郎回到房间，没有脱鞋就仰身躺在床上，思忖着那微笑的意义。不光是负责客房的侍者，柜台的人也带着同样的微笑。行李员也一样，餐厅女子也一样。

“这家旅馆到底怎么了？这家旅馆奇妙的神秘主义，那种秘密结社般的亲切的微笑，究竟是从哪里来的呢？”

——电话里通知用餐。他独自下楼走向餐厅。

餐厅内，他似乎是最后进餐的客人。众多的餐桌中间，整齐地放着餐巾和刀叉的小桌子只有一张。他想起萨尔瓦多·达利[①]即兴写作的剧本*Babaouo*，想起主人公走进无人街一家寂静的咖啡馆，数百张大理石桌子中间，只有一张桌上整齐地叠放着餐巾的那个场面。午前的光线从高窗射进来，将刀子照得亮晶晶的。次郎害怕这纤细的反光，他变换了一下椅子的位置。

厨师手艺低劣，法式清汤就像一碗白开水。火腿鸡蛋的蛋黄破了。但是，次郎作为战时培育起来的年轻人所养成的习惯，对这些一概司空见惯。他哭丧着脸好歹吃完这顿早餐。女侍端来咖啡，他闲得无聊，问她：

"你是东京人吗？"

"不是，我是岛上的。"

"唔，这里东京人多吗？"

"啊，三个人……不，四个人。"

"你们出去玩，都到哪里去？"

"没有什么可玩的。看电影必须跑到伊东，岛上有时放的是无声电影。"

她像是乡下姑娘，尖嗓门，总是用一副抗议的语调回答问题。嘴唇因春天干燥的空气皲裂了，涂着斑驳的口红。乌亮的头发是海岛女儿的象征。

次郎走到露台上，女侍傻乎乎地鞠躬相送。厨房那里传来一阵暴烈的哄笑。

"出于这种孤绝而单调的环境，或许对于旅馆所郁积的问题表示

---

① Salvador Dali（1904—1989），西班牙画家。他的即兴电影脚本*Babaouo*，以镜头追逐两人边走边谈、不断变换焦距的拍摄方法，表现各种魔幻场景。

不满吧？侍者的脸上，柜台办事员的脸上，都带着一种疲劳和渴望的热烈的倦怠。他们对于我一副无言的亲爱之情，或许正是来自找到同类之后的安心感吧……”

他透过露台上的玻璃门，遥望着远方那座将静谧而过于端丽的风景统摄为一体的灯塔。庭园的草坪，绿草毵毵、左右纷披。早晨平静的海面，这会儿起风了。

“要登山吗？”

客房侍者问。

“要登山吗？”

面孔红红的经理，交换名片之后问。

“要登山吗？”

行李员问，柜台侍者问。

每当被问起，次郎就越发失掉登山的兴趣，到头来不由觉得，自己故意躲避登山仿佛有某种原因。自多年前起，火山就中断了喷烟，这座海岛的风景里之所以漂浮着一种休假的宁静，正是因为这一点。有喷烟风景才会具有活鲜的表情，如今，这种风景小睡于无限期的休假之中。

那么，人们为何要到这座岛上来呢？人们为何要去窥探那个空虚的火山口呢？

“不去登山吗？”

昏暗的柜台内一位反复翻看账本的苍白的青年，微笑着劝说次郎。他的微笑，令人想起一种超乎寻常的亲切感。菊田次郎感到被他的微笑所追逐，微笑缠绕着他，始终站在他身边，威逼着要和他一起行动。这叫什么服务啊，这是多么不合道理的厚遇！他可不是什么一掷千金的贵客。

午后，刮大风了。后半天的大部分时间，次郎都待在休息室里。这期间，洗澡水开了，他洗了澡，日暮时分，海上风平浪静，他像逃避追击似的走出门外。

斜斜的光线映照着一根根青草，十多只放牧的山羊静静地在吃草。次郎来到庭院，接着又悄悄地离去，犹如一个幻影，悄无声息地掠过草地。

风景受到夕阳细致的雕琢，宛然显示着葛布兰织锦[①]的壮丽。遥远地岬上的一棵棵杉树，以及丘陵上的一片片松林，都带着可爱的立体感映入眼帘。田野的角角落落，镶嵌一圈儿玫瑰色的霞光，犹如一幅幅精巧的押贴画。这样的风景里，具有一种类似魅力、蛊惑力和妖魔力的东西。菊田次郎跨上一条小径，这条路从庭院的尽头不知通向哪里。他感到一步步走进风景之中了。风景具有弹力和密度，越接近深部越浓厚，仿佛达到美丽的结晶体。就像今朝看到的乳崎裸露的土层，映着玫瑰红，耸峙着虔敬的晚祷的背影。

海峡就横卧在乳崎那边，那是南洋航线上著名的难关。那里汇聚着两种潮流。太阳继续朝着海峡方向沉落下去。

菊田次郎站在最有利于遥望海峡的地点上。右方的地岬上灯塔拖曳着长长的阴影，小小的玻璃窗户映射出炫目的金光。本来嘛，靠着这些悲壮的森林、山谷和耕地等广大背景的支撑，海峡宛若着火的

---

① 由巴黎葛布兰工厂织造的缂织壁毯。

油田熊熊燃烧。

天空布满着鱼鳞般的云彩。

海峡上的落日罩上一片云影。阳光没有照向这边，而是大量地朝海面流落。云的上方镶着金边儿，云的中心暗淡，正巧同奔涌着葡萄酒般的海峡的色彩相对应。

看着看着，落日徐徐向云的下方降落，静静地像天使下凡。……不久，显露出不忍直视的全身。

菊田次郎心想，那种跪拜古人奇迹般出现的心情，不正是如此吗？这刹那的落日所赐予他的正是这样的感动。

“我们的生也……”次郎思忖着，“一定比我们考虑的更加强大，更加壮丽，超出想象、思念和行动所能达到的极限。正因为如此，它才不是现实，它才要求表现，要求这种绕来绕去的缓慢的行为。通过表现，我们回归于生。艺术家直到死之后依然活着，就是这个道理。而且，表现这种行为，艺术家的生活，是多么缓慢的死啊！精神模仿肉体，肉体模仿自然，模仿自然、模仿死，自然即死亡。此时，艺术家无限接近死，换言之，无限接近表现的生。因而，对于艺术家来说，绝望是毫无意义的。倘若有时间绝望，就不能不表现。何也？因为任何绝望，较之那种面对生的表现所不能不处处感觉到的自我的无力、自我的不得力，该是多么壮丽的欢喜！……”

——次郎离开火红的夕阳回到旅馆。

草地渐渐暗淡了。狩猎回来的外国人肩膀上挂着猎枪眺望落日。一只猎犬站在他脚边一动不动。

菊田次郎走进薄暗的休息室，深深埋在暖炉旁边的椅子里。他两手冰冷，想烤烤火，周围看不到木柴。他想喊人，又觉得麻烦，遂作罢了。

客房侍者走进休息室。他在屋子里兜了一圈儿，终于发现菊田。

“啊，在这儿呢？”

“有事吗？”

“不……没有。”

看到次郎不悦地沉默着，侍者连忙解释道：

“看您不在，有些担心，特来找您的。”

这位十八岁的少年失言了。他说罢，胆怯地眨巴着眼睛，嘴边浮现出既亲密而又有些生分的微笑。

对这个疑问的解释使得次郎打心眼儿高兴。原来，旅馆把他当成一个自愿寻死者了。处处亲切和蔼，人人笑脸相迎，一切的关照全都是出于这一点。

他笑了。不仅如此，他一心想将这一发现说出口来。

“你们以为我是想自杀吗？”

侍者依然用一副怜悯和同情的语调否定了他的疑问。

“不，没什么……没有那么回事……没有。不过，对于单身客人，总要留心些。”

“大凡单身就想自杀，对吗？”

“不是，我是说单身的话可能会想自杀。”

“唔——”

次郎被这个平凡的道理感动了。

“跳火山口的很多吗？不过，喷火口不喷烟，也是没法子呀。”

“报纸上一报道，来的人就多起来。最近不报道了。不过，眼下每个月也还有四五个人。前些时，一个小伙子来住旅馆，瘫倒在椅子上默不作声。四点左右东京打来电话，说明天一早那边要来人，在这之前请务必看好他。于是，经理、司务长和我整夜陪着他打麻将，哪里都不让他去，时刻提高警惕，防止他服毒自杀。查了查他的房间，找出六盒安眠药来。”

“他最后死了没有？”

“没有。女人屈服了，来找他，才算万事大吉。”

侍者还讲了这样的事。去年秋天，御神茶屋旅馆，天亮时有人打门哭叫不止。开门一看，是个二三十岁的女子。她衣衫褴褛，浑身是血。看有人开门也许放心了，便昏了过去。只见她十根指头的指甲全都掉了，指尖儿溃烂，有的指头露出了骨头。——她夜里三时左右跳火山口，没死成又爬了上来。

尽管这样，火山还是在休息，自杀者还是络绎不绝地坐船来到这里，有的大老远地从东京来到这个岛上。他们为何要跳火山口呢？火山在休眠。走到地狱，或许也挂着休息的牌子吧？即便走在通往地狱的大道上酒馆、理发店、旅馆、菜场、鱼店、大礼堂和剧院……这些地方都在门口挂着“现在休息”的牌子吧？死去的人，跳进休息的火山口，沿着休息的大道，走向休息的地狱，不论走到哪里，可能都没有停宿的地方。那么，他们究竟要去何方？话虽这么说，为了投身这座空虚的喷火口，人们一批又一批，乘着船来到这座海岛上。

到头来，不就是没有地狱吗？现代的地狱，不就是地狱不存在吗？现代可怕的特质就在于此，不是吗？否则，次郎就无法理解人们如此呼求地狱、翘望根本不存在的地狱的一番心情。

侍者抱来一捆木柴，是鲜亮的樱木。火势渐旺，斜斜地沿着木纹爬行，灰白的树脂泛着泡沫滴落下来，不久，燃起了可怕的熊熊烈焰。

几个外国人，高声谈笑着走进大厅。

母 狗

初冬一个晴朗的上午，川原繁坐在一家大书店附设的咖啡馆露台的白铁椅上，面对书店入口，不整洁的外套罩在身上任凭烟灰掉落在膝盖上，无所事事地度过了一个多小时。身边的椅子上放着胀鼓鼓的茶色大皮包。面前的桌子上，摆着今天的早报和碗里已经变冷的喝剩下三分之一的牛奶。一点奶皮儿白藻般地缠络在银匙上，冷冰冰的。

这位身穿西服的学生，具有一双狂乱的眼神，尖尖的鼻梁，薄薄的嘴唇，以及很不健康的光洁的面颊。他有时用门牙咬着下嘴唇，不由闪出被腐蚀的黄黑的犬齿来。

他的脸几乎不带任何表情。勉强地说，就像布满石子儿的庭院，每当有阳光或云影掠过，也会出现微妙的所谓变化。不过，那是日光的变化，阴翳的变化，石庭只是纹丝不动地沉睡不醒。

他活得并非很自在。他忽然感到一种危惧，或许有人会夺走他的这种安息。要想多获得一分轻松，他只能加以反抗，和她战斗。他要一分一分地争取胜利。不过，下一分也许就会失败。

露台罩着华丽的遮光帘子，这里同书店入口之间的石板路上，初冬恬静的阳光从街上的天空照射下来。正逢星期日。勤勉的男女学生，宛若离巢的蚂蚁，拥进书店大门，消失了踪影。接着又出现了。互相碰撞着触角之后，站住了。或者，四五个人站在巢前，匆匆说上几句话儿。

繁偶尔发现书店二楼窗户一侧，耸立着裸妇的青铜雕像能看见它背向这边的冰冷的屁股。裸妇冰冷的青铜屁股，仿佛居高临下地在嘲笑这一带软弱无力的平和的景象。

他想逃到哪里去呢？些微的时机，今朝章子在被窝里接吻时噎人的恶臭……当时，他觉得久已等待的机会到来了。趁着女人早晨买东西那一点空隙，他带上些金钱和随身的物品，信也没有留下，就离开了E公寓那魔窟似的房子。他在饭田桥一带宽阔的街道上，无目的地奔跑着。

“终于摆脱了，终于诉诸行动了。将近一年的逃逸计划，到底实现了。如此的解放感，如此的深呼吸，如此的蓝天，这就够了！”

今朝，天空格外湛蓝耀眼，繁在上学的路上见惯了这样的晴空，但唯独今朝的天空犹如神圣的裸体。他继续奔跑。身体的衰弱，使得繁简直像一个老人咻咻喘息。他靠在干枯的行道树下歇息，有意兜揽生意的出租车，打他身边缓缓驶过。他招招手，叫住了。

“去哪儿？”

“新宿。”

繁任其口中吐出这个地名。穿过新宿午前斑驳的人群，兜了一圈儿，手里的皮包越来越重。他在这里休息了一会儿。一小时光景之后，又离开了这儿。

繁的学费、伙食费和零花钱全都由章子包下。一旦离她而去，繁不能不想到当前的生活失去了保障。他无家可归。父母早已过世，也没有兄弟。章子雇他到她的店里来打零工，可以说是将这个孤独的青年作为情夫包养了下来。章子的这爿出售服饰的店面，是利用前夫的资金在西银座开设的。

繁打算投奔当前寄宿于东北泽的明美那儿。明美和女友二人租住一处二楼上一间八铺席的房子。她对他说过，一旦决定逃离，随时都可以到她家里来。他事前应该同她商量一下才是。按理说，午后四时去会馆之前，明美大都待在家里，不过，还得到那里看了才能知道。

繁站起身向柜台走去。一个小女孩将买来的纸气球吹得胀大了，在狭窄的通道上一边走一边弹着玩。年轻的父母坐在桌子后头呆呆地凝望着。繁打了个趔趄，将小女孩绊倒了。咕咚一声，仿佛一颗坚硬的树果掉落在地面上，这不是后脑撞在地板上的响声吗？刹那间，孩子机灵地摆动着身子，等着有人过来扶起她，接着极力歪斜着脸大哭起来。父母赶来了，繁把钱裹在账单里扔到柜台的玻璃板上，头也不回地跑出咖啡馆，挤进了杂沓的人群。

这小小的罪恶使得他的面色稍稍鲜活起来。他拨开人流，快步走着。他想，孩子偶然摔倒，说不定会给那里将来发生的更大的案件消灾弭祸呢。

章子是个四十岁女子，具有超出想象的非人的热情。那种爱抚，那种献身，那些众多的要求……最近一年间，她昼夜不停地在繁耳边娇声腻语，那种故意做作的假嗓子，即便是事务性的要紧事，也笼罩着娇滴滴的雾霭。

凭着人生经验，很多场合总要给恋爱赋予一定的理论。但人们往往强求别人遵从自己制定的理论，而自己又违背这种理论，结果跌了跤。人们在行动上明知故犯。章子这位年长他二十岁的女人，应该知道怎样做才能不使对方厌弃自己。不过，她唯一能做的事，将被男人厌弃作为当然的归结，并由此而朝着不测的方向举步前行。这一年来，她仿佛为尽快使自己厌弃这位年小的恋人而竭尽全力。然而，可悲的是，在一桩桩使自己反复厌弃对方的行动中，自己绝没有厌弃的可能。她的这种焦躁或许出自那种空虚的竞争之心，她想在被对方厌弃之前，自己抢先一刻，尽早厌弃对方。其结果，章子失败了。

她的媚态打一开始结识就具有明显的败北的表现。她浓妆艳抹的打扮和超出常人的花哨穿戴，已经挂起了败北的勋章。她的神情永远充满乞丐的谄媚。她的眼睛始终在表述："我这种人不可能值得你爱。"

这位生意经般的女人，为了争得小伙子一句假意的温存，真不知押下了多少赌注。章子每日平均五次想从繁嘴里听到"我很喜欢你"这句话。为了听到这句话，她大体采取三种姿态：她先说："繁哥儿，我很喜欢你呢。"繁回答："我也很喜欢你。"这属于最理想的一类。其次，她先问："你很讨厌我吧？"他回答："是呀。"这还算说得过去。有时，繁没有还她一句体己的话，章子就像一个因为往自动售货机塞进了钱却没有掉出牛奶糖的孩子一样，一边号哭，一边不住地唠叨："我这样爱你……我这样爱你，可你。"最后，获得一句报答之后，立即止住了啼哭。每当她没完没了地用"我这样爱你"逼迫他的时候，繁几乎浑身战栗。

章子的爱里，似乎隐含着铁一般的东西。她的爱，不像水晶，不像玫瑰，不像毛皮，也不像金银。在这种爱的铁笼里，在这种爱的烙铁板上，在这种爱得毫无松动的铁墙内，被囚禁的人失去了色彩。

说起来倒很好听。繁在她不知餍足的强韧的肉体里，感觉到一种钢铁制造的机器，可以说就像火车头，或者像镟床般的东西。

章子每日一早起来为他准备盒饭，天天如此。无论是在教室里或户外活动的季节，无论是在校园的草坪上或喷水池边的石凳上，繁和同学一起打开饭盒时，他的饭菜总是超常的丰盛，令他感到羞愧难当。他到章子的店里之前，一天连三顿饭都吃不上。他觉得对不起自己，由此推而及之，也觉得对不起同学。

章子想尽办法，力求使每天的饭菜盒不重样，有时在这方面费尽了心思。有一天，她为繁做了红烧鸡块带去学校，弄得他很是难堪。这样的饭盒，书包里盛不下。刀法严整的一块块筋肉整齐地排列着，胀鼓鼓的鸡脯肉将饭盒塞得满满的。大家坐在草地上，繁声明道，这是昨天待客剩下的，说罢就将三分之二的饭菜分给了贫穷的学友。

章子掌握了繁的功课表，她知道当天他几点钟放学。大学经常临时停课。繁知道这是唯一可以蒙混过关并加以有效利用的自由时间。繁便见缝插针地到明美和其他两三个女人那里幽会。章子为了防备繁到外寻欢作乐，对他花钱的门路控制得很严格，他的花销大体都由女人供给。章子的过错在于：她认为自己的这套做法太例外了，出于这种卑屈想法，低估了繁的魅力（使得女人甘心情愿主动奉献的魅力）。

他大体都是被动的。不拒绝，不抗议，不讲价钱，不提要求。当他一个人待着的时候，他便疯狂地拒绝一切、抗议一切。不曾有一个女子见证过这位青年激烈的孤独，但他意识到，只要自己的一半为人所知就暗自满足了。

章子不计明日。看到她这种得过且过的生活态度，繁随时打算提出明天分手的企图夭折了。某个星期日，她提议两天并作一天过。房门上了锁，窗户罩上遮阳伞，两人在床上大吃大喝，打算度过一个永不天亮的夜晚。繁害怕了，趁着女人如厕的时机，他吃了安眠药，沉睡不醒。

繁每天一放学就去章子的商店。逢到晌午放学，他要在店里干到六点，其余的时间都由章子安排决定。章子的生活完全没有定见，这正是她不幸的天分。她像诗人一般，整天琢磨着从无形的东西中创造新的生活。在她想做个家庭妇女的时候，便从银座购买食材，回到公寓，亲自做菜。过后就放音乐唱片，一边守着繁温课，一边织毛衣。到了她想做个善于玩乐的女人时，夜晚便带着繁去酒吧，一直闹到十一点多，接着就在旅馆过夜。所谓生活，就是凡庸的发现，永远都是由某人最先发现。两个人的生活里不会诞生任何童话。

章子热衷于一个可怕的想法，她要将繁培养成富于音乐教养的人。她搜集唱片，亲手削制竹针，站在新式电唱机旁一盘接一盘播放音乐。其间，繁不得不带着神妙的表情拜听那漫长的名曲。每当这时，他的姿势总是一种固定的形式。他反身跨在椅子上，下巴抵在椅背上倾听。犹如迎着剧烈的北风行走反而容易耽于思考，在这音乐的逆风中，他的思想变得自由起来。对于年轻的他一切可能具有的生活幻景，他都一一想象到了。于是，在这幻景之中，奇妙的是，他既不是耽于快乐，也不是充作荡儿，更不是沉醉于成功的野心，只是念叨着"否，否"而已。一切都以"否"对待，这正是繁所希望的生活的梦影。

不知是否可以归咎于这种态度，他的梦中经常展现这种残酷的情景：他让五个男子轮奸章子，自己却是一副木然不觉的表情，一边抽烟一边观望。五个人完事之后，围绕着酣眠的章子，一边高唱猥亵的歌曲，一边跳圆周舞。章子鼾声阵阵。这当儿，从她体内渐渐生出五个女孩儿，迅速成长起来。五个男子分别挽起一个女孩儿走向别的房间。然后静静的夕暮笼罩过来，从章子的身体里不断流出清冽的泉水，看上去白白的。繁下了危崖走向清泉，这时他醒了。身旁睡着章子。

一天晚上，在返回公寓的出租车里，两个人少有地拌起嘴来。那天的宴会上，繁和一位小姐连续跳了五支曲子，由此引起口角。章子在第一支曲子时，还以平静的心情看着两个年轻人跳舞，第二支曲子时，满以为就此结束。到了第三支曲子，她故意不看他们。第四支曲子，脸色大变。第五支曲子，章子走到舞场中央，将两人拆开来。她面含微笑，借口谁谁有事来找，便将繁硬拉走了。她身穿晚礼服的素腕，铁一般用力箍住繁的腕子，同时用钻戒使劲儿抵住他的手背。繁硬是装出一副笑脸，而手背上却留下龟甲似的青斑。

回程的车子里，他将嘴唇凑在斑痕上嘬了嘬，章子说：

“要是疼，为何不说疼？”

“疼。”

“男人轮到倒霉时就应该发火。”她冷冷地说，“怎么样？你发火让我瞧瞧。”

繁沉默不语。章子将还剩下数千元的钱包和装有进口化妆品的月牙形鳄鱼皮手袋压在他的手心上，吩咐道：

“把这些东西从车窗扔出去，怎么样？”

“扔出去又有什么用呢？”

“真是没出息。年纪轻轻，说话像个老人。”

“你也太傻啦，扔掉挺可惜的。”

“哼，穷酸！”

“你骂我穷酸呀。”

这句话深深触动了青年的内心，他抓起那只手袋投向夜间的街道。外面是连续不断的灯火，这些迟钝而厚重的街灯，不论发生什么事都不会感到惊奇。排列整齐的铃兰灯，敬礼似的一一闪过。忽然，章子改换了心情，将脸孔依偎在繁的面颊上。她说：

“你真是个可爱的孩子，连如何生气都得有女人教你才知道。我就喜欢你这样。这回我只是试试看。我讨厌那种动不动发火、一手遮天的男人。”

章子对繁的一举一动，富有惊人的感知能力。繁从书桌前伸手想取参考书，但手却够不到那儿。他嫌麻烦，便只顾抽起烟来。章子立即走到他身旁，看他需要什么参考书，便从书架上抽出送给他。两人走在大街上，繁一旦被美女吸引，刚才望向其他地方的章子，也会马上说：“刚才那个披着绿色披肩的人，好可爱呀。”这句话，有效地磨去了繁的棱角。对于繁来说，有章子的鉴定书贴在身上，过往女子的魅力也减损了一半。

夏季的一个傍晚，两人去大岛旅行。开船时间到了，他们透过船舱的窗户，默默凝视着对岸夜色凄迷的御浜离宫的森林和棱线分明的浅蓝色的夕空。三等舱的乘客害怕待在闷热的船底，都争先恐后抱着被褥到外面露宿，甲板上闹哄哄的。鉴于此，他们两个在未敲响开船的铜锣之前就躲在船舱里不出来。

繁耐不住船舱内湿热的空气，他脱去上衣，将只穿一件衬衫的胸膛探出窗外，一边斜睨着胜哄桥上驶过的都电[1]电车和汽车头灯交相辉映的灯火，一边用脸孔感受着海风。章子靠在他的肩膀上，漫不经心地数着飞翔于离宫上方的点点暮鸦。

章子抚弄着繁的手指把它当作玩具，她说他指甲长了，要给他剪掉。他把手交给了她。章子一边给他剪指甲，一边说：

“前夫一生里好几次叫我给他剪指甲呢，丈夫死前我一直对他都很轻蔑，到了这份年纪，我也获得了同样的报偿。一天早晨，丈夫缠着我要我给他剪指甲，我答应给他剪。于是他恍恍惚惚，一脸幸福的样子。我剪着剪着，看到他那陶醉的样子很生气，一下子剪到肉里，痛得他直嚎，后来两三根指头上都缠起了创口贴。”

“你可不能剪我的肉。”

“谁要剪了？你从来没有过幸福的表情。”

船舱一派昏暗。章子没有开灯，将繁的手举向窗外的夕辉之中为他剪指甲。剪完之后，又挫了挫。这沉默的瞬间，似乎充满着一种不祥的预感。

突然，铜锣敲响了。章子注视着繁的面孔，用一种痛苦而激烈的语气问道：

“啊，你昨天在哪里睡过女人了吧？”

繁不寒而栗，顽固地不动声色。无言也是一种回答。他本想说些什么，终于没有吐露一个字。一直鸣响的铜锣渐渐消磨了沉默，他又继续着瞬间的颤栗，心里满怀怒火。他感到不安，莫非午间仓促的

---

① 东京都经营的电车线路。

幽会被人知道了？那毫不留情穿透褪色的绣花窗帘的阳光；那匆匆忙忙将伏在区役所窗口填写的单据毁掉的行为；那从两人中像闯入人家的乞丐被揪出来的火烈的行动；那暴露无遗的耻辱；那房门开开关关、孩子们的爆笑和收音机等杂乱的响声，不怀好意地威胁着两人的时刻；还有那屋顶上猫的足音，脸上飞来飞去的苍蝇；以及盛夏时节窗户密闭的房间内地狱般的燠热……所有这些屈辱的回忆又苏醒了。那急切、污秽和混乱的交欢所造成的不安和屈辱的源泉，毫无疑问都来自章子。然而，繁简直就像烫过的头发不得不浮现出波浪一般，他硬是满脸堆笑地说：

"瞧你都说些什么呀。我昨天整天都在学校里。"

"好啦，好啦，看到你撒谎不脸红，我就害怕。那时候的你不像人。你的幽灵似乎在陈述着什么。眼睛也死去啦。你就别说了吧。"

"可是……"

凭感觉，船好像静静地解缆起碇了。有人敲门，侍者送来茶水，并点上了灯。两人相向坐在明晃晃的灯下。

"好热的茶，舌头似乎烫破了。我讨厌喝热茶。"

章子说道。

……繁到达东北泽明美家里，已经接近中午了。

平常，明美这时候仍在睡觉。可是，透过不曾清扫过的积满尘埃的篱笆墙，隔着干枯而斑驳的草地，看见二楼的挡雨窗已经打开。栏杆上晾晒着脏污的金丝睡袍和舌头般红色的薄被子。上楼一看，明美正和两位女友吃早饭，真是太迟了。椭圆形的小餐桌一侧，架在电炉上的酱汤煮开了。明美在家时，身上穿着深受富家小姐喜爱的铭仙绸和服，双肩峰峰棱棱地披着整幅的丝绸外褂。她见到繁只说一句话。

“刚才章子小姐来过了。”

繁脸色大变。

“她说了些什么？”

“她说，假如放你进来就把我杀了。”

“这种话她只是说说罢了。”

这时，明美的朋友转过身披羽织褂的脊背，频频注视着繁的脸对他说，眼睛里依旧沉淀着恐怖。

“没那么轻松，她这号人干得出来。”

“她又能吓唬谁呀？混账！”

繁胡乱解开外套扣子，盘腿坐在走廊铺席上照射着阳光的地方。房门敞开着，夹在两层玻璃之间的冬蝇，嗡嗡地飞起来又落下，又一次笨拙地飞起来。繁一阵不安，浑身感到奇痒般的严寒。他用巴掌诸处拍打着宽松的棉布料子，就像衣服上着了火。

“不行啊，尘埃飞起来啦。”

明美说。

繁停了手，又陷入沉默。

“你到底逃出来了。”明美盯着繁的皮包说。她的话里没有欢乐。繁若不保有一份矜持，说不定这一刹那他会发怒或者撒起娇来。爱面子的繁下了决心，一旦紧急起来，连打算留在这儿的念头都彻底打消。

去会馆之前，明美白日里那张尚未浓妆艳抹的容颜，仿佛有意加以掩饰，反而不见一点儿本色。一副晓月般的脸庞，面颊灰白，朱唇色退。唯有那双大眼睛，黝黑而温润，犹如夜间的一个标记。男人看见她的眼神，随时都会想起黑夜。

明美那位肥硕的同事，指甲油剥落的手指一直捏着牙签儿。平时，每逢繁不论何时到来，哪怕是早饭前，她总是随时陪他出去散步，可是今天，这女人看来同明美有了默契，坐在那里纹丝不动。“什么章子来过了，莫非做梦吧？”繁揶揄地说。那女子作为证人，详细说明了情况。

繁逃离后半个多小时，章子发现他出走了，立即赶到明美家里。这个女人像只母狗，她嗅到气味之前，为了窥察动静，早就来过好几趟了。

章子进入午前尚未照进阳光的昏暗的内庭，站立在一堆乱七八糟的脏污的木屐之中。楼下人家正要带孩子去动物园。一个六七岁的小姑娘跑出来，一边刺溜刺溜吸着鼻涕，一边眯细着眼凝视着章子。那个衣襟上粘着亮晶晶干鼻涕的弟弟也脚步咚咚地跑出来，他穿着灰褐色的夹克，从姐姐背后望着章子。接着，又有一个孩子出现了，米黄色的毛衣里鼓鼓囊囊的，她挽着姐姐的手一个劲儿瞅着章子。他们轮番吸溜着鼻涕，三个孩子手挽手盯着她的脸，仿佛想把她吞到肚里。

“楼上的姐姐们还在睡觉吗？”

章子问。

三个孩子一齐点点头。一个身穿棉袍、面色青白的父亲模样儿的人，赶牲口似的把孩子们驱散，问清章子的姓名，到楼上去通报。睡衣外披着羔皮大衣的明美，来到玄关，她瞥了一眼章子的貂皮外套，皱了皱眉。

章子拿出名片，沉静地说，她有事要谈谈。按规定，贵客临门要请到楼下会客室去，明美陪章子到那里入座。每张椅子的弹簧都坏了，坐在沙发上犹如卧在一堆湿稻草里。胳膊一旦搭上扶手，正方形的椅子变成了四边形。火钵里积满了烟头，窗户上钉着木板，桌子上摆着孩子们忘记收拾的玩具：切菜板上留着切好的碧绿的葱和白铁菜刀。章子一屁股坐在坏椅子上，掏出薄荷香烟，同时递给了明美一支。

“阿繁在你家吧？”章子问。明美故意装糊涂，说不知道这个名字。章子嘴边浮出一丝冷笑，随即挖苦道：“可不，熟得连名字都忘记了的老相好。”

明美深感惊讶，自打繁和明美在某会馆结识以来，直到今天的桩桩件件，章子全都知道。就连明美早已忘记的两人幽会的次数，她都查清楚了。

“所有的事你全部对那个老太婆坦白了，只把我一个人蒙在鼓里。”

明美口口声声责备繁，但是繁却不是一个能够痛痛快快说出自己有外遇的人。

“对啦，她偷看我的日记了！”

繁叫喊道。他的日记一直秘藏在衣橱里头，今日才拿出来，章子一定看过了。不仅如此，老家的姐姐因耽搁缴税而被罚钱，章子不肯为他出这两万元，繁向明美哭诉，明美帮他垫付了。这件事章子也心知肚明。为了凑足这笔钱，明美典当了两套夏装，又卖掉了手表、戒指和收音机。这些事一件不落地都流入章子的耳眼儿。

繁明白了明美对自己冷淡的因由，也只好忍了。这个时候的他，出于一种惰性，绝不会加以辩解。他回想着，那两万元用来给十八岁贫穷的和子买了风雪大衣、彩虹色的披肩和皮鞋。

“骗人也好，被骗也好，用得着这样大吵大闹吗？”他想，“顶多是把衣服、手表、戒指和收音机，换成了外套、披肩和皮鞋罢了，有什么了不起。”

繁本来就缺乏想象力。他的说谎的行为只不过是开个小小的玩笑罢了。他哪里知道听信了他的明美为他费尽了心思。拿到两万元后，他自然花在另外的女人身上了。他之所以没敢向章子要钱，只是出于对她那双炯眼的敬畏。

繁陷入一种迷信，他不知从何时起将社会机构当成女人，似乎都在为着他东奔西走。于是，繁就将变成一个被阉割的社会人。没有野心和理想的雄性，带有些微的知性的化妆，他的存在因章子而转变为一种抽象化的雄性了。

“她说要把你杀了，是吗？”

他问。章子没走时在门外偷听的那位朋友说，章子提出繁到来之前她想在这里候着，遭到明美拒绝后才离开。临走时，她回头看着明美，说道：

“我还会来的。我要把话说在头里，阿繁来这里，你要是放他进家，我就把你杀了。听懂了没有？”章子板着面孔说，“这里就是你和阿繁搂着脖子睡觉的房间吧？大白天的干那种事儿……总之，你要是再跟阿繁藕断丝连，我就杀了你！当然喽，阿繁来找你，要是暗暗告诉我，我会给你适当的奖赏。……你呀，最好不让他进门。那孩子走投无路，早晚要回到我的身边。”

繁听罢，好一阵沉默不语。他也不瞧女人们一眼，只顾遥望初冬时节美丽的晴空。他站起身走过去俯视庭院，空荡荡的楼下一派寂静。他看到了衰谢的菊花、剥落的板墙、远方疾驰而过的小田急电车。满载的乘客大多是星期日远行的人们。他想起游乐场，又忽然联想到小时候将耳朵贴在铁柱子上，倾听地底下传来的奇怪的轰鸣。他爱听这种地狱里火焰的声响。地狱这玩意儿，只出现于星期日。周日的中午，是为小偷、重病号和孤儿留下的空白。这种异样的不安……无所事事的不安……他忘记了今天早上的欢喜。

“别的想怀疑也无法怀疑。”明美在背后说，“那两万元是我的血汗钱，不知道你花在哪里。不过，你要是对我撒谎，我心里就不舒服。”

“是真的。”繁若无其事地厚着脸皮，头也不回地说。

“那么说，那个户口簿也是假造的咯？章子小姐带来给我看了。你根本没有姐姐。你只有父亲、母亲和弟弟，而他们都死了，只留下你一个。”

明美嘤嘤啼哭起来，朋友们从旁劝慰她。繁不觉得奇怪，也不生气。章子做到这一地步，他对她也不感到恼火。他眼前浮现出章子每一个沉着冷静的动作：向顾客展示商品的手势，算账时用纤纤玉指柔和地点数纸币的姿态，更换唱片的动作，纤巧而多情的手感……想必她就像魔术师一般，从丝绸帽里叼出那个户口本的吧？他由此感到了她的能耐、她的技术。章子定是用熟巧的动作将户口簿交给明美了，就像将货单交给店员。那女人的恶意，通过细白的手指表露无遗。

“那钱给谁了？天冷了，给她买了外套什么的吧？（繁听到后打了个激灵）反正两万元也不够买一件像你老情人那样的貂皮大衣。尽管如此，倒够住上十天二十天的房费。就到那小妖精身边住下好了。这也不是我该知道的。”

“后悔呀，后悔呀！”明美像念经似的念叨了不下五十遍。其间，繁有了悠闲扣上外套扣子的时间。他默默拎起皮包，下了楼。他在穿鞋时，两个女人也紧跟着下楼来，站在伏着身子的繁的背后。繁觉得后头站着可怕的高个子女人。那面孔不正在转变为章子的面孔吗？他不愿再见到她，于是头也不想回，打开格子门正要走出去。

明美赤脚来到门边求他接吻。只见她和服下面穿着长袜。女人的芳唇因泪水浸渍而稍带咸味儿。他回忆起夏季的一天曾许诺同明美一起到海滨去。

“今天，我的心情难以平静。明后天，对了，明天也行，请再来吧。到时我会高高兴兴留你住下的。明天晚上会路过会馆吗？”

明美问。

繁踏上贫瘠小区的街道。眼下，谁能为他的一步一行下保证呢？看来不是他自己。会有人为他下保证的。繁踢着石子儿，石子儿撞到腐朽的板墙上，发出一声钝响，墙上留下了印痕。他特地走过去抚摸一番，他闭起眼睛抚摸。那像蚕茧般软化的朽木，手摸上去连凹坑都不像是真实的凹坑。到了明天，这缓缓回升的板墙的凹坑，一定会恢复原状。——站在后门口的女佣，手里提着水桶，垂着乌黑的发髻，狐疑地目送着他。

繁带出一笔钱来，有钱就有栖身地。虽说不是明美的本意，不过他打算找个地方，在那里住上十天或二十天的。

然而，他单独一人一刻也待不下去。长久呼吸着两人的空气，一旦逃离，一个人的空气使他受不了。那种空气想来异样寒冷，过于透明。孤儿根本同孤独的喜悦无缘，孤儿最缺乏培育思想的能力。那房间，虽然适于养猫种兰，但不能用功读书。那房间，章子喜欢洒满香水，有时焚起檀香。那房间杂乱无序，厨房的菜香，化妆品的芬芳，以及被褥的气息，交混一起，弥漫全室。他的肺腑早已熟习这样的空气，一旦接触户外过于严酷的空气，就疼痛难支。

“总之，我想和一个素昧平生的人生活在一起。”他思虑着，“两个人虽然一起住，但互相都丝毫不谈论自己的过去、现在的职业和生活秘密。纯粹出于偶然，就像坐在车站的椅子上，偶尔同身旁的人在一起。一同过上一两年，那该有多好。四目相望无所见，伸手可及没感触。可是，这种理想的‘他人’哪里去找？滑稽的是，人只要不变成尸体，就不可能成为‘亲密的他人’。”

繁忽然记起，决心去投奔那位心地不太善良的远房伯父一家。伯父至今没有给过繁一文钱的帮助。交往中断了，自从听到章子的事之后，即便在路上遇见，伯父也不理睬他。

他换乘私铁[①]，到吉祥寺终点站下来，然后沿着阴云密布下的线路步行。手中的皮包简直提不动了。寻了好半天的路径，来到一幢不太雅观的古旧洋楼前，停住了脚。

伯父是个吝啬的地主。一家人信奉“吝啬”这一稳健而中正的思想。地租的收入很少，经济上由经营钾肥公司的长子支撑着全家

---

① 即私营铁路。

的生活。家人包括伯父夫妇、长子夫妇、次子、长女、次女和三女，一共八口人。伯母整天热衷于缝补袜子，尽管如今花上五六十元就能买一双，伯母还整天热衷于缝补袜子。由于一心想节约线头，刚补过不久又穿了洞。

每逢家中有谁买点儿什么来，比如梳子、领带和钢笔之类，那就必须做好心理准备，因为全家人都会挨着问："多少钱？"连十五岁的三女也是如此。一旦说出价钱，对方就大惊小怪地说："太贵啦，真浪费！"这种遗传下来的表情，每个家庭成员各人都一个样儿。伯父六十岁大寿，全家围在一起拍纪念照，摄影师将刚刚吸了一半的外国香烟随手扔掉，进行拍照。全家人一起高喊："啊，真可惜！"刹那间，脸上浮现出毫无差别的惊讶的表情。说起来，这或许是对浪费者充满着怜悯之情，堪称是人道主义的悲哀之情。这一刹那没有在底片中留下来，倒是摄影师的重大疏忽。

吝啬，是一种监视、阴谋、结社，是不可小觑的正义的热情。三女暗暗瞅着女佣单独用餐时，米饭里打了鸡蛋，就向母亲告状。那女佣挨了一顿臭骂，自打她离去后，一直没有再雇人。在用钱方面，眼睛一直盯着别人：长子监视父亲，次子监视长子，长女监视母亲，三女监视次女。长子偷偷给妻子置办了新衣，忽然一个个传扬开去，怨恨，责难，甚至算计着要报复。长女为偶尔患感冒卧床不起的嫂子做了掺水蛋卷饭。长子叫三女为他买三盒香烟，这位妹妹为了警告抽烟的哥哥"莫把金钱变烟灰"，故意为他买来一盒最便宜的香烟。次子害怕在家中引起麻烦，将用私房钱购买的吉他藏在朋友家中，每逢周日他都去那里弹吉他，不肯待在家里。

繁站在门口，伯母权且笑脸相迎。她穿一身古色苍然的奇妙的玄色西服，嘴巴里美辞丽句滔滔不绝，像一只石油罐，罐底破了洞，石油流出来，反正不是自己的责任。“长成大人啦。这身西服很合身哩，多少钱？价钱很贵啊。唔，赚了不少钱啊。啊，快进来，快进来吧。好几年没见面啦。对啦，都七年了不是？我和你伯父有时也提起过你。这身西服越看越好看。如今在哪儿工作？或者刚刚开始工作，前来打招呼的吧？皮包里装的什么？咦，这皮包好时髦啊，多少钱？哎呀！太贵啦。我家大儿子参加公司组织的旅行，我让他带的是三十年前父亲出国时用过的包。都三十年了呀。怎么样？我很爱惜东西吧。你的手表眼下几点钟了？给我瞧瞧。还是进口货啊，多少钱？嗬，太贵啦。对啦，我们家吃午饭很晚很晚，对不起，想必你是吃了饭来的吧？”——接着，这位伯母很轻率地问了一句，这样的话也不合乎平时的她。

“你吃过午饭了吧？”

“还没有。”

“哎呀，你该找个人家吃过饭再来呀。”

繁满心高兴地倾听着这些出色的训词一句句冒出来。比起章子那般令人绝望的浪费癖，吝啬其实是一种无私的谦虚。站在吝啬之人面前，繁欣然感觉到，对方对自己没有提出任何要求的权利。

伯父回来了。繁去伯父屋里问安，伯父已经从伯母口中得知他出走的经过，宽慰他说，在这里可以住上一两天。

“那女人很坏啊。”伯父说。

“你逃出来很好，瞧你瘦多了，气色也不佳。女人嘛，就是吃人的恶鬼呀。眼下，家里老二不在，一切都得伯母费心操持。有些事，你还是多请她关照吧。这样，伯母也会高兴的。”

他暗示要交些伙食费。在这个行动完全一致的家庭里有个习惯：按照父亲的建议，每人的桌子上都摆着一尊铁铸的小小农民像，仿照乐翁公[①]的故事，每天早晨在草笠顶端放上两三粒大米，对着铁像祭拜一番。

十五岁的三女，一心巴望圣诞节时能获得一份好礼物，从现在开始每天早晨放些米粒热心祈祷。问她想要什么样的东西，这个居家过日子的少女（她把她自己的事都当成家务事看待，以为这就是居家过日子），回答道：

"极便宜，又好看，而且很耐用。"

她们凝神注视着一位陌生的青年被领进楼上的客厅。

"他是亲戚家的孩子吗？我出生以来怎么从未见到过那个人？"

"听说他从前是个身无分文、没爹没娘的穷学生啊。"

"从前？他现在不是很年轻吗？"三女显得很老成地问。

"他肯定是他爸的私生子。"

繁被安置在一间简陋的学习室里，他感到有人从钥匙孔里频频监视他。他走到壁镜前，解去领带，想睡会儿午觉。

镜子里映出他憔悴的面颜。这张脸是衰弱无力的具体表露，犹如一家歇业的工厂。神情萧索，满面粉白，凝滞胶着。一年之前，他皮肤白嫩，宛若崭新的传动带，光洁柔润。他的鼻梁一直闪闪发亮，原来那双炯炯有神的乌黑的眼睛，如今也布满血丝，黯然失色了。眼里的物象似乎都呈现出歪斜的影子。繁不忍心直视自己的这张脸孔，咂咂舌头，坐到了床上。

---

① 白河乐翁公，松平定信（1758—1829）的绰号。传说他任白河藩主时，当地逢大饥馑。乐翁公一面调配粮食，分给民众；一面奖励农桑，实行自救。

两三天前，嘴里长了一颗小水疱，用舌头一舔，水疱还在。就像这颗水疱，用舌头验证其是否存在一样，他也在怀疑，自己这个身体是否还确实存在。

"现在躺在床上啦。"

"想睡午觉了吧。"

门外有人嘀咕道。——倘若他像口中的那颗小水疱一样确实存在，必须有一张验证其存在的舌头。

繁将章子喜爱的花格毛织领带放在眼前嬉戏般地甩动着，渐渐睡着了。

夜里过了十点，他睡得不知南北，想必实在太累了。恍惚之中，长女摇晃着他的肩膀，叫醒了他。他凝神回望着她。她穿着雪白的西式睡袍，显得手脚不很灵便，看样子是来叫醒他之前临时套在身上的。因为赤足太冷，特用衣裾裹住双脚，因而，看起来上半身似乎时时有些摇摆。

"快起来，那个人来啦。她来时在玄关发现你的外套，眼下正在和父亲谈判呢。她一直哭。"

"那人是谁呀？"

"那人叫章子啊。"

繁从床上折身而起。接着，仿佛恶魔附体，找领带，找上装。

"见不见她呀？"长女问。繁闷声不响，他被恐怖的气氛吓倒了。接着，次女走进屋子。身穿水兵服的次女，手脚比姐姐更加麻利。

"不得了啦，不得了啦！"——她一面收拾繁的皮包，一面悄声说道。“那人说不定要到楼上来，现在，她出了客厅啦。她就像个疯子，可怕极了，叫人不敢靠近。楼下房间，她都一一察看过了，要是上楼来，怎么办？这里的每间屋子都不上锁啊。”

她怎么嗅到这儿来了？刹那间繁思索着，再也不能犹豫了，他拎起皮包来到走廊上。这时，有个人在众人的制服下正哭喊着从对面楼梯爬上来，一时还没有露头。但听到楼梯咯吱咯吱的响声就明白了。

“从后面的楼梯下去，一直回到走廊上，再从大门出去。那里正好有您的鞋子和外套，可以逃脱。快，快！”

次女心直口快，繁毫不犹豫地跑下后楼梯，来到昏暗的廊上，同喧闹的前楼梯相比，这里悄无人声。伯父出于节约，楼梯口只装一只五支光的灯泡。

他抓起外套、攥紧皮包跑向一片黑暗的门外，直奔吉祥寺车站落荒而逃。

繁浑身黏汗，汗忽然变冷、结晶，严霜一般包裹着他的全身。在站前小酒馆喝了几杯烧酒，末班车开出之后，他才顺着车站走廊一列灯光走去，消失了踪影。那里，满天繁星占领着城镇。

他佯装醉汉停驻于附近旅馆，只图睡一觉，可一直睡不着。尽管如此，天亮前也恍恍惚惚眯瞪了一两个小时。刚一入睡，又被障子门的响声惊醒过来。

门被顶撞得有点儿歪斜了，所以开不开来。着力的地方又太低，开了几次都不行。看来已经死心了。再一用力，终于打开一道四五寸的隙缝儿。

进来的是一只又大又脏的猫。一双淡绿的眼睛，浑身黑毛斑驳，剩下的灰白部分，乱糟糟污秽不堪。猫没有走到繁的身边来，只是用浮肿的眼睛瞥了他一下，便团着身子蜷伏在榻榻米上，犹似一只搁不稳的沉重的包袱。然后，它忙不迭周身舔舐起来。

早晨，繁去理发馆。沿途，他被镜子般明丽无垢的亮光吸引了。

他提着皮包太累了，想一手扔掉。这只深情的皮包，真不知将要追随自己走到哪里。或许他一天不抛弃这只皮包，就一天不得摆脱那座牢狱。他将皮包放在理发馆的架子上，一边从镜子里瞅着，一边蓦然泛起旅行的念头。这只波士顿皮包，是旅行专用的。一旦踏上旅途，这只死沉死沉的皮包，定会恢复活力，担负起欢乐之旅的装载作用吧。

今天是好天气。繁望着镜中的大街。于是，倏忽一瞬，章子正打那里快速走过。他一阵战栗，接着便怀疑起自己的眼睛。

镜中的街道过于明亮，显得很不自然。对面店铺摆满廉价处理的货物，各种五颜六色的罐头商标，在店内深处黑暗的映衬下，艳丽夺目。但不见一个顾客，也看不到一个店员，更没有一个行人。身穿貂皮大衣的章子，从那条街道经过。

此时，幸好理发师挡住了视野，从那里望不到这边。繁用不着缩起脑袋弯下腰来。他再次扭头望望街道，街上声音嘈杂，又恢复了平日的热闹。汽车疾驰而过，五六个学生高声谈笑着，人人都朝理发馆里瞅上一眼，学生帽的徽章映在玻璃上，倏忽一闪。边鄙之地——理发馆里，屋角电炉上放着一只麦绿色的耐酸铝大水壶，水烧开了，直往外冒热气。

理发师将肥皂水调成泡沫，说道：

“过来，洗头吧。”

“嗯。”

繁从座椅上站起来，雪白的细布围裙挂住了镜前紫色的悬崖菊，差点儿把花盆弄倒了。菊花剧烈地摇晃起来，晃动的素烧[①]花盆，不一会儿就沉寂于初冬午前静谧的空气中。倒进脸盆里的开水腾起的水雾，转眼间漫上了镜面。

他离开理发馆独自一人走入电影院。平日第一次见到这般稀稀落落的场景。上映的尽是些材料透明的老古董法国电影：地中海、游艇、欢乐的水面、夏云、蓝天、报告噩耗的航空信……繁一边嚼着花生米，一边观看。他已经下定决心，今晚要和那位未曾沾手的少女，一同去旅行。

繁答应给她买外套、皮鞋和披肩，当时和子胆战心惊，仿佛是向小偷讨要东西。大学校门口有家专为学生服务的便宜咖啡馆，她每天趿拉着木屐，往来端送色调暗淡的薄咖啡，还有流食般的稀牛奶。他时常带着这位少女看电影，嬉闹着同她亲吻。如此程度的交往，繁不知道对方会不会接受他的礼物。

繁送她这些礼物并非出自怜悯，看到和子一脸惊愕是对他的安慰。他乐于将她那一副可怖的不安神色带往四面八方。只知道吊着一件洋服的和子，被领到大学附近的裁缝店，白色卷尺贴在身上刺溜溜翻卷着，别提有多高兴了。外套定做成孩子式样的，量尺寸的女店员，一边用指尖儿掐准卷尺的各个部位，一边飞快记在本子上，那种

---

① 不挂彩釉，低温烧制的陶瓷。

职业性的速度，感动得和子睁大了眼睛。“真快呀，真快呀，照这个速度，外套明天就能做好吧？”繁小声嘀咕着，女店员听了，不由笑起来。

两人到银座购买余下的两种。和子惶惑不安、两腿发软，各种披肩一披上领口，就俨然说道：

“我想算了吧。都想要但不知哪条更好，即便你教我任选一条，我也很为难。”

和子的天真可爱，堪称是一种罗马式的美。以往，繁从不相信世上依然存在如此类型的感激，如此类型的童话。童话活在这位少女极为寻常的美之中。也就是说，这种美不具任何独创性，这种感激不伴有任何空想力，正因为如此，所以她把外套、披肩和皮鞋，提高到星座、月亮、城寨和刀剑同等的位置。独创性和空想力，很难将披肩依旧看作是披肩，因此，披肩反而无法摆脱自身本来具有的卑俗的具体性。

繁觉得走过大学校园很危险，他不从正门进去，而是直接到F咖啡馆去。

他赠给和子两万元礼品时，心里想好了，假若这位少女接受赠物之后有了截然不同的表现，例如现出媚态来，他就再也不到这家店来了。繁以为，不论感谢也罢，或者满嘴对不起也罢，假如这份礼物换来她的一副媚态，那就说明自己看错人了。如此的洁癖，别人从中或许能读出他的青春，但实际上，此时他心中反复思考的莫若说是他和章子的关系。繁很想通过第三者检验一下，他的那种“来者不拒的洁癖”的奇妙关系，那种绝不会使人联想到“卖淫”的关系是否真的存在。

和子及格了。她虽然甚感惊讶、不安和喜悦，但也仅仅说出“谢谢”这个词儿就算完了。

店里颇为闲散，两三个学生互不交谈，只是默默传看着报纸，繁走进去，也没看清他们的面孔。

和子出现了，来到他身旁说有话跟他说。她容颜憔悴，面色惨白，眼泡儿哭肿了。她穿着好似男式的茶褐色毛衣，卷起衣摆，掏出一包进口香烟交到他手里。

“送我的吗？你，你可不要太苦自己了。”

“哦，这是章子小姐叫我交给您的，今早她来过了。”

繁立即感到，哪怕徒然站在原地也惶悚不安。他真想转身跑出门外。可是皮包太重了，他已经不像当初出逃时那般有力气了。

“你说章子来过了？”

“嗯，来过了。”

和子天真地回答。她的天真没有任何力量。她老练地抬起手拢了拢鬓发。老板娘误认为那件外套做好了，同时又认定繁是有钱人家的公子，所以就没有理由赶和子出去。

两人沿着学校近旁满是斜坡的学者小道边走边聊。太阳只照耀着半边路面，气候十分寒冷。和子临出门时，急忙从里屋取出外套穿到了身上。甚至孩子们练习打棒球的叫喊，反射到石墙上再弹回来，听到后也觉得凉冰冰的。两人身贴身走着，口袋里握紧的手时时碰撞在一起。

“她来说了什么？”

“她说，阿繁该在你这儿。要是他不在，等来了后，立即告诉我一声。要是你知道他躲在哪儿，也赶快通知我。”

"不光这些吧？"

"她说要杀我。"

"只是吓唬吓唬你罢了。"

"唉，哪里呀，她说到做到。那种人无所不晓，好可怕呀。她连我是个黄花闺女都知道得一清二楚。我把您为我置办的东西，都拿出来给她看了，她说，他还会到你这来讨债的。我问她'讨债'是什么意思，她说，到那时你就不是现在这个身子啦。她又说，阿繁要是邀你去旅行，你千万不能去，去了我就杀死你！她还说，咱俩一旦睡在一个被窝里，我的肚子上就会长出一大片黑斑，嘴周就会出现淡红的圈儿，怎么也去除不掉。一旦发现，立即把我杀掉。她抓起我的手，为我号脉，她独自嘀咕道，'你好可怜哪，这血脉就像小鸟一样可爱。'她说这些话的当儿，我一直哭个不停。临走时她把手搭在我的肩膀上，十分亲切地说：'好孩子，咱俩说定了啊。你把这个交给阿繁，那孩子很奢侈，没有这个可不行啊！我走了，再见。'她说罢，在本乡大街叫了一辆一元的士[①]，一个人回家了。"

繁老半天一言未发，只是默默走着。不一会儿，他说：

"老实说，我是来邀你去旅行的，你恐怕不会去。不去也好。我要去办件事，回头再到店里来。你在这儿等着。"

——他和少女在店前分别后，怀着异样的心跳沿着本乡大街跑到三丁目。那里比较容易叫到车。他在静听和子讲述时，为自己熟悉章子超过想象以上而惊讶不已。就像章子能嗅出他来一样，他也熟知章子将会干出什么事来。

① 大正、昭和时代行驶于大街小巷招揽散客的出租车，车费一律一元。

出租车抵达公寓大门口。他穿过中庭，奔向架着秋千和滑梯的院子的一角，一步一阶梯地飞速爬上煤烟熏黑的楼梯。章子的卧房在三楼，繁配有她房间的钥匙。他打开房门，像平时一样，迎头冲来一股噎人的香水味儿。

章子仰面倒在地毯上，她已经死了。

椅 子

这几天，我读了母亲年轻时写的部分日记。这些写在三十二开纸上的日记，是母亲整理抽屉时从最里层发现的。母亲翻看了一下随手交给了我。或许日记的内容已经不再是母亲的秘密，日记中所倾诉的悲伤，也已不再是母亲的悲伤了吧。

我是长子。对于母亲来说，是她最初的孩子。我是她第一次见证的生命的惊愕。然而生下来不久，我就被祖母强领了去，由祖母一手养大。直到祖母去世数年前我十三岁那年，才回到父母膝下。

我七八岁前是同祖父母和父母住在一起的。后来，父母亲在祖父母住宅后面，斜斜错开些建立了新家。从父亲家二楼可以看到祖母的病房。祖母的病是久治不愈的脑神经痛，发作时左膝痉挛。祖母最害怕患部受到震荡，十分厌恶巨大的声音和震撼地面的响动。

昭和三年[①]春天，母亲二十四岁，我四岁。母亲写道：

从早晨到午后，我那儿子一直待在祖母晦暗的八铺席病房内，端正地坐着，专心致志画画儿。我作为一个年轻的母亲，不得不眼睁睁地望着他。他一定很想跑出去，很想大声地唱歌吧？这样一想，我的手脚也不由动作起来。孩子实在憋闷极了，我必须全力挽住他那时时想奔逃出去的两脚。

幼小者的欲望，其中包含着将来不知如何尊贵的理想的欲望，这欲望刚一长出嫩芽，猝然又被连头彻底摘除了，多么遗憾！他何时才能获得解放？对于这般无尽的痛苦，一个母亲的心灵逐渐狂乱了。我的孩子就是我身体的延长，而我作为母亲，偏偏让一个不同于常人、头脑机能有异的素昧平生的人（注：对于母亲来说，婆婆就是这样的人）对他施行病态的教育，并且对此不许置之一词。终日像奴隶一样默默不语，两眼分明地遥望着他。我这个母亲何时才能从满心的忧伤中获得解脱？

昭和六年，母亲二十七岁，我七岁。母亲写道：

隐忍之中好不容易养成断念的习惯。今天，我感到出现了微微曙光。首先，今年开始可以上小学了是一份期待。虽然如此，作为母亲的我，害怕看到孩子时时刻刻被扭曲的性格。实在对不起，然而我只能遵从以往的道德，别无他法。舍弃孩子尽孝心。等他成人之后，也会原谅我这个可怜的母亲。等上了学，离开家庭的短暂时间里，母子也会有机会高高兴兴过上半天的二人时光的。但是，啊，果真有那一天吗？那时情况会不会比现在更糟？

① 公元1928年。

昭和八年十二月，父母已经住进新家。母亲写道：

晚上，孩子哭着跑来了。

问原因，是因为孩子关障子门时响声太大，祖母立即腿疼起来，狠骂了他。看样子，他心里很后悔，又害怕祖母腿疼，再加上挨骂后万分伤心，一见到亲娘的面，眼泪就止不住涌流出来。

接着，学仆[①]高桥拿着帽子和口罩急忙追来了。他说：

"晚间很冷，祖母叫他戴上帽子和口罩，他就是不听。祖母非常生气，叫我来告诉您一声。"

孩子听着听着，又伤心地哭起来。学仆接着说：

"我在一旁看他太可怜了。如果祖母问他，'哥儿，你愿意到那边家里去玩吗？'他听罢总是作出不愿意的表情，回答说：'现在是晚上，太冷''马上要吃饭啦'等等，就是不肯去。说来，连打开障子门都得小心翼翼，比起那样的家来，当然想待在自己家里，又可以同弟妹尽情玩耍。不过，哥儿虽小却很聪明，周全考虑当时的情况，当着祖母的面，尽量说不想去。"

虽然是平常的事，我的悲伤转变为害怕。孩子的天真无邪遭受无情的摧残，真不知会怎样变态成长呢。

孩子心情沉重，说不出话来。我耐心规劝他，就像为自己鼓劲儿。

"这个世界上，真不知有多少儿童失去父母，成了孤儿。有的孩子，受继母虐待，不给饭吃。该是多么悲惨啊！你有祖父祖

① 原文作"书生"，在有钱人家一边干家务一边读书学习的少年。

母和父亲母亲，我们都很疼爱你，不是很幸福吗？奶奶生病，你应该为她多想想，拿出勇气来，坚持下去。是男子汉吧。再忍一忍吧，坚忍下去，慢慢会变成了不起的人物啊。”

这时，女佣急急忙忙赶来了，叮嘱道：

“已经六点啦，可要回那边睡觉啊。”

不论在什么场合，我叫孩子住在这边，没有一次被应允过。孩子惊呆了，“哇”的一声哭起来。他越明白是怎么回事，心里就越害怕。婆婆犯病时，激情满怀，头脑一片狂乱，她那尖厉的话语犹如钢针一般直刺过来，即便对孩子也毫不留情。这已经是常事。碰巧丈夫回来了，连忙过去安慰婆婆。听说她要痛打高桥，心情好了些。过了半小时，丈夫回来了。

第二天早晨，平安无事。这时，学仆套着裙裤来了。

“今早我听护士说了。昨晚老太太详细问了哥儿许多事情，直到很晚很晚才睡。最后，哥儿说母亲拜托高桥，希望常放哥儿回家玩玩。哥儿全都讲出来了，所以我很害怕，决定辞职回老家了。”

婆婆用一种卑劣的侦探式的逼供，对待一个心地纯真的孩子，那情景仿佛就在眼前。孩子不论何时，非到万不得已，是不会出言不逊或做坏事的。作为母亲，越是明白这一点越是感到悲哀。

可不，今日一整天就没放孩子来一下。傍晚，我再也受不住了，便登上二楼，搬来藤椅坐在窗前，凝望着对面的房子。在，在，孩子的头在动。他像寻常一样，照例被迫守在厢房内婆婆的枕头边，而且小心翼翼，不敢弄出声音来。

护士扶着婆婆上厕所，孩子时时跟在后面，走廊里能清楚地看到他的脑袋。我紧紧靠在椅背上，眼睛一眨不眨地望着那颗小小的毛栗子。

其后，母亲写了我每天必做的事。吃饭时，总是同祖母相向而坐。祖父一个人在起居间里用餐。我吃饭时“连动一下筷子，都受到干涉，祖母总是唠叨个没完，所以根本不知道饭菜什么味道”。饭后就寝前的一小时，只给“坐在祖母枕边读书的自由”。母亲最后悲叹道：“啊，只要不发生大地震那样的天地异变，这孩子就不会获得幸福。”这几乎等于一种诅咒。

昭和九年五月的节日里，母亲三十岁，我十岁。她这样写道：

节日里和孩子一起惹了场祸。夜晚，正在为三个孩子举行庆祝宴会，做母亲的忽然说：“斋田婆婆去世了。”（这位斋田婆婆是祖母的老朋友，得急病死了。）我以前也曾听说过，就附和着说：“简直就像做梦一样。”大家聊着聊着，在一旁听着的儿子，正如预想的一样，吃惊地食不下咽了。看到他那惨白的脸孔，一直沉默不语，真是太可怜了。刚才始终思考的事随即就脱口而出了。“您一定是想瞒着哥儿，所以过去我虽然知道，却一直没有说出来。”——吃惊于自己说的话，已经晚了。眼见着怒容满面的婆婆，深深低下头，表示歉意。谁知倒霉的哥儿又说了一句令人尴尬的话：“啊——她死了呀。”对于哥儿来说，常年疼爱自己的人猝然死去，实在是个意外的打击。因此，他似乎没有像往常那样敏感地觉察出当场的气氛来。

果然，婆婆暴怒了，她“啪”的一声撂下筷子，大骂起孩子来：

“怎么啦？为何特地在我面前唉声叹气？”

我心里明白，婆婆其实是冲着我来的。我故意装糊涂，一心一意劝慰这个已经六神无主的幼小的儿子。

“哥儿心里感到难过，也是自然的事。就连您也没有想到她会死的啊。”

婆婆用力放下饭碗。说道：

“真烦人！随你怎么说吧。寿司什么的，我不吃了！”

三个孩子受到惊吓，停下碗筷。我的心跳传到手指尖儿，连嘴唇也哆嗦起来。我只想着一件事，我那儿子能挺得住吗？这时，满脸泪水的儿子说道：

“奶奶，快吃吧，别伤了身子。”

啊，我实在看不下去了。流畅地说出这样的话的我的儿子啊，你有如神明般美好的心灵。他被从父母手中夺走了，宛似铁笼里的动物，不得须臾离开枕畔。不仅如此，当我这个母亲面对孩子的时候，婆婆满心发疯般地嫉妒我，同时矛头总是指向可爱的幼小的孙儿……

………

这些日记令我感动不已。但这种感动并不纯粹。

日记中涉及的我幼年时代的姿影，暴露了我现在正想死死隐瞒的丑恶的弱点。这个体弱多病的孩子为何哭泣？最令人不快的在于最后说出了“奶奶，快吃吧”这句颇合时宜的台词。这孩子深知，那瞬间的自己看上去很是惹人怜爱。

我们总以为幼年时代是纯真无垢的。头脑里的这一偏见(母亲也持有这个偏见,说我像“神明”),被精神分析家恶意的驳斥推翻了。至少可以说,比起人们已经成熟的弱点,我的未成熟的弱点远远要丑恶得多。如今,我依靠着稍稍已经成熟的弱点推进工作,我的脑子里时时涌动的幼年期的丑恶,多多少少美化着我眼下的工作。

母亲自我感情的植入,有些误解。说我强忍着不到外面游玩或干坏事,守在病人枕畔不敢发出声音来,其实并非如此。我之所以这样,是出于我的喜好。如今留在美好记忆中的是我同母亲短暂的相会,放学后牵着母亲的手,做一番春游式的散步。即便在这样的场合,我也没有否定当时祖母那病态的绝望而执拗的爱。

祖母将我关在病房里,是因为她认为,不这样做我这个孱弱的孩子就会死去。母亲到底是母亲,她觉得那样关着,反而会使我丢掉性命。我现在依然活着。如今,我很理解母亲的想象力。我想跑出去,想游泳,想生活在户外的阳光里。我想跳跃,我想做游泳健将,想成为拳击手。我想有一双谁见谁爱的宽大的肩膀。我要无比强健,打起架来,一举撂倒四五个人。我想一刹那不加思考地行动起来。我希望遮蔽我的,仅限于天上的云影。……然而,我只适合于夜间伏案,白天沉睡不起的职业。我的内心的一角,依旧喜爱暗淡病房的枕畔。其余九成的愿望,即便面向户外的阳光,我一旦走进户外的光明中,依然像儿时一样,喜欢聆听蓝天、绿叶、小鸟和喷泉,这一切对我的嘲笑。

母亲像日记中那样解释我。但我这个人,并非完全像母亲解释的那样。要是知道母亲对我的解释,恐怕早从幼年期特有的撒娇开始,尽量使自己的身子符合于这样的解释了。不过,祖母即便掩住我的耳目,不让我知道母亲的解释,母亲的苦恼也没有长久占据着我的心房,这是为什么呢? 然而,反过来想想,也有可能母亲坐在二楼的藤椅上,一直凝视着我自己也未曾觉察到的我的悲伤吧? 如今,我已觉悟到这样的悲伤,母亲却不再全神贯注地谛视了。母亲的眼睛,已经不像过去那样能鲜明地映现出我的悲伤来了。

爱,既是一种不具目的的神秘的洞察力,使得我们感到羞惭得无地自容的感情;又像一种想象力,其本质只不过是一个"解释"而已。母亲的日记,强使我围绕这些疑问进行种种省察。

我被坐在二楼藤椅上的母亲看到了什么呢? 这种思虑,不知为何,使我颤栗不止。

母亲遥望我的时候,我恐怕不为任何悲伤所囚禁了。我的快乐,只要有一些点心、笔记本、绘画用纸、彩色铅笔和童话集就满足了。况且,这些都已经存在。我攥紧祖母干瘪而光亮的小手,跟着她走到厕所前边。祖母如厕的当儿,护士挑逗我,胳肢我玩,使我很高兴。

"哥儿,我要胳肢你!"

她压低声音,笑着说。她极力凑来双颊,记得我忍住的笑和她脸上厚厚地涂着廉价的雪花膏散发出的山栀子香气合并成了一种印象。

"呀,不行,呀,嘻嘻。"

"不准出声。来,这回该肚子了。"

"呀,嘻嘻。"

冰冷的拳头,犹如苹果一般突进我的肚子和两腿之间。

"嗬,真好玩。"

护士像是从纸袋底下摸索着什么,她紧紧揪住那个小小的东西不放手。我仿佛被人用那根讨厌的裤带吊起了裤子一般，一种不快的恍惚之感，使我的头脑麻木了。然而，我却将脸孔贴紧她那浆得十分硬挺的裙裾，微微摇着头。

祖母从厕所出来，问：

“你们究竟在闹些什么呢？”

“哥儿在调戏我哩。”

“这可不行，哥儿。”

我既不感到特别惊讶，也没有显得狼狈不堪。从前我患肠炎卧床不起那阵子，这位护士来到我家。我病愈之后，她就留下来照顾祖母。那时候，我病后练习走路，她天天带我出外散步。这件事一直留在我的记忆里。

我们一起走到公共市场前边，初秋黄昏时候的天空，飘扬着五颜六色的彩旗。走到那里再折回来，所以市场前边相当于整个行程的一半。我病后的腿脚仿佛走在沙地上，感到又累又热。

“哎，给我坐椅子吧。”我粘缠着她。

“又来啦？不要这么娇气嘛。”

护士蹲踞路旁，我便坐在她的双膝之上。

直到今天，我再也没有坐过那般舒适的椅子。她那浆洗得十分挺括而白得耀眼的裙裾，一旦坐上去，腰肢周围会有一圈儿流丽而丰润的鼓起，将她散步时露水打湿的木屐带罩在下面，比起任何椅子布都要漂亮得多。这种椅子很暖和，而且足尖儿始终轻轻摇动，以便保持着稳定。不仅如此，我还等待着她将那腕子上套着皮圈儿的凉冰冰、肉嘟嘟的胖手伸进我的裤裆，一边摆弄着，一边发问。

“这是什么呀，哥儿？圆圆的，又圆又小，像两颗橡树果儿。”

“不——知——道。”

“等哥儿长大后，这可是个能使女人又哭又喊的宝贝呀。”

“不——知——道。你说，能使女人又哭又喊，到底是什么呀？”

“就像哥儿这样的人。你呀，能叫祖母哭，叫阿梅哭，叫阿国哭，还能叫你那位漂亮的妈妈哭。”

她半开玩笑地向一个孩子灌输的这些猥杂的话题和恶作剧，直到今天我都不认为有悖于道德，更不认为这些怀有深深的敌意。当时瞬间里感觉到的强烈的憎恶之所以难以说清楚，就是基于此种道理。或许，那定是由于我对周围环境的悲哀漠然视之的缘故吧。同时，对于将责任转嫁于我一身的对方抱有恐惧的心理。这种本能的恐怖，抑或来自对于护士的恶作剧的期待以及与此联结的某种快乐的观念，同自己环境的悲哀之间存在的因果关系吧？

呻吟是传达痛苦的手段。然而，人并不想让别人知道发出呻吟如何能掩盖痛苦。我们想让别人知道痛苦，但不想让别人知道痛苦的快乐。

母亲的日记，据我的记忆，大事件的记述恐怕是有意舍弃了。昭和八年十二月，快到除夕的时节，祖母正睡午觉，我守在枕畔。障子门打开一道细缝儿，高桥探着头，默默地对我招了招手。我一出去，他就用一件孩子穿的白色羔皮外套，裹住我的全身，抱起我穿过晦暗的走廊，雪橇一般向大门口冲去。来到玄关，这位学仆说道：

“喏，我带他出来啦。”

“真难为你啦。”

母亲站在玄关外，罩着护耳，比平时更郑重地化了妆。

“哥儿，出去散散步吧。天气很冷，戴上口罩，围好围巾。”

我牵着母亲的手静静地走着。其间，风向变成顶头风，干脆手挽手向后退着走。母亲看我一言不发，随即说：

“不用担心，马上到那边去照相。今年快要过去了，哥儿即将九岁，妈妈想一起照一张纪念照呢。”

这时，我本想轻率地说出那件事来。就是护士的一番话。尽管很可笑，但作为一个孩子，我一心想以此缓解一下母亲满怀悲凉的话语。……然而，我蓦地想起来一些事，终于没有说出口。因为护士教给我的不仅是这些。

母子二人来到白墙跟前，母亲坐在椅子上，我站在椅子一旁，面对着摄像机。矮小的秃顶摄影师调好了焦距。

“好，请不要动，不要动。”

他说着，耗子般转到我们身后，将忘记布置的背景布幕放下来。我不得不偷偷朝那里瞥上一眼。背景稍稍褪色了，有的地方染上了污迹。不过，有了这个背景，我们母子毫不费力地相互依偎在一座废园露台的椅子上了。忧郁的卵黄色的园林里，盛开着玫瑰花，远方是黑魆魆的森林。森林彼方，夕暮时分，残留着晚霞余晖的金色的天空，映照着下边的池水。几只忧戚的天鹅，垂着头在水面上往来游弋……

“好啦，哥儿不用害怕。面朝着这边。”

“哥儿，可不要动啊。”

母亲将脸转向摄像机，带着异样的迫切的热情，低声吩咐道。她左手紧紧攥着搭在膝盖上的我的小手，尽管天气寒冷，她的掌心依旧布满湿漉漉的汗水……

——这天，母亲或许下决心要干一桩事情吧？无疑，那决心又在照完相回家的路途中被推翻了。反正,我有这样的感觉。

那天拍摄的照片至今还留在影集内。年轻的母亲膝头紧挨着幼小的儿子,面带幸福和明朗的微笑。那副护耳虽说给人以忧愁的印象,然而,那只是我们对于已经逝去的风俗所抱有的概念性的表述罢了。

我们隐藏呻吟的快乐。当觉悟到这一点时,我们已经在隐藏。母亲要想在我心灵之中寻找忧伤的确证,那将是困难的。

由此看来,我的充满神经质的幼年期,并未痛切地感受到母亲的忧伤。无疑,母亲也在拼命隐藏自己的忧伤。母亲从二楼的藤椅上所看到的,正是我不久想要隐藏的我的哀伤,那是我尚未感觉到的自身的哀伤。

……其实,母亲从二楼藤椅上所看到的,不就是母亲自己的姿影吗?

不满的女人们

我们的朋友——画家桑原纯，最近从巴西回来了。伯父是那里咖啡园的大庄园主。桑原应邀去那里，旅费也由对方支付。他筹集盘费先到巴黎作旧地重游，然后经由达喀尔去巴西。

一天，我们这帮子恶友举行晚宴为他接风。席上以他为主宾，听他谈了归国的经过。我们要问的既不是美术方面的事，也不是什么政治形势和对日感情之类。当天晚上特地没有邀请他的妻子出席，对此心领神会的桑原，只谈论了足以报答这番厚意的话题。旅行期间蓄起来的髭须，围着他那轮廓深刻、晒得黧黑的面孔镶了一圈黑边儿。嘴角边叼着一只饰有巴西当地色彩、象征着土人脸孔的烟斗，烟锅里不断升腾着青烟。他的嗓音低沉、宽厚而又稳重，同他那六尺之躯十分相合。

“我去圣保罗……”桑原的手掌包裹着黝黑而光亮的土人面颊，打开了话匣子。

……那是我在伯父家里住了一个半月之后的事。我一到巴西，只在里约热内卢——本打算狂欢节时再来——待了一天，也没有路过圣保罗，直接就奔伯父家去了。伯父的农园绘画题材丰富，先用功，后享乐，一向是我惹人怜爱的习惯。

圣保罗是因出产咖啡而发达的新型都市。如今，城市的面貌瞬息即变，古老的东西毁坏殆尽，新式的高层建筑拔地而起。这座城市被称作所谓“纽约的妹妹”。现在的市长据说是个破坏狂。

走在大街上，时时可以见到日本人，走不上百米，肯定能遇上一个。在外国城市见到日本人，总留下个奇怪的印象。仿佛对面走来一面镜子，圣保罗每个交叉路口，都安设着镜子。

长大的路桥、陡坡、弯路，以及被这些水泥堆里热带植物包围着的古老纪念碑……二月上旬，盛夏季节的圣保罗，晴天时很热，而雨天里微感肌肤寒凉。而且多雨，逢到雨雾包裹的日子，在游人眼里抑或有着这样的感觉吧：这哪里像“纽约的妹妹”，简直就是一座边境殖民地兀自庞大的寂寞的都市。

说到底，圣保罗最美丽的，也许是原样保存下来的古代密林的原始森林公园。苍郁的原始森林，树梢缠络着往昔的茑萝，地域虽然狭小，但却传达着这片土地未开拓时代的面影。一堆堆落叶，散发着腐叶土的气味儿。热带，可以说就是一种风土的热病，剧烈的热和生命的过度的高扬，腐败和死亡一同居住。你只需大白天在这里略一停步，你就会彻底明白这一切。而且你还会知道，热带森林的内部深似海洋，几乎沐浴不到阳光的恩惠，这地方只有不绝的薄明。

别种的美，出现于夕暮原始森林公园散步的路上，以及骤雨袭来的时候。雨点叩击着树叶。那巨响宛若无数树叶齐声呐喊。风儿无法进入森林内部，只能沿着混凝土狭小的弯路奔突。密林在骤雨里鸣响，众多的树干岿然不动，看到雨水在树干上流淌，此种感觉愈加深入内心。

这时，你伫立于散步路的一角，隔着一座断桥眺望河对岸的街景。湿漉漉闪着亮光的汽车，井然有序地在街道上来来往往。雨水冲刷了大街上花里胡哨的新鲜，橱窗内的电灯和众多的霓虹灯，浸润着雨水，犹如溢出轮廓的颜料，使得周围笼罩在一派光怪陆离的彩雾之中。不用说，这番景象也辉映于被雨水扑打的运河纤细的水面上……

当你面对那些亚热带蛮人悄悄躲在密林中未曾见过的这种快乐的幻影时，你将品味到那种瞠目结舌时的心情。

……未闻的快乐。今夜诸位所期待听到的见闻，巴西是去了，但没有在那里跌倒。内地的日本青年，被吉卜赛女郎的媚药所迷惑，最后没能回来。虽然有此种传说，但一个平凡的游客见到那样的吉卜赛，最后也只不过破点财而已。

我丝毫不想装出伪善的面孔，即便我也熟知巴西女人的肌体。在圣保罗为我举办个展的后援者，是一家日文报社的社长。圣保罗有好几家日文报社，他们属于那种战胜派报纸。正如大家知道的，战争结束后，侨居巴西的日本人之间，存在着战胜派和战败派[①]，两派长期对立，由来已久。战败派未必是左翼，但战胜派却是纯然的国粹派，既然是右翼，他们从早到晚，津津乐道的全都是酒和女人。为我做后援的正是这种理想的报纸。

然而，两三天过后，我发觉我已成了这家报纸的俘虏。他们监视

---

① 主张日本在二战中是战胜或战败的两个派别。

我，一概不让对立派报纸记者接近我，要是我一时错误答应会见，他们就对那家报社以及采访记者破口大骂，最后当着我的面，将好容易找到我的别的报社记者赶出去。

这种事儿使我感到莫名的幸运。一家报社的喧闹，总比三家报社的喧闹容易对付些。加上这家战胜派报纸——这样说，不等于认定日本战胜了，只不过仅仅表明立场的差别——的一伙人，或多或少都能中我的意。

在日本，我对所谓文化人那种人工的粗俗行为早已生厌，却对这帮人精到的粗俗十分满意。早晨八点，他们几个来到十七层高的美国式克拉里奇酒店，走进位于十二楼的我的房间。趁着好容易醒来的我吃早饭、刮胡子的当儿，他们便山南海北地穷聊起来。一副东方哲人派头的秃头记者，依然热衷于明治时代的浪漫主义。容貌魁伟的青年记者，是个同长相不大符合的抒情诗人，一提起女人就鬼迷心窍了。如果在街上和一位葡萄牙美女交肩而过，便用日语自言自语大声说："这妞儿真想睡上她一回。"然而，他们对于来自故国的我，却严守着日本本土早已丢弃的礼仪作法。

"今天陪您去毒蛇园吧。"

那青年说。

"胡闹，你要是去，母毒蛇都躲进洞里不出来，先生也无法写生啦。"

一位老人说。

"这老家伙胡说些什么呀。"这种有趣的口水战每天早晨总要来上几场。

一天的参观结束后，我同他们一起到播送音乐的意大利料理店用餐，然后去该去的地方。这家夜总会，将白天里分别做打字员和女办事员职业的平民姑娘派往晚间的筵席。外观像一般民家，进去一看，也没有特别妖艳的空气。数日之间，我就在这样的房子里结识了一位混血儿——被称为姆拉脱的白人和土人的混血儿，巴西具有代表性的美人坯子——平民姑娘，还有一位看样子比起卖身更带着一番好奇心前来的夫人打扮的年长妇女。第三天，去买了一位正式娼妓，我对金发很感兴趣，选了一位白人女子。

她是个爱笑的女人。即便走向刑场，她依然咯咯笑个不停。她死不肯脱，硬给她扒光后，结果吓了一跳，那一头金发是染的。这才知道，她原来是个冒牌货。

……不过，今夜给你们谈论的不是这些女子，而是另外一些更加贞淑，或者说更为娇贵的女人。

……我的个展在市中心一家小型画廊里举办，展出的是水彩和木炭素描等小件作品。所以这样的会场很合适。由于葡语报纸及时给予很高的评价，展品大都售出去了。行情远比在日本举办个展要好得多。

个展第三天午后三时光景，我独自坐在画廊的椅子上，眺望外面的街景。雨自上午开始时下时停，街道后面有一座巴洛克风格的教堂。眼下雨住了，柏油路面上的水洼闪闪发亮。

报社的人下午没有来。今天，个展的观众大多集中在上午，现在骤然断绝了。我叼着烟斗，眯细着眼睛，注视着好容易度过午休后的闹市。我看到一直闭锁了两三个小时的玻璃大门，光闪闪地打开了。

OTICA　FLUMINENSE

……眼镜店。近来流行的向上翘起的女用眼镜架，镶嵌着金银宝石，挂满墨绿天鹅绒背景之上。

这时，我发现与此相同的眼镜，隔着画廊的窗户正对我睇视。那是浓绿的遮光眼镜。女人的头发，在逆光里一瞬间仿佛是金发，仔细一看，一头青丝。洁白的西服，洁白的绣花手套，脖颈上缠着紫色的围巾。小个儿，长腰身，不折不扣的日本女人。

另外一个女子，跟在她身后出现了，同样隔着窗户不客气地向里窥望。这位可以说属于女高师毕业生打扮，戴的不是遮光眼镜，而是普通眼镜，穿着时髦的连衣裙。比起着意装扮的女子，她更显得朴实。前边那位女子一看就是姐姐。

不一会儿，两个女人似乎下了一番决心进入画廊。先来的女人动作麻利地摘掉遮光眼镜，小心翼翼折叠起来。她轻轻向我点头致意，随后立即将视线转向壁面，开始浏览展品。

为此，我稍感欣慰。今早有三位巴西女人，戴着遮光眼镜，草草看完我的画展匆匆离开了。我真想赶快追过去，先赔上买眼镜的钱，再把她们的眼镜摘下，当场摔在马路上。

两个女子一边久久地低声说着什么，一边一幅幅认真观赏我的绘画。其间，她们的声音传进我的耳鼓，是稍带些方言的日语。

“啊，太遗憾，这幅也卖掉啦！”

“这幅也卖啦。”

我注视着那位摘去遮光眼镜的女子，长着一副有损于水谷八重子[①]的面孔，但并不意味着她长得不美。在国外一时看到这张扁平的面

---

① 水谷八重子（Mizutani Yaeko，1905—1979），东京人，话剧女演员。主演过《妇系图》（泉镜花作）和《鹿鸣馆》（三岛由纪夫作）。

颜，反倒会激发起一些乡愁来呢。

女人们看完画展，又开始低声私语。那位将遮光眼镜拿在手里的女子，急急忙忙走到我身旁，问道：

“对不起，您就是桑原先生吧？”

“是的。”

“我在S报纸上看到过您的照片。节子，过来。这位是我朋友鸟取节子女士。她先生是巴西银行的职员。”

“那么，您呢？”

“我吗？”——女人不知是无心还是自豪地露出一副媚态，“细川……”

“细川小姐？”

“我叫细川伽罗奢[1]。”

一刹那，我被一种奇异的感觉打动了。我看到鸟取夫人捅了捅她，知道她是在开玩笑。

“是我的诨号。我呀，大家都这么叫。”

接着，她们就不住夸奖我的画作：什么“很有艺术性”，“真是太棒了”，“那夕阳的光彩令人吃惊”，“多么杰出的绘画”，“多么富于灵感”。

“真是完美无瑕。”

“真是激动人心。”

“那幅画，我太喜欢了，真想一口吃掉。”（开什么玩笑，她还想吞掉椰子林呢。）“多么令人精神振奋的画作啊！”“真是出乎意料得令

---

① 细川伽罗奢（Hosogawa Gratio，1563—1600），明智光秀女，细川忠兴妻。关原之战中，石田三成举兵之际，她拒绝作为人质进入大坂城而自杀。

人感叹！”我一时沐浴在这些丽词美句当中。一个将套话挂在嘴角的男人，常被当成傻瓜；但逢到女人，比起年龄更会损坏她的美丽。我腻烦地打断了她们的话，刚才抱有的一点儿兴趣，也云消雾散了。

“想要的画都卖掉啦！”

伽罗奢夫人叹了口气。依我看，她一开始就没打算要买。

随后，夫人（从年龄看，权且称夫人）问起买主中有没有日本人。她听说全都是白人，悲哀地皱着眉头，看看同伴。

“不出所料！”

莫名其妙的我，问她什么意思。

“日本人就是不行。”她昂然地说，“住在圣保罗周边的日本人有很多富豪，不过懂得艺术的日本人少之又少。稍微有点钱财的，都花在玩艺伎上了。有家名叫‘青柳’的店铺，听说过没有？包养一些流落天涯的日本人艺伎，非法捞取外快。他们肯在那些地方花钱，而不像白人，买游艇，或用在社交方面。只有日本人显得非常孤立。……对他们很不满意。”

细川伽罗奢煞有介事地叹息着。她的演讲结束了，心想这就要回去了吧。不想她又急忙悄声问：

“先生，S报社的人来过没有？”

她的眼睛已经瞧着画廊办公室，看到我否定的神情，她摇摇头。

“啊，太好啦。”

两个女子互相对望了一下。

鸟取夫人这回用一副优等生回答老师提问般的口吻说道：

“我们想尽办法想直接拜见先生，总是受到那帮人的干扰，几次都失败了。我们只想让先生看看圣保罗真正有趣的美好而高雅的一面，让您会见一些住在圣保罗的那些具有文化品位的日本人。为此，我同细川女士商量了个计划。光是由报社的人陪同实在没意思。（她的洞察力稍稍令我吃惊）那些报社尽是些下流人，先生要是把他们当成圣保罗的日本人，带着这样的印象回去，那我们就太可悲了。所以，您来这里，我们很想让您看到好的一面。……我对那帮子日本人很不满意，真正有知识的太少啦。”

“先生有时间吗？”

“今晚上怎么样？”

在她们的诱惑下，我不加思考地随口答道：

“今晚上不行，明天怎么样？”

“啊，太好啦！”——两个女人欢呼起来。平时，她们的举止看起来，很像日本国内贵妇的一番做派，但作为贵妇仅仅受到普通画家的一次招待，就那般天真地大叫。由此可知，平素对于文化的饥渴，居然使她们失去了应有的骄矜。看来，我就像是用进口的日本大米做成的饭团子。

“明晚七时好吗？鸟取夫妇和我到饭店去接您。您可对报社的人说您感冒了。拜托了，好吧，明晚七时，务必见面……”——就这样，她们回去了。

第二天是个大晴天。领事馆招待我吃了午饭，接着，便独自到多少有些了解的街道上散步，还看了电影。在圣保罗，即使是这样的盛夏季节，坐在电影院的一二等座席上，也要穿上衣和佩戴领带。而且，很少有带冷气设备的影院。选择有冷气的电影院才能进入，我对这里的熟悉程度让我已经可以作出这样的判断。

电影是美国武打片，色彩艳丽，如同看彩色广告。从黑暗中走到外边，炎阳劈头盖脸照射下来，仿佛感到袭来一阵剧烈的锣鼓声。

大街中心没有任何使人觉得具有地方风土的东西。包围在椰林里的高大的骑马石像附近，因有十多座新建的大楼林立各处，椰子生长不良，看起来十分细小，象征着对这条街上自然的反叛。

但是，抬头遥望二十层白色大楼的楼顶周围，天空令人目眩，整个建筑群看起来犹如在明光里左右动摇。奇妙的景观——这在北美很少见——当数众多的窗户里必然有人存在，他们将双肘支撑在窗棂上，有的俯瞰街道，有的茫然地望着云彩。

回到饭店，洗罢澡，只穿一件衬衫，靠在窗边乘凉。面对这扇窗户，有几座和饭店的楼层相同的高楼。这些大楼的四层或五层以下，都是出租的办事处，四五层以上好像是公寓。

定睛一看，经常会看到许多窗户都有人朝外探着脑袋，像摆在窗边的花盆，有金发，有栗发，也有黑发。将两只胳膊支撑在窗棂上，人人都是这一种姿势。虽然是这一番情景，但不像是路上闹出了大事件。俯视下方，和缓的石板路上停着两三辆崭新的汽车，花斑犬和红犬追逐嬉戏。小路上有人推着一车子青菜走过来，可以看到碧绿的菜叶和鲜黄的橘子。

透过公寓的窗口向外漫不经心眺望着的，有一位留着小胡子的泰然自若的男子，但更多的是妇女。她们不编织，也不读书。窗外就是她们的织物和书本。这些和现代建筑极不协调的“窗女”们的风景富有诗趣。这是她们与生俱来的殖民地风习。巴西女校虽然也教育学生：整日对着窗户眺望的习惯，不合乎礼仪，必须改掉；应该把这段时间用来专心做家务或看书学习。但她们一旦从学校毕业、结婚,几年之后,就一律铁了心似的变成了“窗女”。

我楼上一层有一扇斜向的窗户,窗口守着一位身穿高级花色服饰、身子肥硕的女人。或许她正被睡意缠绕,急急打了个哈欠,接着,高抬臂腕,放下百叶窗。就在她抬起肥白玉腕的瞬间,腋窝里一簇金毛倏忽一闪,犹如白昼擦着的火柴,猝然燃烧起来,随即又消失在垂下的窗帘内。

我也打起哈欠来,放下百叶窗,同时把其他窗户上的窗帘一起放下来了。在他们来迎接之前,我想睡个午觉。

我光着膀子钻进床铺。我一会儿瞧瞧黑暗的天花板;一会儿瞅瞅将窗帘分割成一道道白亮的平行线的午后的阳光。睡前,我在思索:

“细川伽罗奢说不定也是个‘窗女’。她的不满……对啦,尽管不知道对什么不满,那也是窗户教给她的吧?对于日本人来说,这是稍显高级的不满,所以她很想对别人炫耀一番……”

出乎意料的是,前来接我的是一辆吉普。为了不使我乍一看到时感到惊讶,节子的丈夫鸟取先生一走进大厅就忙不迭地向我道歉,据他说,眼下银行职员的月薪,能有一辆吉普已经到顶了。

这位年纪三十五六岁的先生,实在是个热心肠的好人,没等妻子发话,预先就替她说道:节子在学绘画,她想画出自己的风格,请务必给予指教。她虽然技术不精,倒是挺有才气。

他和妻子一样,戴着眼镜,中等个儿,不胖不瘦,有着一副孩子般红彤彤的面颊。看来,他忠实地信奉着妻子和朋友的文化主义。尽管如此,还是未能使那位苛刻的朋友细川伽罗奢感到满意,她断定鸟取先生是个坏丈夫，尽说他的坏话。说他只是醉心于居住在巴西的日本人低级的社交关系，很不理解夫人高尚的精神生活。我望着可怜的鸟取先生，听着这位伶牙俐齿的女人一个劲儿大讲人家的不好觉得有些不耐烦，不禁对鸟取更加同情起来。不过我历来主张，对于别人满意的事一概不加评论，至少鸟取先生没有什么不满的表情。

他们夫妇坐在驾驶前席，我和细川伽罗奢坐后席。掌灯时分，吉普开始驶向圣保罗大街。车厢褊狭，穿着晚礼服的伽罗奢夫人，周身散发着浓烈的香水味儿。这是一种带有过度甜香味儿的香水。

“现在几点钟[①]？”

开车后，伽罗奢用葡萄牙语问道。她随即陡然调转脑袋，向着我的手表压过来。结果，我不得不用力撑住她的肩膀。

“七点一刻过了[②]。”

我用葡萄牙语回答她。

“哎呀，您的葡语不错嘛！节子，你听到先生说葡语了吗？”细川夫人高兴地叫道。

我们走进大街中心一家意大利餐馆，点了一份红烧辣味鳕鱼。这里是店内面向中庭的回廊，隔着一道道屏风，一摊摊儿客人一边谈笑一边吃喝。意大利侍者走来，表演一番他那熟练的动作。扣在盘子里的咖啡杯，他不需用手，只要砰地向上一颠就能翻转过来。接着，左手里的砂糖壶，只将盖子在半空里一转，然后用右手接住。他一面表演技艺，一面调好了咖啡。

---

① 原文为日语片假名，表葡萄牙语发音。
② 与上一句同，原文为日语片假名。

“这样的地方来过没有？”节子夫人问。

“我经常去吃意大利菜。”我如实回答，“哎呀！”两个女人毫不掩饰地露出遗憾的表情。于是，她们开始商量，要领我去一家S报社一帮人绝对找不到的地方。

“到郊外的夜总会跳舞了吗？那里可是个highbrow[①]集中的场所啊。”

“还没去过。”

两个女人惊喜地叫喊起来。

“先生，不用说，您的舞一定跳得很棒。”

“稍稍会一点儿。”

“瞧，先生会跳舞，而S报社的没有一个人会跳舞。首先，没有愿意到那里去的女子，所以没有人陪同。”

上甜点的当儿，鸟取和我转为听众，伽罗奢和节子像说对口相声一般，大肆宣扬那种不满论，有时又加以敷衍，或一唱一和。她们都很慷慨，诅咒现状，相信自己正当的热情，两人都抱有强烈向上的野心。

即便在日本内地也不一样。我很熟悉这些热情的女人。作为男人，我们对于一个男性钢琴艺术家如何伟大，一个男性政治家如何取得成功，大都不予置理；但有些女人仅仅出于同是女人这一理由，极力拥护和推动女人们走向社会。法国一位女性作家说得对，她说：现代社会，男性统领着男人和人这两个领域；而女性仅仅占有女人这一领域。

---

① 英语，有知识有教养的人。

伽罗奢和节子则稍有不同，她们生在日本，虽说属于所谓移民一代，但却具有不同于移民一代的见解；同时又保持一定的矜持，有别于完全转化为巴西人的移民二代。她们在追寻她们自身堪称“一代半”的存在的理由。她们具有知识职业的父母，早在移民大潮获得成功之后来到这块土地定居下来，父母们告诉她们，存在的理由只因为是知识阶级。即使到了这里，知识阶级也能发现空虚的不满和绝望。而且，她们在这块保留着成功幻影的土地上，始终受到致富和教养一致的幸福的理想的鞭策。

做个沙龙的女主人，似乎是细川夫人终生的梦想。日本内地颓废的贵妇人，比起艺术家来，更崇拜拳击选手；然而，健康的女人们，鄙视野性，断然崇拜艺术家。文化，不仅为生活增彩，并且也为生活提供便利。在定居的日本人之间，“洗练”并非“衰弱”的同义词。

文化，为快适的生活作贡献。这类话题，在我总觉得有些说不出口。她们之所以鄙视来自移民的钱财，是因为她们不懂得文化生活，因而也就不懂得使生活更加舒适的方法。这里，我无暇论及文明和文化这两种概念的比较，但她们的主张以及她们的不满之中，饱含着一种利已的信徒般的不满，这就是：她们一边信奉文化；一边又无法充分享受彼此共同发挥的效用。

饭后，我们的吉普驶向郊外。餐桌上喝下的葡萄酒，经吉普的一番狂颠，更加发挥出后劲儿，我也兴高采烈地神侃起来。

我说玩笑话时，细川伽罗奢夫人总是一副咧着嘴微笑的样子。车子剧烈颠簸起来，她依旧带着微笑的神情，用力抓住我的膀子。

乘在吉普上跑了四五十分钟，到达“巴姆布”夜总会。现在，我已经无法准确记住这个地名，摊开地图寻找，也很难清楚地指出方位来。只记得这地方位于夜间田园的中央，面对宽阔的停车场。这是一家用竹子建成的有趣的夜总会，乍看起来就像俯伏着的土著人村落。帕乌利斯塔（圣保罗市民）能到这里来跳舞，似乎都觉得是一次意气风发的游乐。

建筑内部的构造是由同心圆一层层组合而成。穿过热带植物茂密的前庭，自黑暗的入口进入竹廊下转了一圈儿，俄而听到乐声大作。这音乐是疯狂的桑巴。

“从今晚开始，每晚都要演奏狂欢节的曲子。”

细川夫人以解说员的口气微笑着说。

我们在一角的座席上落座。场内非常闷热，到处充塞着狂躁的音乐，使人喘不出气来。年轻的男女宾客，几乎都是一身时髦的装扮，只穿着汗衫和短裤跳舞。舞姿欢快而富于急速的变化。一旦跳起来，立即汗流浃背。那闪亮的汗光，即使在场内晦暗的灯影里也能看见。黑人乐团的演奏十分精湛，演奏时他们的手或敲打锣鼓，或摇动响葫芦[①]，宛似进入忘我之境。音乐和音乐之间，没有一刻休止，有时候响起静谧的圆舞曲，这就意味着进入休息。乐团换班之际，音乐也立时奏起，不像日本夜总会那样中断好长时间。

我们已经不再交谈。因被音乐妨碍着，要是大声谈话，一定弄得很疲惫。

“怎么样，感觉如何？”

细川夫人问，我回答说很好。三个人互相望了望，甚是高兴。

---

① 原文为日语片假名表示的西班牙语maracas的发音。maracas，南美的一种打击乐乐器，将干燥的种子装进晒干的葫芦，演奏时用手摇动而发声。

三人当中，我清晰地认识到细川伽罗奢的感情最强烈。鸟取夫妇似乎被久住的伽罗奢的个性所吸引，抱有种种不合时宜的思想，做着种种不合时宜的美梦。鸟取节子的举止和言谈，显然带着模仿的痕迹。对于节子来说，伽罗奢也许是个完美的典型。然而很可悲，在我看来，伽罗奢也是日本内地某种女人们的拙劣的仿制品。

我的邻座正是这位伽罗奢，因而，我半醉半醒，帮她将椅子稍稍靠近些，随即摆起龙门阵来。

“到了这里还不坦白吗？到底有没有丈夫……首先，细川伽罗奢这个带有佛教气味儿的诨号，就叫我无法认可。”

“但是挺神秘的吧。我是个谜一般的女子。”

她展开小小的日本扇子遮住嘴巴。不能令人心醉的女子也不会有什么秘密，如果有意伪装神秘而使人着迷，那就不能不说是颠倒了原因和结果。然而，伽罗奢那副沉着冷静的样子，一种恐惧不安的灵魂，透过重叠影像映现出来，倒是多少给了我一些刺激。

我们站起身到舞场一角去跳舞。舞场周围的设计，仿佛令人感到身子处于热带密林之中。真的香蕉树结着真的香蕉。灯光昏暗，打击乐连续的敲击震耳欲聋。其间，传来黑色乐人敲打节拍的响声。所有这些，都唤起了一种原始、黑暗而充满哀愁的感动，不由分说，使得我们的肉体乱舞起来。

不过，我多少有些跳舞的天才，这一点你们也是承认的。一旦抱在一起跳起来，女人就以一副生硬的口气说：“哎呀，先生，您跳得不错嘛！”凭我的手感，女人的身子比我想象的更加僵直。跳着跳着，手心渗出汗来，双方的身体像蒸笼一般，随着一阵激烈的动作，耳根旁呼哧呼哧吹来女人灼热的气息，那气味儿也变成了奇妙的混合体。

女人们香水味儿、嬉戏着从背后用喷雾器喷射的乙醚的气味儿（喷洒在皮肤上，会带来特殊的快感）、汗臭、酒精味儿，还有巴西人那种过剩的体臭……所有这些都浑然一体地迫近了。

“马上就要演奏狂欢节的音乐了。先生看到过里约真正的狂欢节吧？”

女人问。

“据说里约的狂欢节在世界上首屈一指。”

“是的，非常热闹。我也是好多年以前到里约看过的。”

“你一定要来。”我热情地邀请她。

“您是说我可以去？”

“你不会拒绝我吧？”

“先生住在哪家饭店？”

“塞拉道尔饭店。”

“……是吗，那好，我或许和丈夫一同去看您。”

我一时有些惊讶，而且，感到自己这种惊讶的心情颇为奇妙。女人紧紧握住我的腕子，我正要把脸转过去，那里正有一张樱唇等着，于是两人接了吻。

我们尽情地跳舞，狂饮，深夜两点才离开那里。鸟取夫妇始终友好地跳舞，不晓得有没有注意到我们的接吻。不过，他们也并未表现出那种精心设计的对什么都一无所知的做作表情来。

走到门外，头上是一片广阔、美丽的星空。鸟取先生在发动吉普的一段时间里，我顺着细川伽罗奢指着天空解说的手指，寻找南十字星。

“看不见嘛。”

已经混得很熟的她，用一副随便的口气说道。

“不会看不见的，那可是很亮很亮的四颗星啊！”

无知的我，本以为南十字星是由好多星星联结成十字架形状呢，原来是四颗星星两两连线，互相交叉组成十字。这样一来，很快就找到了星的位置。

“唉呀，第一次看到。”

两个女人快活地齐声说道：

“嗨，您不是在巴西待了近两个月了吗？”

她们送我到饭店，洗了澡，消除了跳舞的疲劳，很快入睡了。

翌日早晨，住在里约热内卢的野村先生打来电报，于是我将计划提前，匆匆前往里约。野村是东京一家大报的特派员，他结束阿根廷之行，决定在里约同我会合。乘飞机去里约，需要两个小时。

S 报社一位身材魁伟的年轻记者，前来为我打点行装，我随即向他提到了细川伽罗奢。

“啊，她呀，最近和巴西丈夫分手了，是个非常傲慢的女子。”这位记者随便聊着，“睡她一次也无妨，先生，怎么样？先生，实话告诉您，她的床上功夫不一般啊！”

“那女人是干什么的？”

“电台主持人。儿童节目，给孩子们讲故事听。她用葡语讲解童话，真是绝了。”

神秘冰释了。我打电话向鸟取先生告别，乘飞机离开圣保罗。

“那么，那女人到里约来了没有？”

我们中间的一个,强忍住哈欠问道。桑原纯从容不迫,他开始清扫烟斗,对着台灯透视着烟斗柄,说道:

"来了。"

她只一个人来,我本打算在饭店大厅会面,可她径直走进了我的房间。她的话丝毫没有涉及情色,而是滔滔不绝地讲了狂欢节的事。那天,我很困,因为头天晚上回来得很迟,再加上半夜里街上的狂躁声透过七楼窗户传进来,搅乱了我的清梦。

女人见我没有多大反应,于是目光里带着怒气,说临时有事要出去一下,叫我稍候一会儿。我知道她没什么要紧事儿,似乎是无意中巧布疑阵、引人上钩的本能,驱使这位童话播音员玩弄的种种手段。

我照例想午睡,但又不知道她何时又来敲门,于是便去六楼野村先生的房间,打算在那里睡午觉。

约莫一小时过后,不知她是怎么嗅到的,居然来敲野村先生的门了。野村还以为是饭店员工,没想到是一位陌生的日本女子站到了面前,这使他吓了一跳。

"桑原先生在这里吗?"

我只得出去应付了。

"您为何躲到这儿来了?"

"我没有躲呀。"

"干脆承认是躲又能怎么样?"

通常,这不是一般关系的男女之间的对话,我没有受她责难的义务或权利。

"您太过分了,哪里像个绅士的作为呀?"

野村百般打圆场,好容易停止了。因为我不想解释,便催促女人到外面去，一边在长廊散步，一边交谈：

“我呀，受到这样的侮辱，还是头一遭呢。”

“我没有什么恶意，你千万别这么说，只要能赎罪，叫我干什么都成。”

“那好吧，明天我们一起去跳舞，明天早上八点我来叫您。”

“八点太早了。”

“可我只有八点才有空儿。”

我正要发火，想到自己这把年纪，还是忍住了。

“我们到那边喝点儿茶什么的吧。”

“不，我现在不想喝。”

好不容易等来的狂欢节，被这个女人带进来的人工的神秘给全毁了。第二天早晨，我一直傻等到九点她都没来。当我一个人喜不自胜正要离开饭店时，在门口被她抓住了。

……长话短说，当晚，我在舞会上喝得烂醉，深夜被女人扶持着回到自己房间，迷迷糊糊的当儿，该发生的事还是发生了。

也向你们传达一下狂欢节彻夜的噪音，怎么样？三天三夜，里约全市陷入了狂乱状态。从饭店下面，越过公园的林木，到海滩，半夜里众多的乐队在前进。化妆猫、印度人、时髦的西部剧、克娄巴特拉七世[①]、希腊女神、脏污的阿波罗、熊、狐狸，以及穿着各种颜色衬衫的疯狂的男女，一边唱歌，一边手拉手跳跃着前进。打击乐和铜号的鸣响，大合唱和嚎叫声，弄得你不管钻进什么样的密室都无法安眠。椰子树从树干到树干，行道树从树梢到树梢，挂满了微型电灯，始终

---

① 古埃及托勒密王朝末代女王。

大幅度地摇荡不止。欢笑声、啼哭声，以及近似悲鸣的响声，同歌声混淆一处。那可怕的音响听起来似乎要冲破玻璃，刚一想到这里，桑巴的大合唱又像波涛般涌来，吞没了那种音响。

饭店没有冷气设备，我的七楼卧室的窗户大敞着。音乐和欢叫狂飙般无情地侵袭着房间，床上时时被不知在哪里燃烧的镁光灯的闪光所照亮。

然而，我们的行为，实际上是两个日本人肉体所演示的可耻的秘戏，实在不合乎热带这种激烈而狂乱的音乐。这位有着巴西丈夫的女子，即便表示了纯熟而猛烈的热情，反而使我感到落寞和空虚。在外国，日本人男女表达的热情中，总有一种不同于乡愁的异样的酸楚。她那颀长的肉体，总使人联想起同外国女人交欢时所不曾想到的妻子的肉体，令我提不起兴致。如果这种感情就是女人所津津乐道的贞节，那么所谓贞节，似乎就是带有某种不安的极不协调的感觉。

……第二天一早，我和女人裹着睡衣，凭窗眺望着清晨一时变得闲散的柏油马路。街道确乎沉浸在短暂的睡眠中。汽车、电车很少通过，纸屑散乱，但仍有几组不知疲倦的人们，在乐队的前导下，一边跳舞，一边打大街上走过去。他们步伐不整齐，歌声也显得稀稀落落。

远方，瓜纳巴拉湾一派灿然。

女人已经在昨天耗尽了精力，低着头，眉眼含愁。我将手搭在她那只穿一件长衬裙的玉肩之上，摇了摇，问道：

“怎么样？”

女人取出怀里的小梳子，神经质地刮了刮鬓角，说：

“我呀……不满意。”

志贺寺上人[1]之恋

① 上人，对僧人的敬称，一般指遁世的和尚。

一

我没有做任何考证就开始写这个故事，难免被讥笑为太不认真。如今，对于我来说，《太平记》第三十七卷关于这个传说的记述，就是唯一的依据。众所周知，这和天竺一角仙人的故事加以对比就会明白，我国关于志贺寺上人之恋的故事当是最简洁的记述。

比起那种独特的恋爱情节，我还是对那种单纯、如实的心理描写更感兴趣。其中关于恋爱和信仰相互矛盾的处理，西方有很多这样的例子，但在日本却很少看到。恋爱的因素中掺和了来世的问题。不只是上人，即使堕入情网的女人心中，“来世”和“今世”也在互相争夺地位。大而言之，他们总是站在自己所憧憬的世界结构即将崩溃的危险关头，构筑此类爱情故事。实际上，平安中期以降的众多净土信仰，严密地说，较之所谓信仰，更是一种巨大的观念世界的发现。

据惠心僧都[①]的《往生要集》记载，为表彰净土，即便举出“十乐”，也不过是九牛一毛。所谓“十乐”，即“圣众来迎之乐”“莲华初开之乐”“身相神通之乐”“五妙境界之乐”“快乐无退之乐”“引接结缘之乐”“圣众俱会之乐”“见佛闻法之乐”“随心供佛之乐”和“增进佛道之乐”。

净土之“土”，即为“琉璃”。净土之“道”，用金丝绳间隔开来。地面一马平川，没有极限。一道道分界线上，有用七宝[②]装饰起来的五百亿宫殿楼阁，各种宝座之上，敷以奇妙之衣。殿内楼上，一直有众多天女奏乐歌咏，以赞颂如来。讲堂、精舍、宫殿和楼阁的院内有沐浴池，黄金的池底铺敷白银砂，琉璃的池底铺敷水晶砂。池面上满布鲜洁妍丽的莲花，微风飘来，华光飞动。又有鸭、雁、鸳鸯、鹤、孔雀、鹦鹉和伽陵频迦（一种面如美人、鸣声悦耳的鸟）等“百宝之彩鸟”，昼夜交鸣，以动听之声歌颂佛祖。尽管鸣声悦耳，众鸟集于一处，定是喧闹不堪矣。

池畔和河岸的丛林皆为宝树。紫金柴、白银枝、珊瑚花，映于水镜。虚空悬挂宝纲，上头缀满宝铃，时时发出妙法之声；不击自鸣的神奇的乐器，悬垂于虚空的远方。

如果想吃点什么，七宝桌自然会出现于眼前，桌上摆着盛满珍味的七宝钵。但不用自己动手进食，只要观其色，闻其香，便觉身心清洁，肚腹鼓胀，身体获得滋养。一顿什么也没吃进去的饭食结束后，菜钵和桌子猝然消失。

衣服自动地裹上身子，不用裁缝、洗涤和染色。不用灯火，光明遍在。不用冷暖之气，一年到头，始终保持适度恒温。千百种微妙之香充满世界，天上莲花瓣儿不停地飘落下来。

---

① 源信（942—1017）尊称，平安时代中期天台宗僧人，因住于比睿山惠心院，故称惠心僧都。

② 金、银、琉璃、玻璃、砗磲、珊瑚和玛瑙，谓之“七宝”。

《往生要集》中《观察门》题下写道：初次观行，因为不能深入内里，于是便倾注精力唤醒外在性的想象力，并无限扩大之。为了观佛，发挥想象力，摆脱地上之思维，方为捷径。无限的想象力，向一枝莲花集中而来，再从这里扩散开去。

这朵莲花用显微镜观察，再经天文学的推理，也可成为一种宇宙论的基础或媒介。一片片花瓣儿，有八万四千脉络，一根根脉络，有八万四千支光。而且，不论花朵如何渺小，而直径却有二百五十由旬[①]之巨。假如按照一由旬折合三十日里[②]之说，那么直径七千五百日里的花朵，便属于小型之花。

这种莲花共有八万四千片花瓣儿，每一片花瓣之间，都有放散千道光明的百亿宝珠。而且，在装饰华美的花台之上，耸立着四根宝柱，每一根宝柱犹如百千万亿之须弥山[③]。柱顶的幔幕，饰以五百亿之宝珠，每颗宝珠有八万四千支光，每一支光，化作八万四千道异样的金色，每一道金色又有着种种变幻。

此种想象凝聚起来，谓之“华座之想”。这则恋爱故事背后广阔的观念世界，即具有如此的规模。

二

志贺寺上人是一位高德之僧。

他眉毛雪白，一副老躯，靠着一支拐杖渐渐向前运行。

---

① 古印度距离单位，一由旬约合七或九海里（一海里约等于一公里半）。

② 一日里约合四公里。

③ 按佛教之世界论，高耸于世界中心的山峦。位于海中，高八万由旬，顶端为帝释天所居，山腹为四天王所居。日月星辰围绕山峦旋转不已。

现世的一切，映现在他那双行学薰修的圣目里，只是一片尘芥。上人住在现今草庵里时亲手栽种的松树，已经高标云天，枝梢兜着狂风。如此永远抛却浮世，任何圣心之中都会产生万全的安心之念。

看见富贵之人就发出悯笑，笑其为何没有感到此乃梦中之快乐。即使遇到姿色美丽的女子，依然寄情于那些为烦恼所苦、流转于迷界的人们。

要是对推动现世的动机丝毫不抱有同感，那么从那一瞬间开始，现世就将静止下来。上人的眼里，只见到其静止之相，现世仅仅是纸上的画，是别国的一张地图。此种无漏[①]的心境，使他忘记恐怖，不知道为何存在着地狱。现世对于自己的无力不言自明，因为他又绝非傲慢之人，所以也意识不到这正是自己修得高德的结果。

肉体已经差不多全部脱离上人。身子上凸露的骨头仅仅被一层衰萎的皮肤所覆盖。入浴时，他顾影自乐。这副肉体，仿佛为他人所有，几乎可以折叠起来。看来，净土的饮食已经在自己身上获得了效果。

说起夜间做梦，除净土之梦别无其他。醒来时，知道活在现世，留存于无常可怜的梦中，就感到悲哀。

春天，到了赏花季节，访问志贺村的都城人士多了起来。上人并不觉得有何忧烦，因为他有着一副不被人搅扰的心境。上人携杖出草庵，走向湖水之畔。午后的阳光最后渗进几分暮色，湖上水波闲静。上人作水想观[②]，独自伫立于湖畔。

---

① 佛语。漏，烦恼；无漏，即没有烦恼。
② 佛教用语。十六种观法之一。通过看水与冰的清爽模样来想象极乐大地的一种办法。

此时，一辆贵人的车子，沿湖岸往还，停驻在上人所在地的附近。车上的主人是京极[1]御息所[2]。御息所是来观赏志贺的春景的，正要回返，为了向湖水告别，遂停下车，撩起车上的门帘。

上人不由朝那里望了望，随即被她的美貌所打动。御息所和上人的视线暂时交合在一起，上人不肯马上移开，所以御息所也不便转过头去。她并非一个能够任其无礼的目光所注视的宽容女子，但鉴于对方是德行清澄的老僧，对他的久久凝视深感惊讶。

御息所急忙放下门帘。车子走动了，通过志贺岭一侧，朝向远方京都的道路驶去。入夜，车子将从银阁寺道前往京城吧。上人伫立湖畔，直到车子消隐于树林之间。

现世于一瞬之间，凭借可怕的力量，向着上人复仇了。一直认为万全的东西，顿时瓦解了。

回到草庵，对着本尊，欲唱名号。然而，妄想中的面影立即前来搅乱。那副美艳是虚幻的姿影，是可灭肉体的一时现象。虽说这样想着，但那无可言状的美貌于瞬间里搏击上人心扉的力量，犹如一股稀有的久远的力量。另一方面，从各种意义上说，上人已不再年轻，以至于使他的肉体一味沉浸于此种感动的无端的冥想之中。肉体，不会于刹那之间发生变貌。倒是精神一旦迅速浸染上某种毒液，立即就会发生变化。还是这样考虑最为得当。

上人未曾有过犯女行为。同年轻时的欲望作斗争，反而更使他将女人只当作肉体的存在。只有想象中的肉体才是纯粹的肉体。其

---

① 京都地名。在古代平安京，最东端的道路称东京极大路（如今的寺町）；最西端的称西京极大路（如今的天神川东侧）。

② 原指天皇的休息处，引申为受天皇宠爱的侍寝宫女的统称。

结果呢，上人为了征服“肉体”这一更加观念性的存在，便开始仰仗精神的力量。这一点，他成功了。在以往熟知上人行迹的人们之中，没有一人怀疑过他的成功。

然而，撩起门帘，观望湖水的女人的容颜，作为肉体是光艳无比、浑然一体的存在。对此，上人不知用什么命名为好。这只能认为，一定是某种东西，为了显现这稀有的一瞬，长期瞒着上人，藏进上人的心底，现在终于亮相了。这完全是现世本身，即静止的现世突然从画面中站起身，开始走动了。

这就好比，站立在城中大道来往的车流中，用两手捂住耳朵，然后迅速放开，喧嚣的噪音就会立即向身子周围聚合而来。

触及现世的流转，倾听它的声音，就等于已经进入现世的圆环里。同一切断绝关系的人，再度置身于一种关系之中。

上人在读经当中，也耐不住频频叹息。他想借助自然缓解心事。他遥望黄昏里山上的云彩，心里却罩上一层迷雾，纷乱不堪。他望月亮，心绪倾向相同，想面对本尊，澄清心灵，本尊的佛颜发生幻化，变成了御息所的玉颜。世界进入小小的圆环之中。圆环的一方是上人，另一方是御息所。

三

京极的御息所呢，站在志贺湖畔久久盯着自己面颜的那位老僧，很快被她忘却了。

过了些日子，一件传闻闯入她的耳朵，才又使她重新记起那件事来。上人目送御息所的车子远去时，有个村人看到了上人的姿影。

他告诉前来志贺村赏花的殿上人[①]，说从那天晚上起，上人疯了。

这件传闻，御息所自然只当耳旁风对待。但是，志贺寺上人的高德远近闻名，假若传闻是事实，这一事件就关系到御息所的虚荣心，因为她早已对俗世上男人的爱情厌倦了。

虽然御息所十分清楚自己的美丽，但这类人通常为一种力量所吸引，这种力量总是把她的高位和美貌当作一文不值的东西加以处置，从而信念也愈加笃诚起来。她因为太无聊，所以才信奉净土。将华丽美艳的现实称作秽土并厌离而去的佛法理论，定能使她那种象征现世末日的“荣华的倦怠”获得慰藉。

在恋爱专家们之间，御息所一致被推崇为宫廷中优雅的化身。事实上，由于这位贵妇人不把任何人放在眼里，才越发值得被大家推戴。不管在谁看来，御息所都不像是真心爱着天皇。御息所梦想着那种几乎不可能跨越的爱欲的畛域。

志贺寺上人具有崇高的德望，而且已经高龄。都城内人人都知道，他是个即将舍弃这个世界的人。如果传闻属实，那么上人迷恋御息所的容色，就得同时牺牲来世。这可是最大的牺牲，没有比这更为宝贵的馈赠了。

御息所不为宫廷内爱慕她的人动情，对年轻美貌的贵公子也心如止水。男人的姿色倒无所谓，她所关心的只有一件，那就是谁可能最强烈、最执着地爱上她。

抱有这类关心的女人，是个可怕的存在。如果是娼妓，只要献出地上的所有财富就足够了。而御息所，由于已经拥有地上的一切财

① 皇宫内允许上殿（清凉殿）的四位、五位以上以及部分六位的藏人（职务为天皇秘书）。

富，她只等待着为她奉献来世财富的男人。

志贺寺上人的恋爱传闻，在宫廷内广泛传扬，连天皇也半开玩笑地提起这件事来。御息所自然不喜欢听这类玩笑，但却抱着冷然的兴趣。御息所明白，不论谁都可以放心地谈论这件笑话：一方面是对使得如此高德的僧人迷恋的御息所美貌的赞誉；另一方面，是对那样的老人和贵妇之间绝不可能实现的爱情抱着安然的情绪。

御息所想起了在车上所见到的那位老僧的面颜，同以往每个爱过他的男人的面颜都不一样。一个丝毫没有被爱资格的男人心里，居然产生爱的萌芽，真是不可思议。实际上，宫中的和歌赠答，为赢得同情所运用的“无望之恋”的歌材等，比起这桩事来，大体上都只是一种谐谑般的自我欣赏的演技而已。

说到这里，你或许明白，这位贵妇人，较之优雅的化身这一评价，她将更加壮大的趣味都寄托于“被爱”这件事之上了。即便是身居高位的贵妇，既然是女人，令她超拔“被爱”的任何权力都是徒然的。男人们执掌政事之间，她们却梦想用纯然女性的方法征服世界。而且，她们嘲笑剃发的女子。总之，对于女人来说，她们不会舍掉世界，不会将自己拥有的一切完全抛却。只有男人，才可能将自己现有的东西尽皆抛掷不顾。

那位老僧一时舍弃了浮世，不愧是个男子汉，远非公卿们能比。这回，他又像舍掉浮世一样，要为御息所而舍掉来世。

信念笃诚的贵妇，心中浮现莲花之思。她想起二百五十由旬之巨的大型莲花。比起眼睛看不见的小型莲花，还是这种庞大无比的莲花更加符合她的兴趣。例如，即使倾听庭前树木经风吹动的声音，较之倾听风吹净土的宝树那种微妙的音乐，显得多么无趣。一想起悬挂半空、不打自鸣的乐器，身边的琴音筝韵之类，就只能认为是毫无情趣的模仿。

四

志贺寺上人在斗争。

年轻时代与肉体的决战，具有获得来世的希望。而进入老境的这种绝望的战斗，是同已经丧失、不可挽回的感情联结在一起的。

他对京极御息所的这种难以实现的恋情，彪炳日月，无可置疑。另一方面很明确，当他被爱情俘获的期间，是不可能前往净土的。这位世上心境自在的高僧，刹那间被眼前的黑暗卷裹了。这种超越年轻人斗争的勇气，或许来自一种因为喜爱而禁锢的骄矜，使得本可以立即就能实现的事被遏止住了。

上人再次亲身体验到了恐怖。一步之前不知会有什么事在等着自己。他从现世的浓重黑暗中猛醒了。他坚信，那辆高贵的车子接近志贺湖畔之前，等待自己的只有即将到来的涅槃。

华座之思，总相观，杂乐观，皆是徒然。一旦凝神静思，必定浮现御息所姣好的面孔。因为，他试着对湖水作水想观，粼粼碧波下边，水底晃漾着的是御息所妩媚的容颜。

这固然是自然的归结，然而上人一旦觉悟到心灵过度集中是有害的时候，他就决心试着扩散精神，变得模棱两可起来。事实上，过度集中反而使人痴迷，这事使上人感到震惊。然而，相反的试验只能是承认痴迷。内心一旦严重扭曲，就会从寻求逃脱的努力中再行逃脱，觉得还是专心思念御息所的面影更轻松些。

上人爱对御息所的幻影作种种庄严之想，并由此感到高兴。这样做只会将恋爱对象推向越来越光辉的地位，越来越远离自己，越来越不可能实现。他不明白自己为何感到那么高兴。将御息所想象为卑贱的女体而加以描摹，不是很自然吗？这样做，至少在幻影里，更加有利于钟情于她的人儿，不是吗？

这样一想，上人觉得自己心中所描绘的御息所不仅仅是肉体，也不是单纯的幻影。上人确实描摹了她的本身，她的实体。他在“女人”之外寻求这样的实体，是不可思议的事。一个高德的僧人，即使堕入爱河，也不会丢失平素那种利用抽象化来究明事物实体的修炼。京极的御息所，如今已经同二百五十由旬巨型莲花的幻影合为一体。她安睡于众多莲花的护持之中，比起须弥山，比起一国之领土还要广大。

实际上，上人越是将这桩爱情推向不可能，其结果就越发使他深深背叛佛缘。为什么呢？因为这种无法实现的情恋，是同无法获得解脱紧紧相连的。越是想获得无法实现的爱情，妄想就变得越发强固，邪念就无法撼动。有希望的恋爱，反而容易产生气馁，而这种不可能实现的恋爱，犹如停滞于湖上、铺敷于地面的云影，一旦流逝，便无可寻觅。

上人很想再次一睹御息所的芳颜，然而，他害怕，女人巨型莲花似的幻影，一旦相逢也许就会骤然溃灭，不留痕迹。那幻影一旦溃灭，上人一定能够获救，也只有这一次才能得到彻底解脱。但这正是上人所害怕的。

这种孤独之恋，致使上人玩弄各种奇特的手腕蒙骗自己。当他决心要去会见御息所的时候，上人自我觉得钻心的病痛已经好了一半。这种决定迎来一场异常的喜悦，上人几乎误以为是逃离情网的喜悦。

五

御息所寝宫庭院的一隅，一位潦倒落魄的老僧拄着鸽首拐杖默然而立。人们看了谁也不觉得奇怪，因为出外修行的人和乞丐，站在显贵人家的门庭乞求施舍，这样的场景并非稀奇。

一位婢女将这事对御息所说了，御息所嬉笑着透过珠帘向外观望。庭树绿荫之下，有个病弱的老僧垂首站在那里。御息所望了好一会儿。他就是在志贺湖畔见过的那位上人，没错。她一想到这里，不由得改变了脸色。

御息所迟疑起来，她一时没了主意，不知如何是好。她告诉婢女，先不去管他。婢女照主子吩咐办理。

御息所内心里产生不安。她头一回感到这样的不安。

舍掉现世的人她见过很多，但抛弃来世于不顾的人却是第一次遇到。这是一件不祥的事，她感到难以言状的恐怖。这位贵妇失去了上人心目中所描摹的空想的愉悦。即使上人为她拱手献出来世，来世也未必就能毫无瑕疵地交到她手中。

御息所注视着自己华丽的衣衫和纤纤玉手，再望望伫立庭内的那位老僧枯槁的面孔和露湿的僧衣。这样的结合似乎带着地狱的魅惑。可是，这同思绪中壮大的梦境迥然各异。上人看样子像是从地狱出来的人，他背后那副摇曳着净土之光的高德的风貌荡然无存。由他预想到的净土的所有光彩消失得无影无踪。志贺湖畔所见到的上人，虽说是同一个人，但又像是另外的人。

京极的御息所，按照宫内人的常态，对自己的情感时时抱着警惕的态度。大凡遇到激动的事情，一般都是这样对待。她看到老僧如此痴情，联想到久梦中的崇高的情恋，也会通过如此凡庸的姿态表现出来吗？她失望了。

志贺寺上人策杖前来京城，他几乎忘记了疲劳。他偷偷潜入京极御息所的寝宫，想那珠帘之内有自己思恋的女子，到了这时，他仿佛从一切幻梦之中警醒过来。

恋爱一旦变得如此清纯无垢，来世便重新使上人着迷。上人发现自己从未用如此纯粹而切实的形态暗自描摹过净土。他对净土的憧憬几乎全靠感官。剩下的事情，只是为尽可能摒除后生的障碍和今生的妄念，前去会见御息所，以便向她表白爱情。仅此而已。

垂垂老躯，扶杖鹄立，艰难备尝。五月艳阳，穿过绿叶，向着上人的头顶流泻。上人频频眩晕，全凭拐杖支撑着身子。只消御息所早点儿招呼他入内一叙，一切手续即告终结。那时，净土便在那里敞门以待。上人等待着，靠着一根拐杖，支撑着随时可能倒下的疲劳身躯，等待着。夕阳西下，暮色降临。御息所那里依然没有音信。

御息所呢？尽管上人在她背后凭借幻想描绘出一片净土，她哪里能够知道。御息所三番五次透过珠帘眺望庭院，上人伫立不动，黄昏暮影依稀，上人依然站在那儿。

御息所害怕了。她仿佛看到那里立着一副痴狂的生灵。她感到堕入地狱般的恐怖。自己既然使得那位高德之僧如此迷醉，净土绝不会收留她，仿佛地狱就横在眼前。她被世间常有的恐惧征服了。此时，她所梦想的至高无上的爱情破灭了。被爱就意味着地狱。御息所和上人相反,她透过上人看到了地狱。

然而,这位尊大的贵妇人善于同恐怖战斗。她振作精神,借助于本能的残忍。上人随时就会倒地,她坐视不管,等着他摔倒于地。她从帘内向外窥探,想到上人或许已经倒地,可是他依然默默而立。她一时焦躁起来。

入夜,明月在天,上人的身影,看过去,宛若一躯苦撑的白骨。

京极的御息所惊恐得无法安眠。她不再遥望帘外,一味背向着那里。尽管如此,她感觉到上人的凝视。这可不是凡庸之恋啊!但是,透过被爱的恐怖和堕入地狱的恐怖,这位贵妇反而愈加强烈地思念净土。她只想护卫自己向往的净土不受伤害。她的净土不同于上人的净土,是和上人的净土毫无瓜葛的净土。她一旦搭理了上人,自己一心向往的净土就会崩溃。上人的恋情和她毫无干系。上人只是随便爱着罢了,自己丝毫不会失去进入净土的资格。她以为。

想到这里,夜渐深,凉气益巨。要是上人倒地而死,她不相信自己会芳心不动。

上人原地伫立。月光隐没,看上去好似一根奇怪的枯木。

"我和他没有任何关系!"御息所在心中高喊。为什么会发生这种事?御息所实在无法理解。御息所这样想的时候,刹那间,她竟完全忘记了自己的美丽。这可是少有的事。说她是故意忘却,或许更适当。

不久,天空泛白了。

上人依然伫立于晓暗之中。

御息所认输了。她招来婢女,吩咐她把院里的上人叫到珠帘前边来。

上人立于忘我的境地，眼看肉体就要枯朽。他已经分不清，等待的人是御息所还是来世。上人看到婢女走下朦胧的庭院向自己靠近，他也未曾感到那就是他所期盼的事儿。

婢女传达了御息所的话，上人嘴里发出恐怖的喊叫，那几乎不像是声音。

婢女想搀扶她，上人推开她的手。接着，迈开异乎寻常的稳健的步履，走到珠帘前面。

帘内晦暗，从外头看不清御息所的姿影。上人跪在她前边，双手掩面而泣。

他久久恸哭着，不说一句话，就那么一直哭个没完。

此刻，黑暗包裹的珠帘下，微微伸出一双雪白的酥手。

志贺寺上人，用两手捧起心上人的玉指，压在自己的前额和面颊上。

京极的御息所，感到触摸自己的那双手冰冷异常。其间，她的手被灼热的东西濡湿了。御息所感到自己的手被别人的眼泪浸湿，很是难受。

但是，当渐渐明亮的天色，透过帘缝映入屋内时，这位贵妇内心里诚笃的信仰，突然受到世上尊贵的灵感的冲击。她感到，这双触摸自己手的陌生的双手，一定是佛的手。

御息所心里的幻想复苏了。净土的琉璃之土、高耸的七宝楼阁、奏乐天女的身姿、铺敷水晶砂的黄金之池、光辉艳丽的莲花、伽陵频迦的鸣声等等，一起苏醒了。一旦拥有这样的净土——而且她立刻认为这就是事实——哪怕接受上人的一片真情也无妨。御息所等待着，她巴望生有一双佛手的男人请求她掀开珠帘。上人会提出这样的请求的。她也是可以掀开珠帘的。就像站在志贺湖畔那样，京极的御息所一副美艳无双的天生丽姿，定会出现在他的眼前。上人也定会被邀入绣房之内……

御息所等待着。

然而，志贺寺上人一言未发，什么请求也没有。他那紧握御息所玉指的衰老的枯手，不久松开了，将那双纤纤素手留在曙光里。

上人离去了。御息所芳心如冰。

数日之后，传来志贺寺上人在草庵里入寂的消息。京极御息所奉纳了众多优美的经卷，如《无量寿经》《法华经》和《华严经》等，都是难得一见的经文。

水　音

一看到夏天酷热的阳光，喜久子就感到自己的日子不长了。窗外狭小的天空，露出耸聚着的积乱云的一端。隔壁弹子房的白铁屋顶，将光线映射到二楼喜久子卧室的天花板上。楼下厨房的洗刷间，隔着小小水沟，紧连着弹子房一家人的寝室。

夏天里尤其难熬的是弹子房的喧闹声。扩音器连续不断揽客的放送声音刺耳，响成一片，听不清晰，这且不说，弹子击中的铃声听起来似珠落玉盘，铿锵震耳。这和工厂等有规律的噪音不同，是一种不时引起焦躁、不断刺激人的神经的声响。平时白天还好，星期日过午之后，那响声便嘈杂起来。

昨天，民生委员[①]前来探望，规劝喜久子尽快住进民生保护组织管辖下的施疗医院[②]。

那位民生委员是个好心人，不幸的是，人就像一根醋黄瓜似的精瘦。他为人耿直，丝毫不卖弄同情的言辞，深获喜久子的好感。那人的一个孩子，因患小儿麻痹，终日守在又黑又破的老屋内勤于篆刻。据说，经常有好多人前来找他儿子刻印章。

喜久子十分清楚，自己早晚会死在施疗医院里。为死而住院，她想能拖后一天就尽量拖后一天。家庭里少了个女帮手，白日里早午两顿，喜久子只好爬起来坚持做饭。晚饭则拜托给了二十一岁的哥哥正一郎。男人能干什么事？所以晚饭大都啃面包。

不仅如此，邻家弹子房打算扩建店面，想用高价收购他家的房子。店主一直追逼着他们一家。

“到了非走不可时，我再住到施疗医院也不迟啊。”

喜久子是这样计划的，他们全家是靠民生保护而过活的。

喜久子枕头边的痰盂发出腥臭。痰堵在喉咙里出不来，但要想将痰吐进痰盂里，要花费很大气力。每次她都必须经过既痛苦又繁琐的程序。一到夜晚，浑身浸满盗汗，而炎热的中午，却不见出汗。皮肤又冷又干，缺少弹性，身体内部始终沉积着凝重的燠热。

苍蝇飞到喜久子的脸上，她知道赶走了还会来，干脆任其停在脸上不管它。苍蝇黏湿的脚掌，细细地爬行，它停在胳膊上，身子泛出绿莹莹的光，看得很清楚。大凡有一副健康而光润皮肤的人，都有类似苍蝇的地方。苍蝇健康到喜欢腐败的程度。

喜久子在掌心里涂上点果酱，没有耐住诱惑的苍蝇停在那儿，将嘴插进一层薄酱里。喜久子连忙用手捂住，苍蝇在掌心里又振翅又蹬腿儿，感觉痒抓抓的。这种欢乐幸福的心情，好久好久没有尝到过了。喜久子将指头插进手指缝里，谨慎地拔去了苍蝇的翅膀。

喜久子把没有翅膀的苍蝇放在枕头边，久久地观望着。苍蝇一动不动，想必是飞也飞不起来，连爬行也断念了。失去翅膀的苍蝇，

---

① 负责与福利机构合作、掌握地区居民生活状况、负责保护和指导穷困阶层职务的地方公务员。

② 为穷苦者免费诊疗的医院。

看上去体型越发肥得令人生厌，亮亮的。喜久子同这只苍蝇对话：

“苍蝇君，我一点儿也不残酷。一个要死的人，总该有点儿希望才是。为此，不管怎么样，我也有获得希望的权利。有的人临死还希望病能治好，而我……对啦，我可以抱有这样的希望。我希望世界骤然大变，正如所有的苍蝇都失去翅膀一样。”

夏天的太阳意外地被云层遮住了，头顶一派黑暗。这时，不知哪里起风了，苍蝇被风吹走了，落在脏兮兮的床单缝里。拔去它的翅膀以及其他类似的小事儿，只要慎重做好，就能从墙缝里窥见骤然改观的世界。

……楼下打开玻璃窗的声音，楼梯嘎吱嘎吱的响动，病人由这些声音知道进来的是父亲谦造。

没安装好的玻璃窗，能那样摇摇晃晃地打开，这个本事不是谁都能掌握的。楼梯一阶一阶地，好似用脚步细数着楼梯，这个也一样。他那汗湿的足掌，居然能一点泥土都不沾，一阶阶在楼梯板上一边蹭着一边攀登。

谦造上来了，他先在房门口站一会儿。他站的时间够长的了。接着，招呼一声：

“如此如此——”

这个带点儿古风的开头语，成了谦造的自我辩护。

谦造把浴衣敞着怀儿，盘坐在病人的枕头边。他拿起团扇开始扇着。团扇时时笨拙地碰撞着身子各部，碰在瘦削的肋骨上，发出噼啪的响声。

喜久子睁开眼来，父亲从上头盯着女儿的眼睛。

"今天已经好多了,不久就全会好起来的。脸色比昨天好看。"

父亲每天说着千篇一律的安慰话,就像唱歌一样。

"又去散步了?"

"哎,走了老远啊。散步对健康有利,越是走得远,路人就越不会讲我的坏话。还有啊,最近牡丹饼[1]断货了,这也是不景气造成的。隔壁弹子房倒是生意火爆,唯有牡丹饼买不到。"

谦造又把最后一句话唱歌似的说一遍。

"唯有牡丹饼买不到,烤得焦黄的牡丹饼……瞧呀瞧,走了二里[2]路,好不容易买到了还在冒热气的东西。"

他从袖筒里掏出一团臭烘烘的东西,放在榻榻米上,一堆马粪!接着,又把一只断了木屐带的小孩用的小木屐、弹子房的七颗弹子、潮湿的废纸和压瘪了的啤酒瓶盖子等等,陆陆续续摆在榻榻米上。谦造出于一种虚荣心,总是把拾来的东西一律说成是买的,谁要说拾,他就生气。

"买来许多好东西啊。"

病人带着毫无感情的调子柔声地说。她一边说,一边把果酱瓶子换到枕头的另一端去。她觉得烈日炎炎下马路上捡来的新鲜马粪的气味儿,已经盖过那瓶搁了很久开始腐烂的宝贝果酱的味儿。

……这些漂流物。都市近旁的污秽的海洋,时常通过波浪送东西来。木屐、废纸、啤酒瓶盖子。贫穷限制了想象力的余地,喜久子认为这个说法是骗人的。喜久子被包围在父亲捡来的这些漂流物中

---

① 小豆馅制作的糯米饼,外皮粘着黄豆粉或芝麻等。
② 日本的长度计量单位,1里约等于4公里。

间，开心地认为自己就是一个漂浮的溺死鬼。永远不走的海洋，如此盛夏，浮在水面上的死尸一定很凉爽吧？眼下干涸的汗水，潮风一般腌辣着她的肌肤。

谦造的脑病变得厉害之后，越来越热衷于自我辩护。他的所言所行，一切都是“为了可爱的女儿”。

“我是好爸爸，对吧？喜久子，我可是个好爸爸啊！”

“是啊，你是我的好爸爸。”

“我就说嘛。”

听到女儿爽快的回答，谦造看样子放心了。

喜久子听到“我是好爸爸”这句话，浑身发痒起来。死去母亲的奇痒，过了九年到今天，又在女儿的身上复苏了。战争结束不久，喜久子的母亲因营养失调而死去。她的脸部和手脚浮肿，全身生满疥癣，不住呻吟于奇痒之中。

“痒啊，痒啊！喜久子。妈妈死后，你一定要为我报仇。妈妈的仇人就是你爸爸。不要忘了，杀死妈妈的就是你爸爸。”

母亲起不来床之后，谦造住到一个女人家里不回来。女人就住在一百多米远的没有烧毁的一座公寓内。十岁的喜久子，到那座公寓向父亲报告母亲的死讯，谦造只是笑了笑。或许自那之后，病毒就侵入了他的脑子了。

那是春天的事。战火里幸存的樱花树缀满粉白的花朵。女人送给喜久子一纸袋点心。那是美国点心，在当时很稀罕。父亲回家后，向喜久子要一颗糖，不知怎么了，女儿就是不肯给他。母亲的死一直在心里没忘，再说，喜久子自己也无心吃糖。

父亲一边笑，一边缠着她要。那个上午，两人在燃烧的步行道路上散步，谦造终于将手伸进纸袋，掏出一小包糖果。他站住脚，剥开银纸，取出两颗来，一颗放进自己嘴里，一颗塞进啼哭的女儿嘴里。谦造仰头大口咀嚼着糖蛋儿，带着心满意足的语调说道：

“喜久子，战争也结束了，下回给你买套好西服穿。”

“不要。”

喜久子回答。

“哪有不要的道理？好吧，一定给你买。”

家中，孩子们守在死去母亲的枕畔痛哭。父亲站在门口，将手指伸进嘴里搅拌了一阵子，随即掏出粘着唾液丝的糖果，扔在门内的土间里。接着，三步并作两步走到遗体前，在被筒里露出的肿胀的脚板上蹭着脸，哭诉道：

“孩子妈，对不起，让你受苦啦。”

……喜久子长期以来，对父亲总是言听计从。不知为何，到现在还是这样。还不是放过了最初反目的好机会吗？细想想，母亲的死就是这样的好时机。

如今，谦造说“好热啊”，她也回答“好热”；说“好爸爸”，也随口应道“是的”。谦造经常到百货店楼顶的儿童游乐场去玩，回来后就长篇大论地做着汇报，喜久子对此也是一一点头应和着。

喜久子对于如此的自己并不感到生气。这个不好好吃药，对疾病既来之则安之的极富忍耐力的姑娘，对自己再没有任何要求，也不再酷薄。她的灵魂已经扩散至外部，即便到夜晚，幽暗的灵魂也充满体外的空间，犹如永不闭合的花朵。外部如能稍有变化，该有多好，她等待着。要是那样，一切都会改变。

弹子房唱片的嘶哑音乐里，传来踏过白铁屋脊的脚爪声，大概是猫走过吧。炎天光下，猫悠悠然走在灼热的白铁皮上，四只脚掌居然毫无感觉。

喜久子的脸色黯淡下来。

谦造一直将脸孔斜对着病人的脸的上方。他伸着的手，探入女儿的胸脯。他的手径直插进女儿的怀里。喜久子不知他要干什么，只是仰视着父亲喉头松弛的皮肤。她的眼角发疼。谦造在笑。

喜久子大声呼叫。父亲的手掌，缓缓地爱抚着她的乳房。

正一郎急匆匆跑上楼梯，扼住父亲的肩膀。

“爸爸，干什么？”

“没干什么，不是在照顾病人吗？她胸疼，我正为她按摩呢。怎么啦？那么大声，大惊小怪啦。”

“好啦，已经到午睡时间了。”

“要午睡吗？那好，那好……如此如此。”——谦造顺从地站起身来。

“爸爸是个很听话的爸爸，是个好爸爸，对吧，喜久子？那好，我去睡会儿午觉再来。”

打发谦造睡下，正一郎照例到楼上收拾那些父亲捡来的垃圾。

正一郎个子矮小，身体结实，但面孔光洁、白皙。鼻孔微微上翘，一副咧开的嘴唇。双眼异样澄澈，薄茶色的瞳仁由于过于清亮，看上去仿佛没有一定的焦点。

谦造的本职工作是西服裁缝。两台缝纫机，一台入了死当，一台在使用。熨烫机和熨烫台，以及熨烫前刷水的水盆，裁剪机等，都还摆在店内。因为正一郎继承了家业。

但是，完全接不到定做衣服的订单，只有附近人家偶尔来修补一下裤子，没有一个新做衣服的。全家生计只靠着次子茂二郎白天到纸盒工厂赚的薪水维持。茂二郎在上夜校，准备投考医学院。

说起正一郎，他此前想当作家，积了好几部小说的原稿。喜久子是这些稿子的忠实读者。喜久子和父亲病情加剧之后，他放弃了这个野心。

正一郎和喜久子兄妹之间，有着淡淡的感伤般的感情。正一郎经常倾诉道：一旦喜久子死了，自己也不想活。

正一郎毫无知觉地收拾东西。他蹲在铺席上清除马粪，扁平的后脑勺在咳嗽着的喜久子眼里一片模糊。喜久子一边咳嗽一边回忆起儿时的情景，她曾将店头的量尺顶在哥哥脑门上逗乐。正一郎是个决不发怒的孩子，即便被如此对待，他也只是闷声不响。

“哥哥。”

喜久子颤声地叫道。

“什么事？”

“上回托你买的东西买了没有？”

哥哥没有回答。

夕阳照进屋内，细长形状的光焰在窗下燃烧。弹子房不久也寂然无声了。

“为什么不买呢？”

“今天没空儿。”

“不是没有一个顾客吗？”

“谁来看家？老爷子悠悠晃晃出门散步去了。再说，要去买东西，总得托老爷子照看店面，可他睡醒后心绪不佳啊。”

“你太软弱了，这样下去，什么时候才得空啊？”

“交给我吧，总会找到好机会的。”

“可是我已经托付你十多天了呀！”

喜久子责怪哥哥太不坚强，所以她一直梦想给他懦弱的性格点把火，让这把火熊熊燃烧起来。

实际上，这对兄妹之爱近似恋爱。妨碍着他俩关系的只有羞耻和恐惧。仅凭这一点，他们兄妹生活在同一屋檐下，互相都保有极为丰富的未知世界，真是世间罕有。不知哪一个瞬间，他们一旦通过凶暴的理解结为一体，到那时，对于他俩来说，任何事都干得出来。

即便在正一郎眼里，十天前妹妹说要托他买东西时的那副表情也甚是可怕，仿佛是个陌生人。不过妹妹也看穿了，她是从以往读过的哥哥的小说里学来的。

“哎，哥哥，五年前你教我读《西瓜》那篇小说，那时我才十四岁……”

“那时候我正上夜校呢。”

“可不是么，我呀，感觉很难懂，心里不太明白。不过，我还清楚地记得最后结局。哥哥，你记得吗？”

“记得记得，是我写的书嘛。”

两个人默默地面对共同的记忆。故事情节是这样的：儿子看到重病的父亲忍受疾病的折磨，感到实在太可怜，便在西瓜里掺入氰化钾，给父亲吃了。其后，自己也吃了。神志恍惚之中，两人有着最后一段对话。

“父亲说：‘你还真下毒啦！’是吧？”

"于是，儿子说：'那什么，我也一块儿死，所以爸爸您就放心地死吧。'于是，父亲就……"

"父亲接着说道：'你这个不孝的儿子！不看到你断气儿，我是不会死的。'"

"就这样，父亲说着说着就死了。"

说到这里，正一郎一时竦惧起来，他明白妹妹想说些什么。

"哥哥在那篇小说里撒了谎，对吧？"

"什么撒谎？"

"因为可怜而杀父亲，这就是谎言。你写那篇小说之前，有一天母亲病危，哥哥要请和尚念经，父亲骂了你，说请和尚没用，还打了你一个耳光。然后，父亲揣着准备请和尚的礼钱走出了大门，整整五天都没有回家。后来，哥哥就开始埋头写作那篇小说。哥哥恨父亲，一心想杀死他，对吗？"

正一郎没有按照妹妹的嘱托马上去买氰化钾。不过，早已有了入手的地方，一个人们不会涉足的场所，答应让给他一些。下町的一家五金店，为神舆打磨金属零件需要这种东西。屋檐下的木桶里，杂乱地放着一些工业用氰化钾，只要到那里就能轻易弄到手。

自那天以来，只要身边没有别人，兄妹两个就平心静气地低声谈论这一话题。两人之间有了真正的理解，囚笼般的生活里也出现了一线希望。

杀死父亲！要是杀死父亲……遗产和保险金不会自动滚进家门，日子也不会从此富裕起来。但是，在杀人的假想之下，兄妹开始感觉到似乎获得了梦寐以求的自由，到了那时候，或许可以出现奇迹。

喜久子翻身转向一侧，遥望着不知何时被云层包裹的天空。积乱云上方呈酒杯形向四方扩展，已经染黑半个天空。远处雷声殷殷，那沉闷的轰鸣盖过了近处轻浮的噪音。云层的那一端似乎有一只看不见的巨掌，随即就能把城市里如此众多的杂沓的响声捏碎！

"哥哥，我送给你一件遗物，这是二百万元的宝石。"

喜久子伸出手来，摆出送给哥哥东西的架势。哥哥早已习惯这样的游戏，伸出指头短小、皮肤粗糙的手来。

"啊，太感谢你啦。"

最近，喜久子玩过这样奇妙的游戏。是一个假想父亲死后，喜久子被接到一位贵人的别墅里居住，并在那里豪华死去的游戏。根据这个故事，喜久子是某一位贵人的私生子的设定昭然若揭。

"父亲不死，那个家里的人因为害怕，就不敢来接我。不过，要是父亲知道这个秘密，肯定要勒索一笔钱财的。"

别墅位于悬崖之上，面临静静的海湾。在那里，喜久子躺在豪奢的卧床上，望着大海死去。反正要死了，只要她想干的事，什么都能干成。因为没有一点儿胃口，她什么也不吃，什么衣服也不要。她吩咐婢女，差使她们去买遗物。她送给哥哥宝石，送给弟弟汽车，送给贫穷的孩子们十天也吃不完的一大块点心。喜久子就像一位心满意足的老妇人，她将含笑而死，时候就在日出之前。当天的朝阳，多半会透过覆盖在她脸孔上的白布，经过细微而柔和的过滤，映照在她的面颊之上……

……室内完全黑了。射进来的闪电映入喜久子的眼帘，那双眼睛储满蓝色的光芒。喜久子下面的话被雷鸣抹消了,因而,哥哥不得不再问清楚。

“哥哥! 我的枕头旁边有一只无翅的苍蝇,请给我扔掉,我害怕。”

哥哥发现妹妹枕畔有一只正在爬行的奇形怪状的小动物,他一手捏起来,扔到了窗外。他本以为那也是父亲“买”来的一件东西。

“那就是宝石。”喜久子半笑不笑地说道,“那就是我送给哥哥的遗物宝石啊。哥哥扔掉了,绿色和金色的无价之宝。”

喜久子不怕打雷,从幼年时候起,就心性刚强,不知害怕。下一次雷鸣到来时,及早来临的闪电,将痰盂、古旧的橱柜,以及三色板油画等室内风景冻结起来。雨点敲击着薄弱的屋顶,那哗哗的雨声似乎直接落到了喜久子的脸孔上。窗棂上腾起一片水雾。

“啊,下雨啦,真高兴呀!”

妹妹不知因何喊了一句“真高兴”,正一郎听了一阵惶恐。一个等死的病人,发出这样的喊叫,言语里带有一种残虐的调子。他站起身来,关紧窗户拉手。在这段时间内,这个男人温雅的心境中充斥着因妹妹那种“遗物游戏”而带来的痛彻之感。

妹妹不久就会死去。妹妹生前未能实现她的心愿,作为哥哥一生都将痛悔莫及。到这时,他才明白自己到底应该干些什么。

路上遇到过去的老同学,他送给正一郎一张音乐会的门票。说是音乐会,其实就是在K球场上举办的夜间演奏会。正一郎一个人到那里,虽说离七时开演还有一段时间,但场内二楼座席已经满员。

正一郎登上满地纸屑的水泥阶梯，在三阶坐席的中央坐下了。

薄暮冥冥，暑气渐消。微风打球场上空掠过。

舞台搭在球场边缘，背后球场外面是一片清幽幽的草坪。四周暮色渐浓，草地映着灯光，铺展着明丽的绿色。仿佛感到青草的芳香已经到达坐席的上空。正一郎想到自己临时逃脱晦暗的家，不由舒了口气。

报社摄影组将相机揩拭得锃亮，躺卧在草地上。乐师们调准乐器的音色，远方街道凹凸的地平线，描画着广阔的半圆。汽车喇叭声响彻远景的各个角落。国营电车驶出桥下的车站时，一连串的小灯将车轮的轰鸣传向远方。天空尚未全黑下来，接近地平线的楼房，转换成剪纸般的扁平的影像。然而，霓虹灯开始像豉虫似的活泼游动起来。靠球场最近的广告塔，闪耀着麦淇淋的松鼠商标。“这风景澄澈得有点儿怕人。”正一郎想，“这是夏令一天结束后凉气所生成呢，还是我独自一人前来出席市民音乐会的缘故？”

这时，似乎预先占据好坐席的一对，沿着正一郎身旁的石阶走下来，坐到坐席上。说是一对，但明显是父女。父亲秃顶，一副某家大银行跟班的风貌，穿着一身笔挺的旧黑色西装。女儿是一身洁净的水兵服，梳着眼下很少看到的两条辫子，光亮地垂挂在两个肩膀上。

他们坐下了。父女两个合看一张节目单，开始交谈起来。父亲一直紧绷着脸孔，女儿倒显得十分可爱，一副讨喜的样子。

从他们的整体装扮上可以想象，这对跟班父女来到这里，坐在球场三楼的坐席上，是为了欣赏贝多芬的《田园》交响曲。也许母亲早已去世，孑然一身的父亲和独生女儿生活在一起。按照父亲的主意，女儿的服装力求表现出对抗污浊现世的意图。父亲梦想着让女儿听高雅的音乐，使她具备正统的教养。他们听罢音乐回到家里，将会坐在客厅的灯光之下，谈论着今晚演奏的音乐的种种情况。为了迎接第二天的工作，他们也会实行有益于健康的早睡……这一切都不言自明了。

身穿夏季晚礼服的外国人指挥走过场中央，雪白的上衣和高洁的白发，在灯光里相互辉映。掌声如潮，他登上指挥台，稳健地抬起指挥棒，控制了全体演奏者。场内随即安静下来。

此刻，那对父女背后的听众，高声交谈，使得秃顶的时髦跟班袖起双手调转头颅，嘴里“嘘”了一声。

贝多芬的《田园》开始了。

第一乐章奏完后，地平线和天空的境界没入黑暗之中。音乐随风时而变得强劲，时而变得微弱。风的波浪，总想歪曲音乐。

可是，也不能说正一郎就仔细听了这场音乐会。与其说他的眼睛看着远方地面舞台上闪光的管乐器，不如说他早已为前排那对父女的背影所吸引。

正一郎对他们并不感到嫉妒和羡慕，这位无能为力的二十一岁的青年裁缝，嗅觉十分灵敏。贫穷具有独特的气味儿。穷人之间可以靠这个嗅觉分辨彼此。那对跟班的父女，也具有同样的气味儿，虽然不像正一郎那般浓重。

“并不是因为老爷子强大无比、是我的眼中钉而杀掉他。”他在内心里自言自语，“而是因为他软弱无力、逆来顺受、行尸走肉，所以干脆杀掉他。我并非胆小如鼠，即使不受喜久子怂恿，我也被杀死亲爹的某种诱惑所驱使。受到诱惑而杀死亲爹，这也是合乎道理的。

我是个循规蹈矩的人，不论如何困顿，都不干偷窃等事。不过，杀死亲爹，顺乎天命。”

并不是因为害怕才杀人的，此种确信给他自豪的内心增添了几分冷静。谦造一个劲儿对别人兜售黏黏糊糊的亲情，他一直叨咕着：“我是你们的亲爹，你们是我的孩子。”这就是他推销给我们的正气。（只有这一点没有发狂）此外，他不断为自己辩护：“我是个好爸爸。”到如今，他的眼神在乞求怜悯。……所有这一切都必须彻底割断。

可怜的妹妹！她被绑在病床上，一天之中，蜘蛛网多次袭击过来，使她无法脱身。她很清楚，自己和哥哥与弟弟的那种难舍难分的亲情，使她不忍心住院，要想逃离只有死，别无他途。至少临死之前，她要斩断这面蛛网。

正一郎眼瞅着面前这对同自家完全相反的父女，对于妹妹的心情了解得越来越明确了。

——音乐进行到雷雨来袭平静的田园的乐章，大鼓奏出了雷鸣。正一郎想起两三天前，他正和妹妹谈话时骤然而降的雷雨，感到内心一阵紧缩。

响起了掌声。音乐结束了，场间休息。

正一郎很想出去放松一下，但心中的不安使他的身子动弹不得。此刻，他也不想抽烟。

下半场开始了。演奏《皇帝圆舞曲》和《蝙蝠》等曲目。华尔兹舞曲未能使他心性陶然，而是在心灵表面刻下了划痕。正一郎在圆舞曲的演奏途中退场了。

他去商业街的五金店购买妹妹所要的东西。

翌日午后，喜久子从哥哥手里接过一个小纸包。她坐在被子上，小心翼翼打开折叠的纸包，生怕被风吹散预先关紧了窗户，室内酷热。

喜久子看见白色的结晶体，显现出幸福而恍惚的表情。

“可以摸摸看吗？”

“可以。致死量是0.15克。我呀，好好查过书了。”

哥哥从妹妹手中接过来，重新仔细地包好。

“怎么让他吃呢？”

“就放在老爷子茶杯里好了。”

“爸爸又出外散步去了。”

“他天黑之前总要回家的。喉咙渴了，就会立即用茶杯倒水喝。”

“这事儿要瞒着阿茂，永远不使他知道。”

“是的，我不想把他一同拉下水。”

哥哥简单回应着，走下楼梯。

——喜久子等待父亲回家，从未像今天这样等得心焦如焚。她估摸着阳光变弱，夕阳照到桌子之前，父亲就会回来的。她心中只想着这一点，把倾听弹子房单调的噪音也开始当作自己的希望。她数着那铃声。

就这样，喜久子的环境已经发生显著的变化。一、二、三、四、五……喜久子数着铃声。或许刚数到一，父亲就会散步归来，用茶杯倒水喝。直到昨天一直给她带来苦恼的铃声，今日变成了她的伙伴。铃声赋予她力量，使她受到鼓舞。

讽刺的是，今天谦造偏偏回家很晚。五点过了，谦造还没回来。于是，喜久子又很快被另外的希望和幻想弄得神魂颠倒。她感到心跳越来越剧烈了。

“说不定有神灵相助啊！当我们决定试行的那一天，为了不使我们犯下罪孽，神佛也许亲手将父亲杀死。听说父亲的病随时都可能发作，倒在地上。他一旦倒在路上，肯定有卡车驶过……”

想到这里，喜久子易于兴奋的面颊上，薄嫩的皮肤泛起了潮红。幻想中的欢喜，使得病人无法安定。喜久子离开病床站起来，下了楼梯。平时，她都是爬着似的下楼，这回却像个已经康复的人，手扶墙壁，步履沉稳地下了楼。

这时，土间里传来打开玻璃门的声响，喜久子在陡峭的楼梯中途停住了脚步。

可是，开门的方法不是那种松松垮垮、带有某种特征的开法，而是年轻人果断有力的开法。实在少见，茂二郎今天倒比父亲回来得早。

“姐姐，我回来了。”茂二郎说道，“哎呀，今天似乎好多啦。”

茂二郎穿着白色开襟衬衫，这个礼拜天，他和工人们只去游了一天海水浴，皮肤就晒黑了，反衬得白衬衫越发雪白。他对身上穿的衣服，总是自己动手认真搓洗。在这个家庭里，茂二郎简直就像身穿防水服，可以完全弹掉不幸的水滴。这位普普通通的快活的少年，仅仅给人以“普普通通”的感觉就足够令人惊奇了。如果喜久子和正一郎走在一起，则是从大老远就能一眼无误地看出他们是谦造家的人。

喜久子出于病人的扭曲心理，时常将茂二郎的快活理解为自私。然而，这种快活丝毫没有做作的因素。更不是为了鼓励病人战胜疾病，以便使得家庭气氛欢悦起来。这种狭隘的青春活力正是对一切事物视而不见的能力的源泉。熟悉他们家庭状况的工厂领导，很喜欢他那没有一点忧愁的性格，还给他提高了工资。这也是一种误解，茂二郎的那位上级，对于待在这样的家庭内依旧乐呵呵的茂二郎颇为敬重。

茂二郎没有什么独创的地方，就是说没有什么性格。说起看电影，只要朋友说什么片子好看，他就看什么片子。他只看别人借给他的书。看到父亲和姐姐生病，他就想将来当个医生，认为这是社会性的作为。由于他对一切事都不愿多想，夜校成绩反而很好。

他心地宽广，体貌堂堂，在兄弟中个头儿最高，即使在日光不太灼热的季节，他也是一身黧黑的皮肤，衬托着一张红彤彤的脸膛儿。

正一郎在厨房里，他负责做晚饭。为了省却炊事的诸多麻烦，经常吃面包，但他现在正在厨房里也时常做点儿简单的素菜。

“啊，肚子饿啦，哥哥快点儿做吧。”

茂二郎光着膀子站在厨房门口，一边揩拭身上的水，一边欢快地说。喜久子在方桌上松松地铺上桌布，说道：

“真好哇，可以觉得饿的人们。而我呢？没有一次觉得饿。吃块面包吧，总是堵在喉咙管儿里。”

喜久子虽然声音倦怠，但心情紧张而又兴奋。尽管时间短暂，衰微的生命似乎再次获得复苏，而这样的生命力即便疾病好转也是很难再回到喜久子身上来的。喜久子一边装出一副疲倦的样子，一边又以把自己想成是个假病人而暗暗窃喜。

期盼着的一刹那临近了。苍茫的暮色映在大门毛玻璃上，自行车鸣着铃声打对面穿过。大门稍稍歪斜了，接着就被好歹打开来了。

谦造一只一只远远甩掉木屐，走了进来。

“喜久子，你在那里等我吗？好可怜啊，今天没有买礼物。我一直跑到大阪，牡丹饼卖光了，今日缺货，缺货。怎么样？是个好爸爸吧？后来，为了消消火，我到百货店楼顶玩了一会儿。”

喜久子默默笑着。那副笑显得很平和，沉静的微笑中，闪现出两排整齐而光洁的小小牙齿。

“啊，喉咙干了，嗓子干了，好渴呀。”他说罢，走到蝇罩子跟前。

喜久子像只聪明的猫儿，坐着不动。

厨房里传来响亮的切菜声。正一郎完全听到了父亲的动静，他无疑是为了欺骗自己，才把声音震得山响。

谦造小心地端起莺绿色的益子烧[①]茶杯，向厨房走去。

喜久子产生了新的不安。她想，父亲会不会把茶杯仔细洗干净呢？她移动一下身子，望着厨房。她只看到了正一郎的运动衫背影和扁平的后脑勺。正一郎保持着原来的姿势，他接过父亲手里的茶杯，那只手一点儿也不打颤。他没有冲洗杯子就倒满水，交回父亲手中。谦造仰着脖子，可以看见上下运动的喉结。他一口气喝了下去。

“真解渴，再来一杯。”

谦造说道。

喜久子的脉搏加快了。谦造喝了水，来到喜久子跟前。

“我告诉你没买礼物，那是撒谎。先使你失望，再使你高兴，这才是父母之心呐。所谓亲情，那是很难得的，知道了吗？喜久子。看，这就是礼物。”

父亲从袖筒里掏出断裂的木屐带子。这些女用木屐上的布带子，汗水晕开胭脂红的底色，那里的云纹也褪色了。穿着这双木屐

---

① 枥木县益子町生产的陶瓷器。

的女人的脚趾，一定是染上了红色。从断裂的两端绽出了棉花，脏兮兮的。

因为喜久子没有要接过去的意思，谦造便把碎布带子放在榻榻米上。

接着，他开始滔滔不绝讲起楼顶游乐场的情况。

“你说可爱不可爱？猴子竟然能记住我的面孔……”

喜久子没有听进去父亲说的话。他喝了药已经一分钟了，父亲的表情未出现任何变化。可是，谁也不敢保证，再过几秒究竟会发生什么事情。

瞅准女儿心不在焉的当儿，谦造伸出汗水淋漓的手，探入喜久子的胸怀。他想摸摸女儿的乳房。

喜久子站起来，呼唤茂二郎的名字。她站起身时一阵眩晕，对着身穿衬衫的弟弟说道：

“阿茂，把楼上我的果酱瓶拿来。”

她这样做，是为了让茂二郎暂时离开这里。他们全家吃面包时都蘸豆酱和盐，只有喜久子享有病人特权，面包蘸果酱。

喜久子走进厨房，将手搭在哥哥的肩膀上。哥哥依然保持原来姿势继续切菜。

“哥哥，怎么回事呀？药似乎不起作用了。啊？究竟怎么啦？……是不是……”

哥哥没有回答。

正一郎确实朝茶杯里放了一次氰化钾。谁知父亲今天一反平常，回来得甚晚。他的决心也就渐渐钝化了。到了五点钟，正一郎认真地把茶杯洗干净了。

当晚，吃过晚饭，喜久子上楼就寝时，附在哥哥耳边说：

“明天一定要放啊。”

哥哥不动声色地“嗯”了一声。

第二天，当日的晚报报告这天是今年气温最高的一天。没有一丝风，照得油晃晃的马路上很少有几个人影。

父亲三点钟光景回家来，照例睡了午觉。

全家通常六时吃晚饭。今天，正一郎父亲的面包里夹入了氰化钾。

正一郎为父亲和弟妹分配面包，每人一份蔬菜。唯独自己什么也不吃，说要去附近三本立电影院看电影，说罢自己想看的电影马上就要开演，就匆匆出了门。

父亲咔哧咔哧咬着面包。他右手喝汤，左手把味噌抹在面包上，狼吞虎咽地吃着。喜久子食欲不振，她一点点咬嚼着面包的一角，一直盯着父亲的身影。

喜久子生着一双深潭般乌黑的眼睛，既不同于没有一定焦点的哥哥的眼睛，也不同于朝气勃勃、时时闪动的弟弟的眼睛。当她凝视着什么的时候，那双眼睛便神经质地炯炯发亮，仿佛具有一种寄予所注意的对象某种意味的力量。

“哎，怎么这样苦？”

谦造急忙说。接着，他端起茶杯漱了漱口，吐在身边的水盆里。这水盆是专供熨烫衣服前刷水用的。

谦造什么话也没说。然而，他却露出一副喜久子从未见到过的认真的眼神。一双眼睛向各处无目的地投射着不安的视线。

谦造忽地站起身，像被什么弹跳起来一般，一只手捂住嘴，低着头正要到门口去时，突然倒在榻榻米上了。古旧的房子震得窗玻璃哗啦哗啦地响。

氰化钾麻痹了呼吸中枢，他因窒息而死。

茂二郎跑去叫医生。医生来了，鉴定病人因进行性麻痹发作而死。谦造本来患有脑梅毒症状，此时发生转变，并没有什么不自然。

茂二郎去叫医生的同时也央求附近的人，去电影院叫回正一郎。正一郎比医生抢先回到家中。他抱着父亲的遗体哭叫不止，那副样子同弟妹毫无差别。他只要想哭，眼泪随时就能流出来。因此，医生一进门，就看到兄妹三人抚尸痛哭的情景。

可以说医生下了个幸福的鉴定。正一郎和喜久子将医生送出店外，此时，兄妹二人并肩而立。医生走了，她伸出自己的小手指钩住哥哥的小手指，用力拉了一下。正一郎想起当妹妹说出“真高兴”这句话时，那种内心里无可形容的激动。

附近的人都过来帮忙，准备举行葬礼。因为是夏天，遂决定中间隔一天就匆匆出殡。

入殓前警察派来法医检验尸体。解剖结果，胃里有氰化钾。正一郎立即遭到逮捕。

警察之所以抱有怀疑，是因为听了邻家弹子房老板娘的控告。

弹子房一家人的卧室，紧挨着谦造家厨房的洗刷间，中间只隔一条细水沟。

谦造死的那天夜里，半夜三点左右，弹子房老板娘突然醒了。她明白，自己是被隔壁的水音吵醒的。她听到不断洗东西的响声，大量的水流一遍遍流到水沟里。

正一郎的自供颇费时间。

自供的结果，使人明白了那水音的来历。正一郎回家后，看到水盆湿漉漉的，感到奇怪，问弟弟，知道父亲临死前将漱口水吐到了水盆里。正一郎立即把水盆藏起来，当晚，趁着弟妹因守灵太疲倦，静静睡下之后，一个人仔仔细细将水盆冲洗了好多遍。

正一郎咬定全是他一个人的罪行。但是，正一郎供述中的那只茶杯不见了。

那只茶杯被喜久子带出了家门。

原来父亲死去那天晚上，喜久子对前来吊唁的民生委员请求说："明天就想住进施疗医院。"鉴于这位委员早已为她办完住院手续，随时都可以住进去。但建议她还是办完丧事再说。喜久子回答，自己病成这个样子，举办葬礼时只会给家里添麻烦，所以很想提前住院。通过委员的大力协助，父亲死后第二天，护士开车来接她。当时，她把茶杯拿走了。

刑警赶到千叶市的R施疗医院。

医院不准会见喜久子。理由是喜久子属重病号，谢绝探视。喜久子住院后，大量咳血。

护士从喜久子枕畔拿来那只作为罪证的茶杯。她就是开车到破屋子迎接喜久子的那位护士。

刑警和护士之间，进行了下面的对话：

问："喜久子出门时表情如何？"

答："我第一次尽力将下了那么大决心的重病患者，从不幸的境况之中接了出来。她家里看样子很穷困，我实在很同情她。因为胜山先生（民生委员）从前提起过这件事，所以及早就为她铺好床，可她始终没有住进来。本来打算再等一天不来，就收住另外的病人的。喜久子小姐那副身体，早晨和中午还要为家人做饭。”

问：“离开家或在车子里时，喜久子有没有说些谜一般难以理解的话？”

答：“这个嘛，倒也没说什么谜一般的话。她是个心直口快、性格开朗的人，看不出有什么奇怪的地方……啊，对啦对啦，我想起来了。那天是个大热天，家中来了好多帮助办葬礼的人，就连我也感到热得受不了。喜久子的兄弟和邻里们都来汽车旁送行。哥哥痛哭不止。车子开动了，喜久子小姐透过后车窗几次转头望着自家的房屋。然后就深深卧在坐席里，疲倦地闭上眼睛。接着又睁开来……”

问：“喜久子当时说了些什么呢？”

答：“对，我想起来了。喜久子小姐盯着前方，深沉地说道：‘这回我也可以放心地死了。’”

——一九五四年九月——

商　人

天使园修道院，位于H市郊外一座最高山丘的顶峰。自明治三十一年[1]创设以来，大门紧闭，对于外来者，尤其是男人，绝不容许看一眼。据说，可以进出的男人，只限于修道院认可的医生以及院内生产的修道院黄油的鉴定员。

这座山丘，春天有紫丁香，夏天有铃兰花，从H市开车前来参观修道院的人，登上繁花似锦的峰顶，看到这座日本少有的庄严的建筑，想必非常高兴吧。因为人们都对这里有一些预备知识，知道这里是独立于现世之外的禁地。既然明知道禁止参观还要到这里来，那就只得借助各种空想和神秘感修饰这种禁止参观了。

尽管你乘半个小时的车子赶来这里，也只能进入靠近门口的一带地方。这个限制反而激起人们的兴趣，观众络绎不绝，修道院也不为布施犯愁了。

从前，有一位女作家办理了特别手续进入修道院，还写了文章。最近，一位摄影家应邀进入园内，出版了影集。想参观内部的人，不妨看看这些资料。

说起“预备知识”，无非就是下面这些：现在有数百名修女，三分之一是穿着白色道袍的唱诗班，以祈祷为主；三分之二是穿茶色道袍的助修女，以劳动为主。白色象征观想，茶色象征劳动。唱诗班修女，简直就是本色的天使。用长长棒尖上的火点燃烛台上的蜡烛，随后，一边咏唱着用拉丁语谱成的单纯曲谱的《格里高利圣歌》，一边绕圈行走。修女们头戴黑纱，脚穿木靴，颔首伏目，缓步走在装饰美丽的回廊上。她们和别的修女谈话时，几乎不用语言，而是用沉静的手势表达意思……

然而，很难想象，这种书本上的知识和各种近于写实性的照片，可以使得那些明知白来一趟、只能进入大门内看看的游客感到满意。为什么呢？因为他们到底“来了”。

六月。没有梅雨的土地，晴美而微含忧戚的蓝天之下，正值铃兰花花季。

近午，一辆出租车由H市方向驶来，登上修道院峰顶。车里坐着一位夏天也穿黑色衣服的中年绅士和一位戴眼镜的年轻陪同。

绅士浑身的穿戴一丝不苟。智慧，色黑，油光闪亮，全然一副异教徒式的装扮。一张精明而富有优越感的面孔，潜隐着东洋式的野蛮。这位大学教授，来当地做巡回讲演，责成在本地大学做讲师的昔日弟子充当向导，前来修道院访问。

众多的铃兰花打车窗掠过，随风飘来醉人的花香，充满车内。

“吭，吭，吭。”

教授响亮地倒抽着鼻子。

---

① 公元1898年。

“吭，吭，吭。”

弟子也十分殷勤地模仿恩师。

“渐渐袭来天国之香。”

教授说。

“这种芳香首先可能麻醉理性。”

异教徒的弟子说。

“这种感官刺激，”教授随即加以说明，“使得我们俗人的欲望难以满足，使得信徒产生崇高的期待……瞧，那道围墙。”

教授指着围绕整个山丘的高大的白色砖墙，他反倒成了向导，本来这个人是不需要陪同的。

“好高的围墙啊，除了监狱，再没有如此规模巨大的围墙了。有了飞机和原子弹的现在世界，这样的围墙还能起到彻底保护园内不受现世侵扰的作用吗？假若完全是观念性的、象征性的围墙，根本就不需要现实中那种大煞风景的砖瓦墙。

虽说如此，那道围墙内是真正的天使园和天国？还是一个不同寻常的人间世界？”

年轻的弟子一味执著地埋头于这种深远而洒脱的疑问之中。

“这就像中世的欧洲，虽然有程度之差，但全部都住在那样的围墙里。”

“不过，也有杀戮。”

“也有疾病。这样的修道院，由于不讲究营养，听说死于肺结核的人很多很多。”

教授明显地皱起了眉。

“真荒唐啊，你说，这不是很荒唐吗？天主教是不承认自杀的，那么拒绝现代医学的恩泽，不就是体面的自杀吗？科学，无论如何，都要毫不客气地进入那道高墙之内。因为想走入园中一探究竟的人的认识欲，和想治好疾病的人道主义，在科学的立场上是完全一致的。”

说着说着，汽车在围墙一侧的深树丛中停下了。

“车子只能开到这儿，不能进去。我在这里等着。”

司机说道。

……两人沿着树影屈曲的石阶向上攀登，一路不住地擦汗。

“参拜固然好，但不管到哪里，总是登不完的石阶。”

“只有这一点，东西方无差别。”

“就连我们这些不信之徒，也有强制修行的利益吗？”

两人好不容易来到悬着青铜匾额“天使园”的大门口。走进门内，年轻的讲师随即向一边的传达室提出参观的请求。

一位肥胖的年轻助修女，笑嘻嘻地出现了。她不是因高兴而笑，这种笑容表明“我不带有任何感情”。

在助修女带领下，两人走进天使园前庭。

那里，雪白洁净的石阶，围绕翠绿的草坪和修剪整齐的灌木丛，向上通往礼拜堂。虽然没有鲜花，但这里那里都响起了蜜蜂沉滞的羽音。内庭的围墙高高耸立，悬挂十字架的圣堂和内院建筑庄严的屋顶，屹立于围墙对面，隔断一方蓝天。

一派静寂。墙内一角立着圣母像，助修女来到跟前，轻轻屈膝划了十字。

其间，两个异教徒站在原地，眺望远方。起伏的铃兰山丘对面，出现了海洋，轮船拖着黑烟航行。

夏天的阳光一点儿也不酷热。阳光照进石阶两侧的篱笆墙内，那细枝密叶相互编织的阴影，在修剪成四方形的表面反射下，纵横交错，重重叠叠。

起先未曾感到的微风，于无限清澄的大气里，犹如轻轻羽翼扑打着面颊。每当凉凉地擦过，仿佛一支温软的鞭子驱策着灵魂。

助修女不多说话。她打开厚重的木雕门，将他们引入悬挂各种壁画的一间房子。这里是连接天使园内部和外部的国境线。

“从这里起可以参拜圣堂。”

她说着，打开墙边的观音橱的门扉，露出铁格子窗。那里面，有一件东西在黑暗里闪光。

教授朝着供有圣母像的祭坛毫无兴趣地投去一瞥。透过格子窗向里窥探，可以看到右方最深处，有一座背对玫瑰窗的金色灿烂的祭坛。

教授那双硕大而略显突出的眼睛，用力牵拉着薄薄的眼睑，似乎要从那里崩脱出来。

他向格子窗内部的左方望去。教授一直久久地凝视着。

那里，整面墙壁都是坚固的格子，同这边的窗格子形成直角。内里幽深，格子对面整齐地排列着木质长凳，依稀可见。深处全被黑暗包裹住了，看不清楚。

教授因为看了好长一会儿，他似乎觉得黑暗中有白衣人，低着头飞快地走了过去。但没有听到木靴的响声。这无疑是眼睛看花的缘故……

其后，他们又到礼品店房子里，看了修女们制作的麦秸工艺品、小偶人以及画片盒子等物件。参观到此为止。

从头到尾不过十分钟，给外来人看的仅限于这些。

两人恭恭敬敬道了谢，出了天使园大门。他们一走到石阶上，就暗暗发起了牢骚。年轻的讲师经常做导游，早已习惯了，而教授却感到似乎中了别人的圈套，上当受骗了。

他走在石阶上，五次三番握紧拳头砸在一侧的高高砖墙上。

“这里面就是所谓地上的天国啊！”

教养良好的弟子，同他亦步亦趋。

“总之，宗教全然是一种仿制品。”

出租车调转方向等待着。两人上车时，教授发现一个行为怪异的人，他拍拍弟子的肩膀，弟子睁大眼睛瞧着远方。

一辆自行车驶上铃兰山丘。骑车的是个胖墩墩的小个子男人，他穿着夹克衫，腋下横斜地抱着一只长长的梯子。随着自行车的前进，梯子掠过铃兰花丛，时时毫不留情地将花冠打落在地上。这梯子和小个子男人不成比例，所以看起来，好像是梯子拖着自行车，径直奔向山顶。

自行车朝这个方向驶来，他俩暂不上车，饶有兴趣地眺望着。

不多久，梯子、自行车和小个子男人来到了跟前。那小个子一眼看不出多大年龄，稍稍有些秃顶，眼角下垂，两颊松弛，气喘吁吁的口角内，纵横排列着乱石堆般的牙齿。他皮肤透红，光亮莹润。小个子男人用手巾擦擦脸孔，那动作就像麻利地揩拭一只圆圆的大花瓶。

“老爷！”

小个子呼叫起来。

“什么事？”

教授那双眼睛几乎全部凸露出来，立即回应道。

“您是交了好运的人，我想做您一笔生意。您是我今天开业之日的第一位主顾。”

“你想把梯子卖给我？”

“这是工具，不能卖。老爷，您不想看看修道院内部的情景吗？我做过各种研究，找到一处架梯子的好地点。登梯费每人一百元，限于观看五分钟。为庆祝开业，可以延长到十分钟。还有，”小个子从夹克衫鼓鼓囊囊的口袋里掏出一只古色苍然的望远镜，用刚才擦汗的手巾草草揩拭了一下，“望远镜租借费每人一百元。怎么样？这种优惠价，可以饱览天使园整个风景。”

“太贵啦！”

教授愤慨地说。

“太贵啦！”

弟子从经济学着眼，冷静地说。

“便宜啊，老爷。”——小个子冷着脸，极力辩解。

“您用手摸摸胸脯，考虑一下看，便宜啊。天皇看不到的，您都能看个仔细。”

两人一味地讲价钱，小个子就是不肯让步。教授终于从钱包里掏出四张百元钞票，塞到小个子手里，转向弟子，意气扬扬地说：

“我给你付了钱，你也得陪我去，要是犯罪，你也跑不了。一般地说，所谓丑闻，有了同案犯，就不大会走漏风声。”

于是，两人抱着梯子，跟随推着自行车的小个子下了山坡。道路罩着林间斑驳的日影，沿围墙迂回而下，来到一个人迹罕至的地方。

这里被斜坡包围，一片晦暗，去年的落叶，湿漉漉地积满地面。一部分围墙似乎湮没了，土堆高起，这里的墙壁半截埋在土里。

小个子将梯子架在围墙上，正好达到墙壁上面。他把望远镜交给教授，立即弯下腰，抓住梯子脚部。小巧敦实的身个儿，给予梯子一种奇妙的稳定感。

弟子也用手按住梯子。教授挽起黑色的裤脚，在一分钟不到的时间内，迅速登上梯子。

小个子的生意开市大吉，手持望远镜走下梯子的客人——这位教授通常也是如此，他同样心满意足，眼睛炯炯发亮。纵使没有看到重要的场景，只要能瞧见那种生怕人看到的场所，仅凭这一复仇的快感，五分钟花一百元，还是很划算的。

第二天，小个子已经和团体客人的导游商量好了，每回付给一笔回扣。

从此，天使园修道院围墙后面，夏季晴明之朝至黄昏，不时有好几十个男人，一只手拿着望远镜，顺着梯子向上爬，下来时总是带着一副难以形容的满足的表情。

只到过修道院大门内外的游客，绝不可能带着这样的表情踏上归途。

小个子在导游的提醒下，避免接待县厅机关和警察局等方面的危险人物。这一周之内，小个子的生意十分红火。

这是第七天发生的事情。

附近U町的一位青年警察，查完户口后回来的路上，经过修道院后面时，发现日光漏泄的树木丛里，有一只可疑的梯子架在高高的围墙上。

那只梯子透过树丛看过去，很自然地架在一个合理的地方，警察没有放在心里就过去了。然而，他被一种单纯的好奇心所驱使，又折回头去。他站在杂木林的树荫中，恍惚地向那里张望。

梯子脚边蹲着一个小个子男人，拼命地支撑着梯子。梯子顶端一个穿西服的汉子，耸着肩膀，拿着望远镜到处张望。此外，梯子两侧各有一人，一个挂着照相机；一个手提皮包，都在热心地仰视着梯子顶上的汉子。一人为了遮挡夕阳，一只手搭着眼罩。

青年巡警将此想象成一幅奇妙的绘画。随后，他立即警惕了。

“这肯定是犯罪。”

这位巡警虽说还年轻，但很有头脑。接着，他仔细考虑对策。那汉子下了梯子，下边一个汉子正要登梯的一刹那，一身制服的巡警立即露面了。

一个人看到这一情景，一把抓住那个即将登梯的汉子的上衣后背，三个游客慌忙逃离现场。

巡警走近时，小个子依然紧紧抓住梯子的两脚不放。

“你们在干什么？你想做非法生意，赚黑钱吗？跟我到警察署去！”

青年巡警说道。

……两人推着自行车，顺着夕阳迷离的铃兰山丘，缓缓前行。小个子把梯子捆在车子上，走到拐弯处，警察的自行车必须为他远远地让道。

青年巡警不认识这个小个子男人。小个子不吵不闹，他只是一口咬定自己没有犯罪。

铃兰花香飘四野，巡警有些微酩酊之感。再加上众多的黄金虫和蜜蜂往来飞旋，耳畔久久鸣响着嗡嗡嘤嘤的羽翅声。

天使园修道院背后，夕阳辉映之下，建筑物呈现着清晰的棱线。

“我没有犯罪。”

小个子再次沉静地说。青年巡警发火了，责问道：

“你做了那种黑市买卖，还说没有犯罪？”

“可我没看。只有我一人没犯罪。”

小个子露出一堆坚硬的乱石牙，微微笑了。

“没看什么？”

“天使园里头啊。”

“说谎！不是你拿来梯子，找到一处合适的地方搭上去的吗？”

“这没错，不过我自己没有登过梯子啊。”

“哦，你真的没看？”

巡警明确地问，听口气他有些泄气。

“嗯，真没看。”

“干吗不看？想到是犯罪，对吗？”

“不对。”

“为什么？”

小个子眯细着眼睛望着巡警，他那充满自信的回答很出青年巡警的意料。

“我从来都没打算要看啊。”

十九岁

大宫[1]车站是机车停靠区，铁道线犹如众多的水渠，重重叠叠，流进来又流出去。几条曲线，在冬日的早晨，像严霜一般闪闪放光。

清一暂时将后头带着拖车的自行车停放在运煤支线的栅栏前边。以往，好几包木炭从父亲的木炭店里运出来，随着拖车吱吱嘎嘎的响声，仿佛运载着一车木炭的轻轻絮语，传进他的耳朵。

通体黝黑的机车，斜倚背后的蓝天，吐着薄明的黑烟，停在那儿。

看到这番景象，清一想起两年前，自己戴着手铐越过这片复杂的线路拼命逃跑的样子。

他转过去眼睛。在上班的人们汇集而来的站前广场上，充盈着冬日早晨的朝晖。那里是流氓阿飞们的聚集地，去年夏天，有六十多人遭绑架。

清一在所有的地方，都看到以往的残像。在基本上历经了人生波澜起伏的今日，自己虽说刚到十九岁，却像一位年轻的老人。他的胸前佩戴着“善良市民”的徽章，标志着他是属于自治警消防署的人。

有时候，他会怀着幸福的心情，想到自己是悔过自新的人。然而，这种想法，依然稍稍刺疼了他的骄矜之心。

人们都说，他开始走上真正的人生。这是寻常的人生。……然而，清一有时却认为，他的人生已经完结。而且，每当晚上去大众浴池洗掉炭灰之后，看到镜中露出十九岁明朗的面颜，便泛起了思绪：一个木炭店主的儿子，自己荡然逝去的人生究竟是些什么呢？无伤无痕，风一般飘过自己头顶的，究竟是些什么呢？

清一在星期天里打棒球，有时也去看电影。他爱看美国西部剧，或者以母爱为内容的片子。他从新制高中退学后，可以不去上学了。老子对这个勤勤恳恳出外送煤的儿子，大都还是放心的。

……但是，夜晚独自躺在床上，他就像一只俊敏的野狗，目光炯炯，两耳直竖。他感到暗夜之中，朋友们仿佛在呼唤他，那些活着或死去的朋友。

挡雨窗外面，有人边跑边喊。

“清公，走吧。”

他霍然跳起来。

“听到了，这就来！”

他去了，这回他再也没有回来。

……以往，有着温暖而平静的床铺。假如某个夜晚，假如挡雨窗外又有人呼喊，他还会霍然跳起来，再次为做一个不为人所爱的人奔跑出去。

---

① 大宫区，埼玉县埼玉市十区之一。

清一家附近，是一处面临污秽小河的贫民窟。一次，他走过那里，送给一位时常挨饿的小女孩一个纺锤面包。第二天再经过那里时，那女孩还想要，于是送面包成了他的习惯。

一天，小女孩拿到纺锤面包后，说：

“下回我想吃巧克力面包。”

“别这么奢侈了啊。”

当时，清一经常送炭上门的一位画家正巧路过那里，他想把清一和小女孩对话的场面描画下来。

“哎呀，你不是来我家送炭的木炭店的小伙子吗？你站在那里别动，现在我想尽快画一幅素描。”

河岸上的枯草随风披拂，垃圾堆积如山。天气晴朗，镶嵌在垃圾堆里的空罐头盒，散射着明净的光芒。在画家眼里，那座垃圾山也很美。歪歪斜斜的巨大铁盒盖子，迎着蓝天，好似垃圾堆敞开的窗户。那一面是河，腐臭的河水，勾带着众多的污物，浅浅流动。河面反射着冬日的阳光，河水被各处的垃圾塞断了，闪现着琴弦般的光亮。碧空如洗。垃圾堆一旁的枯木，伸展着一树细柔的枝条。

前边停着一辆拖车，满载着炭包。透过炭包的一端，可以窥视到黝黑的富有肉感的木炭。

一个体魄健壮、头上斜斜地戴着棒球帽的少年，和一个头发蓬乱、个儿瘦小的女孩子，两人的脸孔一样脏污。女孩儿的嘴巴，已经在咀嚼烤得温热而焦黄的纺锤面包了。……

画家飞快地运动着铅笔。

“你经常到这里来吗？”

他问清一。

"嗯。"

"那么,我还可以来这里为你画素描吗?"

"嗯。不过,我很忙啊。"

……画素描的时候,清一坐立不安,他摆出一副棒球投手的架势,心里又很不踏实。小女孩和他相反,她从正面目不转睛地望着画家,很有规律地吸溜着鼻涕,仿佛拖着重物发出的响声。

当天黄昏,清一忠实地完成每天里一项固定的工作。他配送完木炭,在短暂的闲暇里,到贫民窟对面方向——家家围在篱笆墙内的住宅区散步。清一每次去那里都必定碰到不二子,她手中牵着一只奇怪的、笨头笨脑的杂种狗。

不二子对他的过去十分了解,知道清一进过感化院[①]。但她毫不介意,这从她每天在十字路口遇见清一时,那张笑嘻嘻的面孔上可以得到证明。

不二子和清一目前结识的任何一个女人都不一样。她的头发垂直耷拉在两个肩膀上,大大的眼睛,乌黑的眸子充溢着大半个眼睛。她一笑起来,面颊上就无可阻挡地立即出现两个酒窝。

两人也没有特别谈论些什么。三言两语,"今天天气如何?""狗的肚子已经好了吗?"等等。或者,"送炭这活计忙不忙?"只是一问一答罢了。

两人说完话就分别了。不二子又微笑着牵着狗继续散步,清一也走回木炭店去。仅凭这一点,清一就感到,今天晚上可以睡

① 儿童福祉设施,对于具有不良行为的青少年实行教育和保护。1998年,改称为"儿童自立支援设施"。

得很安心。

画家完成素描画之前，清一决定瞅空子访问画家的画室。他不会空手前往，夹克衫的口袋里装满了带壳的花生。他默默请画家吃，自己也吃。

“怎么样？”

画家画素描的过程中，问过清一有何感想。清一笑笑，没有回答。

“我呀，全不懂啊。”

他一言未发，就回家了。

有一天，清一又前去访问，想不到进展惊人，快要完成了。正巧夫人不在家，清一应邀毫不客气地走进室内。他掏出一把花生送到画家手里。

“怎么样？马上就画好了。”

“唔。”

清一忽而离得画架好远，忽而又离得很近，手里不住发出颇为活泼的声音，一边剥着花生，一边送进嘴里。画家觉察到他对素描画并不满意。

“这不是我。”

清一断然地说。画面上的清一生着一张毫无阴影的明朗的面孔，这只不过是在哪里都能见到的由少年成长为青年的一张脸。虽说没有阴影，但脸上各处却沾满木炭末儿。

清一的言辞要是稍微丰富些，也许会说出“这张脸没画出我的个性”之类的话，借此以表达不满。这是一张极为普通的青年人的面颜，但这张面颜十分健康、明朗，洋溢着青春的朝气。看来，这只能是画家将自身已逝的二十年前那个时期加以美化的结果。

“你是说，这张肖像画不管怎么看都不像你，是吗？”

画家问。

“说起来话长，我有我的过去啊。”

“你可没有什么过去哟。”

画家剥着花生皮，接下去说。

“先生您不知道呀。”

“不论我知不知道，你都没有过去。我一看就明白。”

清一的脸上显出被人大大伤害自尊心的表情来，愤怒反而使他更加倔强。他紧蹙双眉，抬脚踩在火钵边缘上。脚下是他运来的正在燃烧的木炭。正午的阳光下，那木炭只能看到新鲜的白灰，几乎看不见红色的火焰。

“我呀，”清一说了下去，“自打高二时期情死未遂之后，就心灰意冷了。”

“哦。”

“男女一对儿，我和旅馆的富江姑娘十分要好。她送我的礼物是一本精美的大学笔记簿，嘱咐我好好用功读书。我把笔记簿全部用来画漫画了。

“我进入棒球队，练球时她一直等着我，完了后一块儿回家，我们的交往仅限于此。这样的交际，还是有人说闲话。有一天，我俩分别被老师叫去了，我是后叫去的，狠狠挨了一顿批评。当我走过没有人影的校园来到校门口时，看到先挨老师批评的她，今天依旧在等我。

“我没有仔细看她的脸，只是看着被校舍屋顶遮挡的运动场。银白的球儿鲜明地飞过傍晚的天空，球棒击球的声音听起来很响亮。不过，这一天我不想练球。

“‘真生气呀。’

“我边走边对姑娘说。

“‘真生气呀。’

“富江也跟着说。接着，两人默默走路，随后立即商定了主意。我们各自回家拿钱，打算一道儿私奔。

“当晚，我带四千元，女子带三千元，登上火车，前往一度修学旅行去过的仙台。

“到达仙台后，快步地走着，前面出现一座水池，排列着出租的小船。我们想乘船划到水池中央殉情而死。可是小船穿着铁链子，还上了锁。我们只好睡在岸边的小船舱内，等待天明。”

“嚯。”

“您猜怎么着？回去之后，班主任老师、校长和富江的爸爸，都异口同声地问：‘干那种事儿没有？’

“我什么也没干呀，就接了一次吻。雾气迷蒙，有一种奇怪的煤烟味儿……”

“后来呢？”

“第二天早晨，我们到釜石神社去。以前修学旅行到过那里，我还记得当时用豆子喂鸽子呢。我们在那里被警察抓住，进行一番盘问之后，送回家来。

“第二天，姑娘请假没去上学。我虽然很难为情，还是去上课了，谁也没有问什么。

“……这件事使我完全失去家人的信任。后来，我以家中老爷子的名义，向附近的人借了四万元，二十天之间，全都花在打弹子游戏上了。结果把老东西给气得火冒三丈。反正我离家出走也习惯了，便到埼玉县朝霞地区的朋友那里，托他的关系做拉皮条买卖。

“英语我一窍不通，我叫那位朋友写在纸上：

“Don’t you want a girl to-night?

“我到美国兵驻屯地的酒吧去，要了一瓶啤酒等待着，只要关键时候亮出那张字条就行了。

“谁知有天晚上，一个喝得酩酊大醉的黑人美国兵闯进来，一把夺去那张字条，揉搓成一团，扔到了地上。我大喝一声‘想干什么？’随之掏出弹簧刀，摆出架势。黑人兵也站起身来，我把那家伙的耳朵到咽喉划了一道大口子。

“先生，那黑小子虽说黑，但肌肉白里透红，一时间伤口看得十分清楚。黑而发亮的肌肤上，出现一道白色的伤口，似乎要张嘴唱歌，唱一首鲜血之歌。……先生，我没有‘过去’吗？”

“没有。”画家悠然地回答，“尽管如此，你的纯洁没有变。”

“什么纯洁？”清一不耐烦了，牙齿咬得咯咯响，“……我远走高飞到仙台，在那里被抓捕，戴着手铐解回大宫。下火车时，我又逃跑，跨越众多线路飞奔而去。正当暗自庆幸时，巡逻警察站在我的面前。

“后来，我被送进浦和少年鉴别所，一周之后又转到榛名少年院[①]，在那里待了半年。刚一进去就挨了好一顿揍，被打得半死不活。不久，年龄大些的少年，策划越狱，我和他们一起逃出高墙之外，眼前的黑暗突然变成一块硬铁板，又把我押送回来。于是，我同其他伙伴

① 少年鉴别所和少年院，均为附设于家庭裁判所之下，对不良少年实行审判和管教的机构。

三个人一起又折回来。成为一名模范少年犯。

“但是，出狱时老爷子没来接，家也不让我进。没办法，只好托朋友池上君的关系，进入建筑工棚打小工。你问我打过菲洛本[①]没有，我没有。因为我看到使用菲洛本的伙伴儿，一旦断药，就用针管儿吸入淡茶水注入自己的膀子，所以我才不注射那种药呢。

“一次下雨，找不到活儿，我便和朋友三人到附近一家酒馆喝酒。大醉之后醒来一看，他们都回去了，老板娘照顾着我。老板是船员，每月只回来一两次，撇下个三十五六岁的夫人，结果我被这位夫人给破了童贞。回到工棚后，工友们都嬉皮笑脸地问：‘你上套了吧？’原来这些工友都被那位夫人尝过一次鲜。

“在那里干了半年，赚了四万元回到大宫。终于获得学校老师的谅解，回到家中，把钱也交了。接着，我便过起由女人到女人的生活。”

清一说到“由女人到女人的生活”这句话时，仿佛是在哪里学来的语句，故意加上了抑扬顿挫。

“一个初夏的晚上，我和朋友两个走过大宫公园时，发现一对男女青年正在干那种奇怪的事儿，我和朋友虽然才十八岁，但少年老成，扮个警察毫无问题。我们查问了这对男女的姓名和住址，朋友揪住那个男的，罚款五千元；由我对付的那位女子，身上没有带钱，遂约定第二天到她的住处去取。

“第二天，我穿着校服，抱着教科书走访女子家里。那女子面色苍白，走出大门。我用一只手比划了一个下流的动作，说：

---

① 一种作用于中枢神经的兴奋剂，过量使用，会引起幻觉、神经错乱和痉挛等症状。

"'教我一下怎么做吧。'

"接着就咚咚咚走了进去。

"那女子费了好长时间，拿着一张一千元的钞票走来，在穿着和服的膝盖上，折纸似的叠了叠，送给了我。随后说：

"'你不知道吧？我父亲可是警察官啊。'

"胡说！我心想。女子给我看了她同穿警服的父亲一块儿照的相，我心里忐忑不安，连忙回家了。先生，作为警察官的女儿，真讨便宜啊！"

画家大笑道：

"那么，你的'过去'在其它方面还有些什么呀！"

"瞧，先生也承认我的过去了吧？这幅画太假，我给您看一幅真实的画吧。这是干拉皮条生意时，我和有着六次前科的朋友两人，一同刻钢板编写的一本淫书。青年人不愿看，三十岁以上的人愿意看。这样吧，我实在不是为了赚钱，借给你，每天租金一百元，否则您就不会认为这是本好书了。"

画家回答说，自己还年轻，不想看。他特地摘掉在室内戴的贝雷帽给他看，头上只剩下少量的头发。清一大笑，他正想从内兜里掏出那本小册子，这时又塞了回去。

"还有一次，我干了一件很有侠义气的事，在车站前救过被流氓围住不放的女孩儿，给了她两百元车费，让她乘出租车回家。过了两三天，又见到那个女孩儿，我把她带进站前的旅馆，不想那里已经客满，只好气鼓鼓地站在大门口，实在不好意思呢。

"我也生过病，先生。不过我这个人，跌了跤不会白白爬起来。我在妓院染的病，就去找老鸨讨个说法。结果被她的亲信揍了一顿。

好吧，要杀就杀，我说，把前次那个女人叫来！他们叫那个女人来了，她全都坦白了，我赏了她五千元。说气当然很气，可又有什么办法呢？回家时路过隔壁一家妓院，又传给一位陌生女子了。当时疼得我简直受不了。”

画家默默听着，他毫无反应，倒是使得清一大惑不解。他期盼着大人听了发怒，或给予指教。

画家站在画架前，为部分背景补色。

清一有些不服气，他把带来的花生吃完了。

“我回去了。”他说罢站起来，似乎想起什么，转过头去。

“哦，还有一件事没有说。”

有时他想吓唬人家，可总是收不到预期的效果，于是对自己的评价也产生混乱，只好用最恶劣的语调讲述了最后一件事。他在说话时，以往那种滔滔不绝的嘴一时犯了结巴，面颊潮红。清一只是说了这么一件事：他每天若是见不到不二子说说话儿，就睡不着觉。

画家背对着他听着，笔尖正在把垃圾堆一边枯木的树梢涂作浅青色。他保持原来的姿态不动，说道：

“那么说，你对那位不二子姑娘说过你喜欢她了？”

“怎好这么说呢？”

清一昂扬地回答。

“为什么？”

“我要是说喜欢她，一旦遭到她的拒绝，就不会跟我交往了……要是那样，还不如不加说明，继续保持交往为好。”

画家听到这里，急忙转身望着清一的脸孔，笑了。清一正在后退着走出画室后门口。画家的微笑，正巧瞄准着清一，清一感到有些目眩了。

从他那张脸孔似乎看到了什么，那是一张念叨着“一切都完了”的面颜。一张明朗的红光满面的脸孔，今天眼睛下边沾上了一些木炭粉末。清一忽然像小动物一般消失了姿影。一阵响亮的铃声传来，他的自行车拖着空货车走出小巷，发出嘎啦嘎啦的喧闹声。

画家再次回到自己重新绘制的画幅跟前，他打算为这幅画题名为《十九岁》。

月澹庄绮谭

一

去年夏天，我待在伊豆半岛南端下田的时候，经常顺着城山地岬尖端的人行道散步，这条小路距离我下榻的旅馆不很远。我到那里的第一天，曾经穿过地岬西侧，顶着毒花花的夕阳，颇有兴致地观赏了各处的海湾。那些小海湾，每当转过一个角度，就会出现一种不同的景象。

海湾越是接近地岬尖端，越是裸露一片片荒滩。巨大的岩石被腐蚀，乱糟糟相互叠在一起，仿佛遭到巨大破坏的遗迹。当我到达通往地岬尖端茜岛的茜桥跟前时，顶头遇上一股强劲的东风。

我过了桥走向茜岛。酷热的太阳越发炙烤着我的脊背。

茜岛是个荒无人烟的小岛。高大的松树枝柯交错，斜阳将相邻一棵松树的树影清晰地映在这片松林的树干上。

登上斜坡，坡顶有两棵大松树，伸展着闪电形的枝条，分离左右，构成一道大门，远方又是一片广袤的蓝天。再向前走，有一座穿过岩壁的洞门，钻过洞门，道路就断绝了。岩层上方微微传来爪音，一群海燕鸣啭着飞向高空,向岛的南端飞去了。这里直接面对太平洋。

我背倚岩石,向各处眺望。夕暮包裹着荒寒的海滩,大海像梦幻一般光辉耀眼。

举首仰望,我的背后耸峙着茜岛南端的断崖,顶端生长着繁茂的松林。岩石攒聚,不一会儿接近峰顶,这一带才开始允许青草发芽,并向上方徐徐蔓延,渐次被浓绿覆盖。草丛下可以看到小黄花,以及灌木丛中点点朱红的果实。我猜,那或许是夏茱萸吧?

峰顶长满寻常的草木,而山脚到山腹却是一片裸露的岩石,看起来像暗红的肌肉,两者形成鲜明的对照。其中,有一方是乔装打扮,这一方正在向另一方转化。而今,仿佛将转化未成的姿影原样呈现了出来。

我将视线转向脚下,那里赤红的岩层之间,有一条小河似的水渠,阻隔着我走向尖端的荒滩。那条水渠通过左右两座低低的岩洞流向大海,因而,水面总是随着波涛的来去晃动不止。两侧粗大的岩肌表面,瀑布下泻,水流俄而坠入深潭,俄而奔腾上升,波涛翻滚,水花四溅,银白的泡沫溢满整个水渠。这种大幅度的变化,看上去显得不安而又可怖,那渠水就像做着深呼吸而膨胀起来的异样的生物。正当怀疑将要膨胀到怎样的程度时,又急剧萎缩下来,干涸地露出水底。

看着看着,我被一种莫名的不安所掳获,渠水黝黑,在粗大的岩石之间不住晃动,阴森可怖。遥望海面,闪亮的水光拯救了我的不安。

海风和煦地扑打着我的面颊,行驶在洋面上的货轮左舷,在夕阳的照射下,发出炫目的银白的光芒。海洋上空夏云的形状散开来,变得朦胧了，染成一片玫瑰黄。

……差十分不到五点。

我原路返回。钻过刚才那个洞门，顺着闪电形松树枝下的道路走下来。我的脸孔正对着夕阳，路上的石子光影模糊，道旁的深草伸展着无数金色的曲线，低垂的草颈一派金黄。交叉的树干之间，荒滩浮现着一片银白。

我渡过茜桥回到地岬，若从那里沿来时的路走过去，可以径直回旅馆。看看离天黑还有一段时间，我便朝相反方向走去。刚一迈步，我就不由自主沉浸在那则奇妙的故事之中了。

二

我沿着地岬的道路向东走，探寻攀登城山公园的近道。城山就在前边，但却没有看到通往公园的路标。

我向对面走来的一对男女问路，那男的说他不是本地人，不知道。

海边的山崖上搭建着一间小屋，黑暗的草席地上坐着一位织网的老人。他的脸和身子被太阳晒黑了，黑暗中只有头上盘着的白毛巾最显眼。他似乎听到了我的问话，小屋里传来破锣般的嗓音，招呼道：

"公园吗？那个采石场旁边立着一块木牌，从那里向上去就是近道。路很窄，不好走。"

"是吗？"我顺势反问，"这么说，月澹庄就在那里喽？"

没有应声。我想，老人一定是嫌麻烦，才不肯回答我的问题吧。

接着我便道了声谢，迈开脚步。

老人走出小屋门，叫住了我。本以为他不愿作答，其实是想出来追我，动作有些迟缓罢了。我停下脚步，凝视着老人露出来的全身的姿影。

老人光身套着一件短褂，脸孔简直像用斧凿雕成的能面[①]，单纯的眉眼和鼻梁上，镌刻着深深的皱纹，在短短的白发下闪耀着黑檀般的光泽。看起来，可以着实感到一种兽性。老人的那张脸并不显得阴冷可怕，但那种无表情而过于单纯的面孔，却使人联想起野兽幽暗的灵魂。

"你问月澹庄吗？"

老人喊住我问。

"是的。"

"这三十年来，从未有人问起过月澹庄，你年纪轻轻，怎么知道的呢？"

我调转脚步走到老人跟前。

"只知道名字。我读过这样的故事：明治时代的元勋大泽照久[②]，于城山之麓营建月澹庄别墅。我喜欢这个名字，就记住了。我想，若有时机到下田来，一定看看那儿。可是观光书里没有介绍。月澹庄这个名称，无疑出自唐吴子华[③]的七言绝句：'月澹烟沉暑气清。'用来命名夏天的别墅，太合适不过了。我对这方面略有研究……"

---

① 古典能乐剧演员戴的假面具。

② 作者假设的历史人物。

③ 吴融（850—903），字子华，越州山阴（浙江绍兴）人。其七言绝句《凉思》："松间小槛接波平，月澹烟沉暑气清。半夜水禽栖不定，绿荷风动露珠倾。"

纵然面对没有受过教育的人，也不应降低水准与之对话，这是我待人接物的准则。虽然每每为别人所厌恶，但我坚信自己这个准则是正确的。这样做，反而容易使对方袒露襟怀，从中获得意想不到的共同知识，令人欢欣鼓舞。

事实上，老人听到我引用古诗，立即有了回应。

“是的，我也是这么听说的。

‘月澹烟沉暑气清。’

不错，确实如此。”

他改变了语调，那张毫无表情的脸上，似乎露出了笑意，进一步说：

“好几十年了，再没遇到过提起这件事的人。月澹庄焚毁后，可不是嘛，算起来已经四十年啦。”

“这我倒是不知道，月澹庄早在四十年前就烧毁了吗？”

“是的，瞧，那片采石场，就是月澹庄的所在地啊。”

老人再次指着刚才告诉过我通往公园的道路那边。那里的山麓只有一处白色岩石的露床，简陋的小屋兀立崖头，不见一个人影。一个个红点儿散在草丛里，似乎是在茜岛见过的同一种夏茱萸。

我望着空无一物的空间，自己也不明白为何对月澹庄越来越执著了。这里只不过是明治政治史的一出小戏，大泽照久侯爵，于当时交通尚不便利的这个地方建造别墅，从东京乘船到下田港，来这里度过避人眼目的休假，写下了《月澹庄日记》这本关于明治政界的回忆录。这要是一本典型的散文体回忆录就好了，可是侯爵却采用日记体裁，夹杂着对于下田风光的描述，留下一册充满伪风流的记录。

这座四十年前被焚毁的别墅遗址，没有留下任何往昔的记忆，对此我丝毫不感到奇怪。不仅如此，我甚至怀疑是否真有过这样一座别墅。如今，它已从人们的心目中消失，仅仅存续于我和老人的头脑里。梦幻般烟消云散的月澹庄，大致和地上的权力走着相同的道路。

老人叫我等他一下，说着便回到小屋。其间，海湾的影像越发细密，夕阳也迅速倾斜下去。眺望前方，面对地岬西侧的茜岛的一角，依然处在炎阳的光芒之中。

老人换上一身短腰窄袖的裤褂，趿着草鞋回来了。这样一来，他显得年轻了十多岁，步履也变得稳健了。

老人一面叫我等他，一面又头也不回地迈动着脚步。当我知道他自愿为我充当向导时，我俩已经站在采石场月澹庄宅邸的旧迹上了。堆积的石料显露出洁白耀眼的断面，四周的杂草覆盖着白色的岩石粉末。

从这里望去，小小海湾的右方，耸立着茜岛的背部，左边的山峦遮挡着港口杂沓的景象。这里只能看到洋面上往来的船只，由此可知，当别墅将广阔的宅邸选址于这块地方时，早已把大海一无瑕疵的景观据为己有了。

"那里有座大门。"

老人指着临海的斜面说。

"从那里沿着石阶可以登上来。这里有座大门，你站着的那地方有座栅栏门，这一带构成一所漂亮的庭院。少奶奶初来这里时，十分赞叹这所优美的庭院。"

"少奶奶是什么人呢？"

"就是第二代侯爵的夫人啊。"

老人不耐烦地撂下这句话，突然，一个人独自陷入深深的回想之中。仿佛面前有人猝然掉进深井内，几乎来不及伸手援救，只得呆呆眼望着一般。我发现，老人的表情里所出现的无动于衷，实际上是因为他把感情生活的大部分化为一点古老的记忆了。

他在一块石头上坐下来，从身边的草丛里掐下一些夏茱萸的果实，没有放进嘴里，而是满心惆怅地用手揉搓着，不一会儿，就弄得整个手掌全红了。

接着，老人讲述起来。

“那位少奶奶，乘坐舆辇进入第二代宫殿下家门时，两人相偕来到月澹庄，夫人美若天仙。那是大正十三年[1]夏天的事……”

“请等一等。”我打断他的话，“您来这里时，为何要重新换衣服呢？我觉得其中必有缘故……”

“我每次到这里来都要换衣服。因为这里原是那位美丽的少奶奶，在园里采花、摘茱萸果实、带女仆散步的地方。”

老人说。

三

以下是老人主动告诉我的事。

看来这些事老人未曾对任何一个过路人谈起过，眼下他竟然对我这个素昧平生的人讲述了这些秘密往事。或许我无意中的提问，触发了他内心深处的某些感受吧？月澹庄这个名字，在完全遗忘三十年之后，一个偶然的机缘，从我的嘴里再次被提起，于是突然之间，唤醒了他长年沉睡的记忆。

① 公元1924年。

老人朦胧地记得，他幼小时候见过的那位初代侯爵的样子。他当时只是站在远处，怯生生看到一位表情严肃、身材瘦小的老头儿。眼下，我不再叫他老人，干脆叫他的名字胜造好了。胜造之所以能接触月澹庄的生活，是因为他当时是夏天侯爵家正房大少爷的玩友。大少爷名叫照茂，比胜造大一岁。

照茂从孩童时代起，对一切事情从不插手。父亲照久出身下级武士，以初代侯爵的名分跻身于显贵之列，过着类似大名华族[①]的生活。儿子照茂的全部精力都被乃父剥夺，只是充当父亲为实现自己儿时梦想的一个替身罢了。他是在这样的环境中长大的：当他袖手旁观的时候，万事都随心所欲地顺利进展着。

当初，孩提时代的胜造，并不觉得那时照茂活得称心如意，不过他逐渐习惯了，只好忠实地扮演着自己的脚色。不知不觉间，照茂也就没有什么不快了。

不仅如此，胜造等来了照茂光临的次年夏天。月澹庄每到换季时节，便由胜造的父亲担任管理职务。这位父亲虽说对诸事非常用心，但他本是一名渔夫，不懂得庭院树木的修剪技艺，于是胜造便常来帮忙。他喜欢在庭院里散步，总爱将殿下的庭园当作自家庭园看待。夏天，他即使作为照茂的伙伴进入庭园玩耍，但凡殿下目之所及之处，他都觉得挺难为情。

在胜造眼里，照茂是个古怪的孩子。比如钓蜻蜓时，他自己决不肯钓，而是让胜造钓，他只是观看。那有什么意思呢？胜造心想。但他很清楚，照茂虽说毫无表情，只顾细大不捐地凝神注视，其实他内

---

① 明治维新后，位列于华族中的江户时代的大名。

心里感到非常快活。

照茂言语无多，动作也不灵活，但双眼莹润、硕大，胜造觉得，一旦被他盯上就招架不住。然而，照茂从来没有将捕获的蜻蜓拔掉翅膀。他体力纤弱，对付不了乡间那些强健的孩子，但他从来不借助欺凌动物以弥补自己的不足。他只是静静地观看，自得其乐。行为，必然令人从命。

他的眼睛着实清炯而阴冷，胜造认为那就是一副高级镜片。他那双凝睇而视的愉快而无害的眼睛，即使在第一代侯爵已薨、照茂渐渐成人而继之掌管全家以后，也没有改变。少年时代的照茂，曾经同胜造一块儿钓鱼，那也和钓蜻蜓一样，他自己从不热心于钓鱼。胜造看不下去了，拿起鱼竿，动作灵巧地钓到了鱼。很显然，对于照茂来说，观看就是一种无上的快乐。

整个夏天都不见照茂怎么读书，但学习成绩十分优秀。胜造听说后对他很尊敬，但当胜造被求知欲所驱使，向他提出疑问时，他总是笑而不答。胜造明白，他不愿意回答自己的提问。

他的目光依然如故，没有感动，充满水一般淡淡的喜悦，投向欲使人要做的事情上。这似乎使人联想起孔子，中国圣人的目光不就是如此吗？细而长，稍稍有些凸出，镶嵌于高挺而冷峻的鼻梁两侧，犹如两只水晶球，蕴含着智慧的喜悦，放散着闲静的光亮。

四

……老人的话还在继续。

单说他那眼睛，胜造就很难准确把握照茂成长的轨迹。不过，胜造因为同照茂几乎是同代人一起长大，所以几个夏天过去，照茂成人后告诉他自己已经结婚，胜造听了甚感惊奇。这也难怪，对于胜造的人生来说，结婚是颇为遥远的事情。

到了夏天，新婚夫妇来到月澹庄，在那里新夫人初次被介绍给了胜造。抬头一看，她是个美得令人生畏的巧娇娘。

这对年轻夫妇，看起来互敬互爱。胜造除了为他们划船游玩，再没有别的任务了。

胜造从不敢正面直视着少奶奶，不仅因为她的美貌，还因为他对婚前的照茂了解得太多，他害怕夫人知道后对他发问。

那年夏天的某个傍晚，照茂照例一个人抱着速写本出了家门。结婚后，他有了新的爱好，当时最大的雅趣之一，就是怀揣速写本出外写生。鉴于初学绘画，技术不精，他既不要妻子陪伴，也不想叫胜造看到。照茂开始找到适合于自己的这一闲静的“视觉”兴趣，使得胜造为他高兴。

照茂出门写生的那天晚上，正是他们夫妇来月澹庄十天之后光景。胜造从海上归来，正巧看到少奶奶站在大门口。

“是的，她站的正是我要落座的地方，没错。”胜造说。她身披晚霞，面对大海，伫立于门前的石阶之上。

月澹庄耸峙于她的背后，屋脊在残阳里生辉，仿佛在暗暗夸耀着历代生活的威严。因为这是厌恶人世的大泽侯爵所建的房舍，虽说依然保留明治时代矫饰的气势，但早已不是一座宏伟壮丽的宅邸了。然而，上一辈健在时期，这里是下田最受敬畏的豪宅，但有走过门前者，一律放轻脚步，不敢发出一点儿声响，就是有这样一份威严。

那玄关屋脊上雅致的洲浜瓦[1]，堂屋上众多的入母屋屋脊[2]，借景于海面及茜岛的庭院，园中遵照正规山水种植的一簇卫矛、夕阳树和寂然木，还有面向洋式建筑的跨院中的各种繁盛的花草……那位少奶奶以月澹庄所有一切构成的整体姿态为背景，罕见地无一人陪伴，孑然自立。

此时的月澹庄，看样子不像是悲剧即将来临的宅邸。到了照茂这一代之后，这座别墅得以恢复年轻的朝气，居宅内时时有笑声传出来。照茂也有改建的打算，这里或许可能出现一座地道的西洋馆舍。上一代那种象征令人窒息的厌人癖的宅邸，尚未等到改建，内部已经充满明朗的青春气息，出现了脱胎换骨的前兆。胜造尽管不能像幼年时代那样，失去了接近照茂的机会，却也免受这座宅邸的重压，自今年夏开始，感觉到月澹庄本身更加容易亲近了。

不用说，他还没有直接对话的机会，这都因为一个美艳的照茂夫人出现的结果。胜造还清晰地记得夫人斜阳下那一身鲜艳瑰丽的洋装。那是当时看起来也是颇带古风的洋装，细软的打着许多襞褶的白布裙子，带有绣花高领的白色上衫。夫人头上那副夜宴发型[3]，任其海风狂吹，也不会有一丝的紊乱。

"胜造君。"

夫人喊住向她致意的胜造。

"你总是那么急匆匆的样子，早晚也和我说说话儿呀，殿下老提到你是他幼年时代的朋友哩。"

---

① 带有弧形外缘的瓦。

② 上部呈"人"字形，下部向四方展开的屋顶。

③ 将头发向上绞起，于两侧绕成圆环，再于脑后盘成一个大发髻。

“是的。”

听到这些话，胜造出汗了，他擦了擦额头。他想起夏天的时候，自己无所顾忌地光着膀子在外头走动，可是最近以来，哪怕是短暂的外出，他也要换上洁净的衣履，随时等待着夫人像今天这样伫立门前。

“胜造君，有件事一直想问你，我来到这里之后，不知为何……”夫人稍微顿了一下，“总觉得被人监视一般。我对殿下也说了，他只是笑，不肯回答我。”

胜造心里不由一惊。他不知夫人打算问他些什么。虽说被人监视，但仅就胜造所知道的，一直盯着她的，只有照茂那双不太转动的眼睛。那一瞬间，胜造的心中便升起一种怀疑，他觉得夫人用这种猜谜般的语言，实际上是指婚后一直盯着自己不放的丈夫的眼睛，不是吗？

胜造的内心一时麻痹了，夫人的身子如此被丈夫紧盯着，本来是夫妇间当然的事，但对于胜造来说，使得他泛起一种百感交集般的想象，这想象同时夹杂着恐怖。这恐怖盘绕在照茂结婚前那个夏天发生的一件小事上。当时照茂简短而冷酷的命令，以及当时所进行的一系列下流而令人败兴的可憎的行为，还有当时所一眼瞥见的照茂那副不曾转动的眼瞳，再加上当时周围茱萸的艳红的果实……

当时照茂的眼睛，要是明显表现出轻蔑的喜悦，他会更觉得放心一些；可是那双眼睛却虚幻地睁开着，吸收着眼前的事象……正如灰白的吸水纸，只顾一个劲儿无限地吸取。

在那双眼睛前的夫人光着身子，是不是比起爱抚更倾向盯着她看的那双眼睛让这位新娘子的内心发生长久的颤栗呢？想到这里，年轻的胜造顿时感到颤栗起来。

然而，夫人所说的似乎不是这种意思。

“我到院内采摘花朵时，周围没有一个人，可我总觉得有一双眼睛透过篱笆墙一直瞅着我。我好几次叫女仆来，女仆出门去看，立即吧嗒吧嗒地响起一阵草鞋的声音，渐去渐远了。”

“那是不是女的？”

“你感觉到了吗？”

“不……啊，我只是有这种想法。”

夫人不满地闭上了嘴，胜造又出汗了。沉默了好一阵，夫人不再问什么，胜造终于开口了。

“这村子有一位傻姑娘，名叫君江。她并不危害人，只是随处游荡，孩子们向她扔石子，但她一点儿也不发怒。说不定，也许就是那丫头吧？”

“呀，好可怕啊。”

夫人轻蹙双眉，那副表情反而越发显得她是一位高贵的美人。她的不安留在眉宇间，宛若朝雾笼罩着山谷。

“殿下知道那个女子吗？”

于是，胜造亲自做了巧妙的回答。

“是的，我想是知道的。不过，他或许怕夫人受到惊吓，所以一直瞒着您吧？因此，请您不要说是从我这儿听到的。如果窥视的人确实是君江，我照看着点儿，不许她靠近这座宅邸就是了。”

“好的……谢谢。”

夫人柔声地说。接着，又叮问一句：

“那姑娘不会害人吧？”

“嗯，绝不会害人。”

胜造满怀确信地回答。

夫人好一阵子将眼睛转向海面，丈夫去写生的茜岛，承受着地岬西侧照射过来的斜阳，她凝望闪耀着橙黄色的一角。海潮涌上来的海藻，整日被阳光晒热了，开始腐烂，飘散着浓烈的气息。夫人转身消失在月澹庄门内。

五

说到这儿，胜造非常笨拙地跳到了别的话题，一下子谈起月澹庄失火的那一天。

月澹庄被烧是刚才提到的那件事翌年的晚秋。我闹不明白，他为何如此迫不及待地转向月澹庄焚毁的话题。

无人居住的别墅被大火包围的原因，大多取决于擅自闯入的坏人放火这种外来的偶发因素。胜造不知道月澹庄的火是打哪里来的。此后，他接受警察的调查，并未确认胜造有放火的动机。

胜造的父亲已经死去，责任全部推到这位别墅管理者的肩上了。然而，照茂夫人从东京寄来一封言辞恳切的信，信中写道：她认为别墅焚毁是上天恩赐，趁此机会可将月澹庄地皮捐献给下田町，因此，胜造没有必要承担任何责任，等等。口气温和，像直接对话一般，一条条写得很详细。胜造将信笺捂在脸上哭了。他哭的原因不在于前面读过的文字，而在于最后一句话：“我再也不会去下田了。”

月澹庄深夜的火灾，在相当长一段时间内，作为人们的话题被反复提起。当夜，人们看到月亮格外明丽，十分惊奇，接着，海湾一片通红，这时，大家才为月澹庄遭火焚而深感震惊。

那场大火燃烧得多么沉静啊！犹如点着一只萤笼。这座宅第古老的木结构，沉静地委身于火焰之中。火势到处蔓延，堂屋、洋馆和厢房，一时被大火包围。黑夜间，海湾的水面上，也清晰地辉映着海浪的起伏。火焰较之城山山峰更加秀丽，火星纷纷落在大海的水面上。

我听到这里，产生了一个疑问，照茂为何不亲自写信安慰幼年的朋友，而由夫人直接书写呢？当时，高贵的夫人做这样的事，是个简直无法想象的异例。关于胜造同夫人之间的关系，我怀疑他有故意瞒着我的地方。或者说，胜造不厌其烦地向我讲述这些事件，企图证明他和夫人没有任何瓜葛，不是吗？

可是，胜造的回答非常简单。

“死人是不能写信的，照茂先生他已经过世了。”

“他是什么时候过世的呢？”

“发生火灾前一年的夏天。”

“若是夏天，也就是在这里，在月澹庄死去的喽？”

“是的。”

“这么说……夫人……夫人是在发生火灾那年的夏天，独自一人来这里的，是吗？”

“是的。做了寡妇之后，因为没有孩子，只好一个人来这里。我不知道她为何还来这里，或许……”

“或许什么？”

“不，一定是为了回味同丈夫一块生活的日子，以寄托缅怀之思吧？那是一个很寂寞的夏天。夫人总是一个人，闷声不响地待在屋子里。”

"就是说,夫人回到东京,过了好几个月之后,月澹庄才发生火灾。"

"是的,没错。"

然而,老人说到这里,缄口不语了。

六

我不知道,究竟花了多长时间,才又等到老人重新开口。

海面已经笼罩暮色,晚霞的余晖也已消失,黄昏的天空留下少许蓝色,远方的茜岛变成一团黑影儿,下田港开出的轮船掌灯了。

只有我们坐着的那片岩石泛着白色。我无目的地将手伸向昏暗的草丛,手指屡屡触摸着茱萸的果实,我摘掉一些放在掌心里。艳红的果实失去了光亮,在手里显得黑乎乎的。

老人要跟我说些什么,我已经预先知道一些了。然而他最不愿说的事,也可能就是下面的话题。

我只有耐心等待。海港上空纵然被山峦阻隔,依旧可以看到灯火辉映的红光。我知道了,船员们夜间小小的娱乐时刻开始了。那一带没有行人的身影。空中渐次出现点点莹润的星光……

"发生火灾那年夏天,夫人一个人独守,可怕的事件终于降临了。某个晚上,月澹庄发出了召唤。"

老人又叙说起来。

——如今回想起来,那个月澹之夜,海上雾霭如烟,烟雾低低掠过,洋面一派溟蒙,港口的景观也全然失去了距离感。虽说没有风,但也不怎么闷热,甚至可以说蕴含着莫名的清凉的暑气。胜造一身白色浴衣,外加一条宽腿裤,前往那座宅邸。

胜造第一次作为客人被迎进客厅。他在等待期间，未能止住紧张的心跳。虽说是个身体强健的青年，但却认为自己依然那么软弱、渺小而无力。

不一会儿，随着打开苇编的障子门，传来衣饰窸窣的音响。娇美的照茂夫人出现了。她身穿业平格子明石纺[①]和服，头发总是一丝不乱，更没有出汗的迹象。胜造想，难道眼前的人儿从来没流过汗？

夫人隔着桌子坐下来，给了胜造一把团扇。随之飘来微微的香水气息。胜造不管怎样都不敢仰视夫人的脸孔。他只依稀看到那一带浮现着藤紫色的衬领。

“今天，无论如何，都要找你来说说话儿。我不想提到丈夫的周年忌日，不说你也知道，我是在东京操办完周年祭之后才来这里的。我很想从你嘴里了解一些事情，所以今晚上请你来做客。……殿下那样死去，到底是因何缘故呢？”

胜造很清楚，纵使不被问起，今夜也必须说个明白。这件事至今留在心中，不光是夫人，同时也是胜造的痛苦。

他抬头瞥了夫人一眼，看到她脸上浮出微笑，也就放下心来。她的微笑，恰似庭园山水彼方的一轮淡月。

“这个，我要全部说出来。那是你们结婚前 年夏天……”年轻的胜造开了口。

“又是关系到那个傻姑娘吗？”

夫人打断他的话，娴静地问道。团扇停止了摇动，唯有涛声充满着客厅。

---

① 业平格子，古代美男子在原业平（818—893）爱穿的花格子服饰。明石纺，则为兵库县南部海滨城市纺织的高级锦缎。

“是的，是这样的，是那个君江。有一天，殿下说他不愿再让我为他划船，自己想去攀登阳光依旧酷烈的城山。他每次散步都有我陪伴，于是我跟在他后头，顺着庭园一侧的近道儿，向山坡走去。

“就要到达山顶时，听到了一阵奇妙的跑了调的歌声。我立即想到，是君江！君江打坐在山顶的草丛里，不住用手摘下夏茱萸的果实，一边唱歌，一边装进袖筒里。我们眺望着她的姿影，在一片蝉声中，君江望着这边，只顾扯着嗓门放荡地狂笑。那副笑颜持续了好一会儿，正如电影画面中止一般，那笑颜纹丝不动地朝我们望了一下，又猛转过身子，热心地采摘起茱萸果实来了。

“我的心情很坏，催促他赶快回去吧。谁知殿下一直盯着君江所坐的地方，一只手撑在松树干上，不顾灼热的日光，一动不动地站立着。接着，回头对我下了命令。

“他的命令太出乎意料了，我怀疑自己的耳朵。过去，从孩提时代起，我便频繁听到殿下许多不合乎道理的作为，但从不像今天这般违反常理。然而，我生平以来，从没有违抗过殿下的命令。

“殿下见我犯着犹豫，‘快点儿！’他拍拍我的肩膀。到头来，我只得按照他的吩咐行事。

“我很不情愿地走近君江，野兽般地扑向她。我把君江摁倒，尽量不看她一眼，强制她掀起裙子，遵照殿下所说，竟然干下那种事来。我发誓，我在那之前或在那之后，从未主动干过那样的丑事。我半在恍惚中，闭着双眼，只求尽快完成任务了事。等我睁开眼时，没想到那已不是姑娘的脸，而是看到了殿下的脸。

“只见殿下一双清澄的眼睛，弓着身子，将脸孔尽量靠近拼死抵抗的君江的脸孔。看来，君江也注意到了殿下，我死死按住姑娘剥光了的两只臂膀，多少可以避免她加害于殿下。就是说，像平时一样，保护着殿下能够从最安全的场所，同时又能更安全、更靠近地一直凝视姑娘的面颜。

"姑娘满眼含泪，像个惊恐的孩子，一边哽咽，一边上下运动着白皙的咽喉，努力将脸孔从殿下的目光里移开。然而，殿下像观察水中的水栖动物，那双眼睛动也不动，始终盯着姑娘的脸孔瞧个没完。

"其间，我完成任务，不知又发生何种事，好容易放松一下我的手臂。姑娘在草地上如玩偶般躺着，我留下她，和殿下一块儿头也不回地下了城山。然后，我脱去身上的衣服，连忙去游泳。

"……这就是你们结婚前一个夏天发生的事件的全部。"

胜造讲述完了，他擦去了汗水。夫人听罢，好一阵沉默不语。过一会儿，芬芳的香水飘溢之中，夫人的面孔转向月色凄迷的庭园，这样说道："我知道了，全都知道了。傻姑娘并不恨你，她将全部怨恨都倾泻到殿下头上了。你跟我讲述了最难启齿的事，谢谢你。……快把这件事忘掉吧，你也不要告诉任何一个人，好吗？"

胜造低着眉梢正打算回答。为了立下誓言，他觉得，还是正面瞧着夫人的面孔回答更显得真心。因此，他开始注视着那张面对庭园的白皙的面颜。

淡淡的月影下，浮现着夫人端丽的脸孔，秀媚无比。胜造从未见到过这般姣艳的容颜。这是一张背向人间、镌刻于白石薄片上的脸孔，多少有些锐挺的鼻梁，通向唇边和悦而优美的弧线，以及夫人稍显内敛的下唇上的胭脂，此时转黑，静静地散放着光亮。

"是的，我发誓，决不跟任何人说。"

胜造一阵窒息般地回答。

夫人的唇边仿佛被一根线微微牵动了一下，她没有把脸全部转过来，只是稍稍对这边说：

“你既然这么说了，今晚我也实话告诉你吧，这事我对谁也不曾提起过。

“我们夫妇自打结婚以来，从未同过一次房。殿下他……正如你所知道的，他只是，叫我怎么说好呢？他只是对我全身各处热心瞧看着罢了。”

七

“那么说……”我被最后的考究癖所驱使，急着逼向老人前后颠倒的这一话题的核心，“那么说……年轻的照茂侯爵到底是怎么死的呢？”

“是被杀死的。”

他的回答不出所料。

“怎么被杀的？又是谁……”

“杀他的，很快弄清就是君江。那是殿下去茜岛写生后第三天的事。夜晚，他没有回家，全城都找遍了。最后在茜岛南端的海岸中央退潮的地方，发现殿下头盖骨已经破碎，差点儿滑落到海里，人已经死了。他是从那座悬崖的绝顶掉下去的。”

“那也许是他自己不小心滑下去的，怎么知道是君江干的呢？”

“事情一下子就明白了。”老人断定地说，语气中开始显现出神经质的威严，“至少我立即就明白了。殿下的尸首被挖去了两只眼睛，虚空的眼眶里，紧紧填满了夏茱萸的果实。”

图书在版编目(CIP)数据
天涯故事/(日)三岛由纪夫著;陈德文译.—上海:
上海译文出版社,2018.7(2024.8 重印)
(三岛由纪夫作品系列)
ISBN 978-7-5327-7740-2

Ⅰ. ①天… Ⅱ. ①三… ②陈… Ⅲ. ①短篇小说-小
说集-日本-现代 Ⅳ. ①I313.45

中国版本图书馆CIP数据核字(2018)第018575号

图字:09-2015-197号

天涯故事
岬にての物語

[日]三岛由纪夫 著
陈德文 译

出版统筹 赵武平
责任编辑 叶晓瑶
装帧设计 柴昊洲

上海译文出版社有限公司出版、发行
网址:www.yiwen.com.cn
201101 上海市闵行区号景路159弄B座
上海新华印刷有限公司印刷

开本 890×1240 1/32 印张 9 插页 2 字数 137,000
2018年7月第1版 2024年8月第4次印刷

ISBN 978-7-5327-7740-2/I·4738
定价:45.00元